# Wat de Hel!

*Faire confiance aux hommes c'est déjà se faire tuer un peu*
Louis Ferdinand Céline

Roman van Caro Sicking

1ᵉ druk 2011
2ᵉ druk 2014
ISBN 978.94.90665.128

ISBN e-boek 978.94.90665.005


Studio nonfiXe
Vught
www.nonfixe.nl

# Reizigers

## dochter

Ze wierp zandbergen op waarin mijn voeten wegzakten
om mijn lichte tred te verzwaren, om me te ketenen aan de
aarde waar ze zelf niet van los kwam. Ze bouwde muren
om me tegen aan te laten lopen. Hing lampen laag zodat ik
mijn hoofd stootte. Ze temperde mijn enthousiasme om
me te beschermen tegen teleurstellingen. Vanaf de dag dat
ik geboren werd, de eerste dag in het jaar waarop de zon
scheen over de vlakke stad tussen twee rivieren, waar geen
muziek gemaakt werd, geen stoel getimmerd, geen sla
verbouwd, de stad waar niets gemaakt werd, maar waar de
mensen zich lieten betalen voor het doorschuiven van de
arbeid van anderen, bereidde Ma me voor op het ergste:
leven.

Ik groeide op als enig meisje tussen zeven broers en tot
mijn jongste broer, de enige na mij, geboren werd, werd ik
opgevoed als enig kind. Mijn vader verwende mij. Mijn
moeder hardde me. Mijn oudere broers benijdden me om
de aandacht en hun jaloezie hardde me op een andere
manier.

Ik had niet veel vriendinnen. De enkele vriendinnen die ik
had, kwamen vaker voor mijn oudere broers dan voor mij.
Rond mijn zestiende was ik het passe-partout naar jongens
van redelijk goede komaf: paringsmaten, leermeesters,
huwelijkskandidaten. Ze moeten mijn minachting gevoeld
hebben voor hun gefleem met de broers die zich een voor
een gingen gedragen als een vervanger van Pa. Ik
verachtte de verandering in hun gedrag zodra een van mijn
broers binnenliep. Nog meer verachtte ik de dubbele
moraal van de mannen in huis: ieder meisje dat ze konden
krijgen, pakten ze en mij beschermden ze tegen hun eigen

seksegenoten. In de met testosteron doorlopen ogen waarmee ze vrouwen nakeken, was geen man goed genoeg voor mij, hun zus, hun eigendom. Alsof dat nodig was in een dergelijke omgeving, besloot Ma op een dag om me uit te rusten met een flinke portie doorzettingsvermogen. Een eigenschap die me goed van pas zou komen, vond ze, zodra mijn jeugd en daarmee mijn geluk, opraakte. Dat dit zou gebeuren stond als een paal boven water. Haar eigen onheil was hiervoor het bewijs. Zijzelf was geboren als een sterrenkind met vleugels aan haar voeten. Ze had het geluk om zich heen gesmeten in de volle overtuiging dat er altijd genoeg zou zijn. En ineens was het op.

Als een dorstig hert groef ze naar de bron. Zwarte randen van zand om haar nagels. In gedachten liep ze de weg van haar leven terug, bestudeerde iedere afslag, zocht naar de plaats waar ze haar geluk was verloren. Ik was nog heel klein, maar ik herinner me de hijgende bewegingen die haar zoektocht vergezelden. 'Het zit in de kleine dingen,' dacht ze en kamde minutieus het huis uit. In ieder hoekje zette ze een val, in de hoop het te vangen en op te sluiten in een parelmoeren doosje met de afbeelding van een vlinder. Ze legde zakjes lavendel in de klerenkast om het te lokken en in haar favoriete jurk te laten kruipen. Geluk houdt van paarse geuren, dacht ze. Ze hield een nachtegaal in een kooitje bij het raam en voerde hem zilveren zaadjes. Ze klopte stof nog voordat het oud was uit de kleden en borduurde vrolijke kleuren in grillige patronen. Hing spiegels in de tuin, maar nooit bij de voordeur. Liet de kraan open en het water klateren. Ze probeerde niet te zuchten als ze op stond, uit angst dat haar adem het geluk af zou schrikken.

Jaren heeft ze aan haar zoektocht besteed. Ze lag een vol jaar daarvan in bed. Meisjes wasten en kleedden ons en brachten ons naar school. Mijn vader pakte zijn zwart leren koffers zelf in en uit. Ma at nauwelijks en dronk alleen maar slappe thee. Ze holde uit. Ik zag de gaten waar eerst ogen waren. Ik zag de markering van oorlog op haar buik, littekens van de zwangerschappen. Ik vroeg me af welke mijn signatuur hadden, de kleine rechte strepen in haar zij, of de ronde, heel blauwe ketting die dwars over haar navel liep? Op een dag at ze opeens weer. Als een hongerige zwerfhond. Een golf van ontspanning spoelde door het huis. Ze at en at. Wat hol was werd weer bol. Mijn jongste broer, Joost, werd geboren. Ze kreeg haar kracht terug, mijn Nana, en zette die opnieuw in om het geluk te vinden. Soms leek ze er in te slagen, maar vergeefs, steeds glipte het weg vlak voordat ze het kon grijpen. Ma leerde te berusten. Mijn leven veranderde ook. Joost was gevoeliger dan de grote jongens en minder bezitterig. Hij werd mijn maatje en hielp me ontsnappen aan de overige paren wakende ogen. De eerste keer dat ik een jongen zoende, stond Joost op de uitkijk en stuurde onze broers een andere kant op. Ma zat nietsvermoedend thuis en Pa was weer eens op zakenreis. Wij groeiden op, gingen het huis uit en toen overleed mijn vader. Vanaf die dag leek het alsof Ma weer jong werd. Ik zag de vleugels voorzichtig teruggroeien aan haar voeten. De lucht uit haar buik steeg op naar haar hoofd en liet zich uitademen naar blauwe luchten. Ze leek niet langer zwanger, maar groen bevallen. Ik hoorde haar lach en besefte dat het een nieuw geluid voor me was.

Om de beurt bedachten we klusjes voor haar. Mijn jongste broer Joost, kunstenaar, begon ermee. 'Draad van leven', noemde hij het en ontwierp een fijnmazig wandkleed van zijden draden en sprankelende kleuren. 'We bannen het wit, de leegte van de ouderdom, met kleur,' riep hij vol bravoure en zette Ma aan het borduren. Maar het wit nam wraak. Zonder wit geen kunst, zonder wit geen leven. Hij stierf, zijn hart gesmoord in zwarte klonten. Daarna werd mijn moeder veertig, toen dertig, twintig. Ze leerde te switchen van leeftijd. Als ik bij haar binnen kwam, wist ik nooit of ik een moeder, een zus of een dochter zou aantreffen. Ze dreef weg op herinneringen aan meisjesgegiechel en touwtje springen. Soms werd ze bruusk wakker in de bakkerij van haar ouders tijdens de oorlog. Ze moest broden met berichten er in bezorgen en mocht na spertijd niet meer buiten. Als ik haar bezocht zag ik buiten al hoe het met haar gesteld was. De gordijnen waren dicht op klaarlichte dag, geen teken van leven. Wanneer ik dan aanbelde, trok ze me snel door de voordeur naar binnen en keek zenuwachtig de straat in. Ze deed geheimzinnig over een knappe Engelsman op de meelzolder. Droomde dat hij haar meenam in zijn vliegtuig, hoog in de blauwe lucht. Hij zou vreugdeschoten lossen die als zilveren slingers naar beneden dwarrelden en haar vragen met hem te trouwen, waarna ze een avontuurlijk leven in het verre, want overzeese, Engeland zou leiden. Ze bezwoer me er niet over te praten. Tegen vriendinnen mocht ze hem niet noemen. Ja zelfs voor familieleden was het onderwerp 'de Engelsman op zolder' een taboe. Hij verdween plotseling, nadat ze hem minuten lang diep in de ogen had gekeken. Ze voelde voor de eerste keer hoe vlinders kunnen fladderen in je buik. Aan het vertrek van de Engelsman werd geen woord vuil gemaakt. Die avond kwam oom Jacques voor het eerst sinds lange tijd weer langs. Maar mijn moeder, debuterend in liefdesverdriet, had weinig oog voor haar favoriete oom, die zelf overigens heftig in gesprek was met haar vader, waarbij beiden flink met de armen zwaaiden alsof ze elkaar aan zouden vliegen, terwijl ze bleven fluisteren in een hoek van de kamer. Het bizarre tafereel ontging mijn moeder terwijl haar moeder, de zus van oom Jacques, handenwringend buiten op de plaats ijsbeerde en steeds ongeruste blikken door het raam van de buitendeur naar binnen wierp. Oom Jacques verdween ook, maar hij nam tenminste afscheid – emotioneel en innig - onder de misprijzende blik van Ma's vader die steeds zei: 'Kom, nu is het genoeg.' De afkeuring in die blik is haar altijd bij gebleven. Toen ze mijn vader ontmoette, werd mijn moeder al bijna een overgeschoten vrouw genoemd. Ik heb haar nooit gevraagd of het liefde was of een verstandshuwelijk. Ik kan me nog wel de verlangende blikken herinneren die ze richtte op overvliegende jumbojets en straaljagers.

Nu is ze 84 en vermist. 'Vermistigd' zegt mijn achtjarige en dat klinkt inderdaad overtuigender. De stoel waar ze een jaar op gezeten heeft, is leeg. Er ligt alleen het lijkje van een eendagsvlieg. De laatste keer dat ik mijn moeder zag, sprak ze over de reizen van Pa. Ze vroeg waar zijn koffers gebleven waren. Koffers met geheime tekens, fluisterde ze. 'Die koffers mogen niet in verkeerde handen terecht komen.' Ik nam me voor om bij het volgende bezoek een tweedehands koffer mee te nemen. Een zwart leren met een riem en slijtage plekken, precies zoals mijn vader had. Ik zou er wat geluk in stoppen, een gedicht of een roos. Met lichte tred verliet ik de dag waarop Ma verdween, het verpleegtehuis. Buiten raapte ik mijn geluk van de stoep en kocht een puddingbroodje voor op de fiets. Het is niet gemakkelijk fietsen terwijl je een puddingbroodje eet. Mijn vingers knepen het gele hart naar buiten, ik liet een spoor klodders achter op mijn jas en op de straat. Wind duwde mijn fiets, een winkelier veegde zijn stoep en zwaaide me na met wapperende

vingers, terwijl aan de overkant een meisje drankjes
serveerde op een terras. 'Ze herkent me nog wel,' zei ik
even later door de telefoon tegen een vriendin. 'Ik denk
dat ze er geen last van heeft. Ze heeft haar wereld
opnieuw ingericht en is blijer dan ik me haar kan
herinneren.' Ik realiseerde me onvoldoende dat mijn
moeders gave om de leeftijd aan te nemen die haar
gemoedstoestand het beste past, als keerzijde heeft dat ze
haar eigen gemoedstoestand niet langer kan sturen. Ze
wordt willoos gedreven door iets in haarzelf, wat ze niet
kent en waar ze geen invloed op heeft. Ik vermoed dat ze
hier jaren voor geoefend heeft, zonder het te beseffen.

## Samya

Mijn ondervraagsters reageren instinctief op het kabaal uit de hal, waar mensen roepen, een man vloekt en een vrouw in baringsnood krijst. 'Niet persen.' 'Is er een dokter?' Dan huilt een baby. De twee vrouwen springen synchroon van hun stoelen en rennen de kamer uit. Op de betegelde vloer van de grote hal zwemt een pasgeborene in bloed en vruchtwater. Zijn moeder leunt nog op haar ellebogen: 'Het is een jongen!' Ze schuiven een brancard onder moeder en baby. Twee gemene blauwe kraaloogjes kijken me triomfantelijk aan. Hij is vrij.

'Raakte je in paniek toen je merkte dat je vlucht vertrokken was?' 'Nee, ik had instructies.' 'Van wie?' Ik zwijg. De geboorte heeft me uit mijn trance gehaald. De draadvormige lippen van het kind bewegen, uit zijn mond klinkt Debby's stem: 'Je bent van mij. Ik kan je vinden. Overal.'

'Waar kom je vandaan?' 'Wie heeft je reis betaald?' 'Heb je een paspoort?' De agentes zijn wakker geworden en vuren de ene na de andere vraag af. Ik zeg niets meer. 'Je kunt beter praten. Wij kunnen je alleen helpen als je praat.' Helpen... Ik weet hoe politie helpt. Jullie zijn hetzelfde als in Nigeria, anders zou je me niet opsluiten. Jullie vinden mij een crimineel, daarom doe je zo. Misschien als ik geld had, dan zou ik me uit kunnen kopen. Voor wie de politie kiest als ik praat, dat is geen vraag. Dus ik zwijg.

Daarom brengen ze me een paar uur later terug naar de cel. Ik kruip weer op het bed, trek de dunne deken over me heen en zit tegen de muur met ogen open tot de volgende ochtend. De snee brood, die ze als ontbijt brengen, hangt als een mat in de donkere korst. Het is hier koud, zo steenkoud dat mijn botten niet meer rammelen. Ze kraken bevroren in mijn armen en benen. Een ijssculptuur dat breekt wanneer je er een klap op

9

geeft. Ik zit en wacht op de klap. Ben genoeg geslagen in deze vrieskoude omgeving. Als ik niet genoeg geld meebreng, of als ik probeer of de deur echt op slot zit. Ik kneed een balletje van het zachte broodhart en kruimel een mini graancirkel op de celvloer, die ik overgiet met melk. De bewaker die me komt halen om te luchten heeft mental case op zijn voorhoofd geschreven staan. Ik herken de blik waarmee hij me monstert. Ik plaats mijn voeten in de graancirkel en vermijd hem aan te kijken. Dat helpt. Hij bromt onverstaanbaar, zet een stap naar achteren en gebaart dat ik door de deur naar buiten moet. Nu kan ik langs hem zonder hem aan te raken. De andere meisjes zie ik niet op de luchtplaats. Er zijn wel vreemde gevangenen. Hen spreek ik niet aan. De volgende dag laten ze me gaan. Ik krijg een treinkaartje en het advies om me te melden bij een centrum voor asielzoekers nabij grensplaats Rijsbergen.

Het centrum ligt ver van de bewoonde wereld in de bossen. Als je denkt dat het een mooie omgeving is, heb je het mis. Naast de rechte asfaltweg zwoegen zwijgende mensen. Ze dragen plastik zakken met een paar kleren erin over het pad der eenzaamheid naar wat het einde van de wereld lijkt.

In de wachtkamer staan hufterproof plastic stoelen met stangen en schroeven aan de marmoleum vloer geklonken. Aan de muur hangen posters waarop Welkom geschreven in allerlei talen, zonder welkom te heten, zonder het gevoel te hebben welkom te zijn. De wachtkamer is in een gebouw achter hoge hekken met prikkeldraad. De enige entree is een bewaakte poort. Ik zit op de tweede rij. Een vrouw opent een van de deuren. Erachter is een smalle gang. De vrouw roept met zichtbare moeite een naam: 'Alricha, uhh, Alaria, uhh Mohammed'. Iemand staat op:

'Alariachi', zegt hij. En gaat de deur door. De kleur van het marmoleum verandert achter de drempel. Kleuren veranderen voortdurend zonder zich van elkaar te onderscheiden. Alles is beige. De smalle gang heeft een reeks deuren die toegang geeft tot verhoorruimtes. Kleine kamers waarin een tafel en een functionaris. Glaasje water op de tafel. De wachtruimte ondertussen, ademt zweet als een gymzaal. Door de gesloten ramen die te smal zijn voor de lengte van de muur en onnatuurlijk hoog tegen het plafond geplakt zitten, zijn waaiende boomtoppen te zien. Het is opgehouden met sneeuwen. Een wonder waar ik van had gehoord, maar in Nederland voor het eerst aanschouwde, verbaasd rook uitademend, tintelende ijsbloemen op mijn huid. Vandaag kan de sneeuw me niet bekoren. Toch kijk ik onafgebroken naar boven door de ramen hoe witte koppen van takken rollen. Ze vallen vlak naast een zwarte vrouw, gewikkeld in doeken waartussen een voor het oog verborgen baby onophoudelijk huilt. Ze zit onbeweeglijk naast de poort buiten het hekwerk. Wanneer de schemering valt, komt een kleine auto de vrouw en haar baby halen. Uren nadat in een ander gedeelte van het gebouw een vrijwilliger achter een bureau in een verwarmde kamer alle denkbare cijfercombinaties van een telefoondisplay intoetste. Magische nummers van opvangcentra voor papierloze moeders en kinderen.

Ik word geroepen voor een eerste gehoor. Op geen enkele vraag antwoord ik naar waarheid. Mijn Nederlandse naam, Samya, is in Rijsbergen geboren. Mijn Nigeriaanse naam betekent Zegen van God. Dat vind ik niet langer van toepassing. Ik zeg dat ik met een boot uit Sierra Leone kwam, vernietigd land. Ik ken de naam van de hoofdstad, niet die van de president. Ik lieg over mijn geboorteplaats.

Ik lieg over de manier waarop mijn vader stierf. Ik vertel hoe ik alleen door een haven liep in de donkere nacht. 'Rotterdam', concludeert de interviewer. Ik knik en vertel verder. Hoe twee mannen me vonden en meenamen en me naar de club brachten. Ik zwijg over Debby. Ik zwijg over de schuld. Ik vertel niet over het contract dat me achtervolgt. Het contract dat ik niet kan verbreken. Waarmee mijn leven verzegeld is, wat een slaaf en een sociale dode van me maakt en de reden is van mijn leugens. 'Sorry, mevrouw, maar u heeft geen verhaal,' zegt een ambtenaar de derde dag. 'U liegt.' Hij kijkt of het hem spijt. In mijn buik draait de kiem van mijn leugen en schaamte rondjes als een kermisattractie in een regenachtig dorp. Een vruchtje in een verraderlijk lichaam.

'Je kunt hier niet blijven en zult terug moeten naar je eigen land. Als je meewerkt, ga je vrijwillig. Als je niet meewerkt, sturen wij je.' De Terugkeerambtenaar kijkt me strak aan. 'Heb je me begrepen?' Ik knik. 'Werk je mee? Naar welke ambassade kunnen we gaan om een passe-partout voor je te regelen?' Ik zwijg. Terug naar Nigeria? Ik heb over vrouwen gehoord die in Lagos afgeleverd werden door Westerse politie. Ze komen uit het vliegtuig zonder zelfs ook maar een plastic tas met kleren. Daar wacht de Nigeriaanse politie hen op. Maakt grappen over de hoeren van de blanke. De handelsvrouw die het vertelde had het zelf gezien. 'Een van hen was heel jong, misschien maar dertien jaar oud. Haar ogen waren leeg als een opgedroogde greppel, gekrakeelde ogen van een oude zieke vrouw,' zei de marketeerster terwijl ze stoffen voor ons uitspreidde in de hoop dat wij iets kochten. 'Ze moeten ook parade lopen langs joelende mannen en daarna gaan ze de gevangenis in.' 'In de gevangenis,' vervolgde de stoffenverkoopster, 'is net genoeg ruimte voor iedereen om te liggen. 's Nachts kruipen kakkerlakken over je heen. Ratten knagen aan je voeten. Sommige mensen worden wakker zonder grote teen. Het stinkt er naar ziekte en dood.' Om haar woorden kracht bij te zetten, liet ze me aan het lijk van een rat ruiken. 'De prostituees uit Europa moeten een AIDS test doen. Niet om hen te helpen of geneesmiddelen te geven, maar om ze te brandmerken voor de rest van hun onzalige leven, als voorbeeld voor andere meisjes. Daarna worden ze naar hun dorpen en ouders gebracht. Ouders die hen helemaal niet terugwillen, besmeurd door blank zaad. Ik zou mijn dochter ook niet meer aanraken,' betoogde de vrouw en rekende ondertussen uit hoeveel een meter stof mijn moeder zou kosten. 'Ik hoorde van een meisje dat haar schuld niet betaald had en teruggebracht werd naar de handelaren, degenen die haar naar Europa hadden gebracht. Die staken het huis van haar ouders in brand en brachten haar gewoon nog een keer naar Europa. Ze is gek geworden en dwaalt dakloos door Rome.' Nu ben ik ook zo'n vrouw, een hoer van de blanke. Hoe kan ik die man uitleggen dat ik niet naar Nigeria kan?

'Jij bent anders,' zei mijn moeder altijd tegen me. 'Kijk naar hen, zij zijn zwart, jij niet, jij hebt de Westerse zon in je huid. Jouw lot staat geschreven in een andere taal. Op jou wachten andere betekenissen.' Ik geloofde haar, want ik ben lichter dan mijn landgenoten. Ik was zelfs een blanke baby. Volwassenen raakten me aan als een klein wonder dat geluk kan brengen. 'Zij heeft een bijzondere toekomst,' mompelden oude vrouwtjes die alles van toekomst weten. Ik geloofde dat allemaal, tot ik hier kwam. Hier bestaan geen gradaties, hier ben ik zwart. Een zwarte hoer.

De ambtenaar zal het niet snappen. Hij zal niet begrijpen

dat dit hoofdstuk niet in mijn sterren staat, dat ik een vreselijke fout moet hebben begaan om mijn lot zo drastisch te wijzigen. Hoe kan ik uitleggen dat ik niet kan terugkeren naar een oom die $ 60.000,- van me eist? En het met bloed geschreven contract verbreken? 'Mag ik hieruit opmaken dat je niet meewerkt?' vraagt hij kil. Weer zwijg ik. Hij maakt aantekeningen.

Na afloop van het gesprek brengen ze me opnieuw naar een gevangenis. Ditmaal niet in een politiebureau. Ze hebben een speciaal gebouw voor mensen zoals ik, mensen zonder land en zonder papier, die 'vluchtgevaarlijk' zijn. Wat dat woord betekent, begrijp ik niet. Ik kijk naar mijn celgenoten of ik aan hen kan zien dat zij vluchtgevaarlijk zijn, maar ik zie niets bijzonders. Het zijn gewoon meisjes, zoals ik, met dezelfde nachtmerries die ze proberen te vergeten. We praten niet over ons verleden of over onze toekomst. We vlechten elkaars haren en pikken nagellak, waarover we dan weer ruzie maken, zodat de bewaking tussen beide moet komen. Misschien vinden ze dat gevaarlijk.

De komende weken zal ik ambassades bezoeken, van Ghana, Gambia, Senegal, Kameroen en van Nigeria. Ik moet er vragen beantwoorden, een ambassadeur neemt mijn gezicht in zijn handen en bekijkt me alsof ik een geit ben die hij overweegt te kopen. 'Nee, ze hoort niet bij ons', luidt steevast het antwoord. Ik ben handelswaar dat niemand wil, voor altijd op de plank 'gevonden voorwerpen'.

∞

**dochter**

Ma is al een paar dagen zoek. Niemand snapt hoe dat kan.
We hebben de hele omgeving uitgekamd. Politie was er
bij, met honden. Sloten en grachten zijn gedregd.
Medewerkers van Dementen Zorg vonden een schrift met
aantekeningen onder het zitkussen van haar leunstoel. Die
notities, keurig ritmisch handschrift met vulpen
geschreven, liggen nu voor me op tafel. Ik aarzel, het is
nogal voyeuristisch om in schriften van je moeder te
neuzen. Toch pak ik het op. Misschien staat er een clou in,
het ziet er gelukkig niet uit als een afscheidsbrief, meer een
dagboek.

*Mijn kinderen denken dat ik dement ben. Als ze
daarmee bedoelen dat ik de wereld de rug heb
toegekeerd, dan hebben ze gelijk. Ik ben een oude
vrouw. Ik heb teveel gezien en te weinig gedaan.
84 ben ik nu. Ik zit in mijn stoel voor het raam en
kijk uit op de straat waar niets gebeurt, in een dorp
waar niets te beleven valt. Ik zit en staar naar
blaadjes die van bomen waaien. Als het donker
wordt, zet ik de tv aan en kijk zonder te zien naar
programma's die niets uitdrukken. Ik richt me op
vergeten. Ik duik weg. Soms naar een ver verleden
waarvan ik me de geur niet herinner, maar nog wel
beelden, plaatjes in een fotoalbum.
In mijn geheugen zijn de straten van vroeger
geplaveid met zoete broodjes. In mijn voltooid
verleden tijd ben ik liefdevol getrouwd. Ik verdoezel
de taaie sleur, het fantasieloze gerommel in donkere
bedden. Ik negeer de stomme stiltes tijdens het
avondeten. Ik ben vergeten hoe ik me staande hield
met stiekeme glaasjes sherry bij de ochtendkoffie. Ik
ben vergeten hoe ik mijn leven liet passeren zonder
deel te nemen. Ik waste en streek. Ik kookte
aardappelen en slappe groenten. Ik sprak schande*

van vrouwen die wel het lef hadden om uit een verbeeldingloos leven te stappen, die te korte rokken droegen of waarvan de kinderen in ongestreken kleren op school kwamen. Ik negeerde hen op straat, want kon mijn eigen leven niet onder ogen zien. Die ene buurvrouw waarvan gezegd werd dat ze een affaire had, vermeed ik openlijk. Wees haar na in winkels. Verschanste me achter even laffe vriendinnen die onder dezelfde verbleekte lakens sliepen als ik. Mijn man verdiende miljoenen door veel van huis te blijven. Hij reisde met zijn handel. Hij had liefjes onderweg. Ik vond sporen van hen in zijn koffers. Zag hun ogen in zijn lach als hij thuiskwam. Een lach die snel opdroogde in onze keurige salonkamer. Hij maakte acht kinderen bij me. Ik droeg mijn zwangerschappen als het noodlot. Ik was een intelligente vrouw aan wie de wil ontbrak. Ik weigerde te geloven in mijn eigen kracht. Ik bleef kinderen baren en toen ik opgedroogd was, bleef ik wassen en strijken. Ik ging naar dure kappers en kocht in brave winkels nog bravere mantelpakken voor mijn rijpe onvruchtbare lichaam.

Toen de zakenman stierf, nam ik zijn fortuin met een serene glimlach. Ik ruimde zijn pakken en koffers met restanten van buitenechtelijke liefde op. Verbrandde briefjes en foto's en ik vergat alles wat mijn beeld verstoorde van een geslaagd leven. Alleen de sherry bleef om me gezelschap te houden. Later kwam daar een hond bij. Een cocker spaniel, die een betere levensgezel voor me was dan de zakenman. Ik goot al mijn gefrustreerde liefde in de hond die vals beet naar iedereen die bij me in de buurt kwam. Hij werd afschrikwekkend dik en kreeg kale plekken in zijn vacht. Ook zijn leven was vol gemiste kansen, weggemoffeld onder het verslavende comfort dat mens en dier ervan weerhoudt om echt te leven.

Mijn moeder kwam op bezoek. Ik wist nooit wanneer, dus zorgde ik dat mijn huis altijd spik en span was. Ze zou met haar wijsvinger over de richels van de kast gaan, stofcontrole. Ze inspecteerde mijn klerenkast op onregelmatige stapels. Controleerde de keuken op aanslag van vet. Ik legde lakens over de bank en salontafel, zoals mensen wel doen die langere tijd van huis zijn, zodat stof niet neer kan dalen op het dure meubilair. Soms was mijn vader bij haar. Hij zat zwijgend om zich heen te kijken. Ik las het misprijzen in zijn ogen. Toch voelde ik me geborgen bij hen.

De eerste keer dat ze me in mijn nachthemd op straat aantroffen, was ik op zoek naar mijn ouders. Mijn moeder had beloofd me naar school te brengen, maar de les was al begonnen en ik zat nog steeds thuis. Ik wist niet waar mijn schooluniform lag, kon mijn schoenen nergens vinden en raakte in paniek. Ik liep naar buiten, terwijl de waterketel op het gas me aanspoorde met hoog gefluit. Het klonk als de schoolbel. Buiten merkte ik dat ze de straten hadden verlegd. Er stonden gebouwen die ik nooit eerder had gezien. Er reden veel meer auto's dan ik gewend was. Ze volgden patronen die ik niet kende: Stoppen, doorrijden en steeds claxonneren. Ik zwaaide dan maar. Het is onbeleefd om niet terug te groeten. Toch kon ik me niet voorstellen dat ik al die mensen kende.

Een man vroeg me waar ik heen wilde. Of hij me ergens naartoe kon brengen. Wat een onbeschaamdheid! Alsof ik een makkelijke vrouw ben die zomaar met een onbekende meegaat. Gelukkig was er een aardige politieagent. Hij bracht me naar een vrouw die beweerde mijn dochter te zijn. Mijn andere kinderen waren snel ter plekke. Ze begonnen allemaal door elkaar te praten. Daarna viel er een stilte. Toen hebben ze me hier gebracht. Naar de kamer in het grote huis in dit dorp waar niets gebeurt. De bedienden hier zijn nogal brutaal. Ze lopen gewoon binnen en zeggen wat ik moet doen. 'Kom mevrouwtje, we gaan ons even wassen.' Ze stelen ook. Mijn portemonnee is leeg, terwijl ik niets gekocht heb.

Mijn ouders heb ik hier niet meer gezien. Ik denk dat ze niet weten waar ik ben. Volgens mijn dochter zijn ze dood. Schandalig zoals kinderen van tegenwoordig kunnen liegen. Ik zou het toch zeker weten als mijn ouders overleden waren. Van mijn man heb ik ook al in tijden niets meer gehoord. De telefoonverbinding zal wel niet werken. Dus ik zit hier maar gewoon. Ik wacht. Ik ben eraan gewend om te wachten. Te wachten en te vergeten.

Ik speelde al vroeg verstoppertje met de werkelijkheid, maar in de nacht van 15 op 16 januari van een jaar waarvan ik me het getal niet herinner, nam het vergeten mijn besef helemaal over; het is een warme beschermende deken waaronder ik veilig ben. Ik sliep al, gekleed in de bitterzoete droom van een glas Grand Manier, een gewoonte die ik had aangenomen nadat mijn man gestorven was. De hond lag met z'n kop op mijn voeten en hield ze warm. Het was een koude nacht. De lucht was troebel, alsof de wereld zich wilde terugtrekken. Mijn borduurwerk lag naast mijn bed op het nachtkastje. Ik werkte aan een kleurrijk wandkleed vol fijne steekjes. Een opdracht van mijn zoon Joost. De enige die niet in zaken was gegaan en kunstenaar was geworden. Het gele vlak schoot maar niet op. 'Moeder, ik zie nog wit', zei hij vanmiddag. Zuchtend haalde ik steken los en begon opnieuw. Toen hij wegging, draalde hij in de deuropening, kwam terug om me een kus te geven, gaf aanwijzingen voor het vervolg. 'De vlakken moeten

egaal, alsof je lakt met borduurdraad.' Zijn stem
vervormde in een echo, klonk na terwijl hij al weg
was. Ik heb tot laat zitten werken, mijn ogen
pijnigend op de kleine steekjes, zoekend naar het
ritme van de naald. Ik concentreerde me zo dat
alles om me heen geel werd. Ik zette de televisie aan
om de stilte van het huis te breken. De nieuwslezer
zei: 'Ik zie nog wit'. Volgens het weerbericht wordt het
morgen wit. Er was een talkshow van een witte man.
De stem van mijn zoon herhaalde: 'Wit'. Scheel van
concentratie schonk ik mijn dagelijkse Grand
Manier in, knoeide nogal wat omdat mijn hand
plots beefde. De geest van mijn overleden man krulde
zich op in de mand van de hond. Hij lag in een
foetushouding met zijn gekromde rug mijn kant op.
Ik stond op en boog me over hem heen. Zijn gezicht
was verdwenen, het had zich verborgen in een
schilderij boven de eettafel.
Ik spoelde de Grand Manier in een beweging door
mijn keel en ging aangekleed met mijn gebit nog in,
in bed liggen. Ik droomde over een gewelddadige
strijd tussen wit en geel, toen de telefoon ging. Ze
kwamen me halen met een taxi. Vanaf dat moment
verloor ik controle over het vergeten. Mijn zoon lag
opgebaard in het wassen beelden museum. Ik pakte
zijn handen en praatte zacht om hem weer tot leven
te wekken. Ik schudde zijn handen en probeerde hem
te verleiden met mijn tranen. 'Ik maak het goed. Ik
haal alles uit. Begin opnieuw. Je zult geen wit meer
zien. We doen rood ook over. Iedere steek een
ademtocht. Kom we hebben werk te doen.' Joost bleef
onvermurwbaar tussen de witte lakens. Ontastbaar
gezicht.
Mijn dochter haalde me bij hem weg. Ik had zijn
hand nog vast, zijn linkerhand, zijn tekenhand.

Een leven vol gemiste kansen... zo kijkt ze dus terug. Mijn

moeder van 84 die niet meer opnieuw kan beginnen, probeert zichzelf niet onder ogen te komen. Wat kun je nog doen aan het einde van een verhaal? En Pa? Mijn joviale reizende vader, die altijd vrolijk thuiskwam, op wiens schoot ik kroop om zijn verhalen te horen over prinsessen uit verre landen. Die prinsessen bestonden dus echt, ze lagen in zijn bed en zaten bij hem aan tafel. Het moet een marteling voor haar zijn geweest om te horen hoe hij me vertelde over zijn escapades, terwijl ik steeds vroeg om 'meer' en 'nog een keer', tot ik het verhaal uit mijn hoofd kende en begon te herhalen tegen iedereen die wilde luisteren. 'Hoe heet die stad ook al weer, Papa? O ja, Lagos.' De prinses van Lagos in goud en kanten doeken gewikkeld waar kleine meisjes in verstopt zaten, was een van mijn favorieten, hij noemde haar Gaja. Was dat haar echte naam? Waarom is Ma bij hem gebleven? Voor het geld, het gemak, de status? Ze was laf, schrijft ze. Ze is nog steeds laf. Ze wil niet onder ogen zien wat als een grote homp klei recht voor haar neus ligt.

De rollen zijn omgedraaid. Ze was de moeder en ik het kind. Nu wordt het tijd dat ik haar help. De brief, de bekentenis, het testament, nee, niet het testament! Waar kan ze zijn? Ze is niet verloren, een vrouw die zo helder analyseert, is te redden. Ook al ben je 84, je kunt nog veranderen. Toch?

Ik moet iets doen. Wat? Weten mijn broers hiervan? Het is niet aan mij om het hen te vertellen. Haar geheim. Ik kom er toevallig achter, dan hoef ik er niets mee te doen. Ze heeft recht op privacy. Gek, dat ouders ook een leven hebben. Zelfs op mijn leeftijd, zelf moeder, heb ik me nooit afgevraagd wie mijn moeder nog meer is dan mijn moeder. Dat ze, los van mij, een gevoelsleven heeft, komt als een totale verrassing.

Ik doe er twee dagen over, eer ik mijn oudste broer bel.

Over de inhoud van de brief zeg ik zo weinig mogelijk. 'Ma schreef verbazingwekkend helder. Ze is zich heel goed bewust van haar situatie. En ontzettend ongelukkig. We moeten haar proberen te helpen, misschien kan ze beter worden,' zeg ik. 'Ma is dement. Daar genezen mensen niet van. Als we haar vinden, moeten we een tehuis zoeken met goede beveiliging, zodat ze niet meer weg kan lopen.' Hij hangt op, want het eten staat op tafel. Mijn broers verwijten mij haar vermissing. Ze is er vandoor gegaan vlak voordat ze getagd zou worden. Dat komt door mij. Ik was er tegen. Honden chippen, oké, maar mensen?

De chip die ze plaatsen bij oude mensen, kleine kinderen en criminelen seint voortdurend naar de computers van het Iedereen Zichtbaar Centrum. Het IZC is opgericht nadat een man in een witte bus zonder kenteken, meisjes van vijftien van hun fiets trok, verkrachtte, drogeerde en totaal verward vastgebonden aan een boom achterliet. Er werden Kamervragen gesteld. Een politicus stelde verontwaardigd dat heden ten dage mensen niet zonder meer kunnen verdwijnen. 'We hebben de techniek om gevaarlijke sujetten en kwetsbare leden van de samenleving in beeld te houden. Het wordt tijd dat we die techniek gebruiken.' De overheid startte een campagne: 'God ziet alles. Wij nu ook. Help misdaad bestrijden en chip.' De meeste mensen waren het daarmee eens. In mijn familie was het taggen van Ma een heftig discussiepunt. Ik miste mijn jongste broer in de felle woordenstrijd. Hij zou het met me eens geweest zijn. Mijn andere broers noemden me sentimenteel toen ik dat opperde. En, 'wilde ik dan dat Ma iets overkwam?'

De directie van het bejaardenhuis wil haar kamer doorverhuren. Er is een lange wachtlijst. Ze kan toch niet terug. 'Ze is te ver heen,' vindt de manager. 'Ze had al in

21

een andere verzorgingsflat moeten zitten. Eentje gespecialiseerd in haar mentale toestand, met dubbele sloten en irisbeveiliging.' Hij is bang dat ze terugkomt in zijn tehuis. Maar nog banger dat wij zijn instelling aansprakelijk stellen voor haar verdwijning. Mijn oudste broer heeft zoiets al geopperd. Hij wil schadevergoeding. Mijn oudste broer ziet overal geld.

*∞*

**lisette**

Een man in pyjama loopt gewapend met twee pannendeksels door de gang. 'Moeder Maria, help!' roept hij en zet z'n woorden kracht bij door de deksels krachtig tegen elkaar te slaan. 'Moeder Maria, help!' Kedengkedeng. Twee verpleegkundigen rennen op hem toe. Een van hen pakt zijn instrumenten af. De andere, een donkere vrouw, zegt sussend: 'Kom meneer ter Velde, het is bijna bezoektijd. Zal ik u even helpen met aankleden?'

Ik kijk door het kleine raampje van mijn kamerdeur naar de verwarde man in de gang. Zijn piekharen staan alle kanten op, zijn ogen rollen en zijn handen wapperen. Wat doe ik hier? Zou moeder kwaad worden als ik vertrek? Ik haal mijn wijsvinger over het dressoir. Geen stof. Snel zet ik een vaasje recht. Als het huis netjes is, kan ik gerust even naar buiten. Ik pak mijn mooiste jas van de kapstok en schik mijn haren. Ik ben een verzorgde vrouw.

Op mijn pantoffels loop ik met rechte rug naar de uitgang van het gebouw. De glazen deuren zijn op slot, maar meneer ter Velde blijft kabaal maken en een van de verpleegkundigen heeft op de alarmknop gedrukt, wat betekent dat hulp onderweg is. En de hulp komt door die glazen deur, daar aan het einde van de gang. Vertel mij wat, ik ben hier lang genoeg om te weten hoe het er hier aan toegaat.

Ik druk me tegen de muur achter een metalen kast gevuld met onberispelijk witte beddenlakens en wacht. De deuren sluiten langzaam, ook dat weet ik. Ik telde zo vaak de seconden die voorbijgaan eer ze weer gesloten zijn. Tien tellen, als je langzaam telt. Tien tellen om te ontsnappen. Daar komen ze. Ze zien me niet staan, de hulptroepen, die hun collega's te hulp schieten. Het is een bont gezelschap. Een zwarte kat met twee staarten en een roze schort loopt voorop. Op de voet gevolgd door een man wiens hoofd

vingers heeft waar de oren horen te zitten. Even denk ik
mijn moeder te herkennen in de rode reuzenmier die de
anderen aanjaagt met een grote zweep. Ik aarzel. Nog vier
langzame tellen. Ik zet een pas, versnel en raak net op tijd
buiten. Mijn jas klemt vast. Ik trek. Hoor scheuren. Een
lapje stof tussen de deuren verraadt mijn ontsnapping.
Maar de buitenlucht is fris, mijn rimpelige longen vullen
zich met zuurstof. Ik krijg vleugels. Mijn voeten van de
grond. De lucht nachtblauw en open.

Ik loop langs mijn raam de lege straat in. Rondom de stoel
waarop ik altijd naar buiten zit te kijken, fladderen gele
vlinders. Sommigen lijken met me mee te willen. Ze
botsen tegen de ruit. De deur van mijn kamer gaat open
en de kat die de hulptroepen aanvoerde om meneer ter
Velde te kalmeren, zwiept beide staarten naar binnen. Ik
zet mijn kraag omhoog, trek mijn hoofd tussen mijn
schouderbladen en loop snel door. De staarten van de
zwarte kat maaien ongenaakbaar gele vlinders neer, hun
vleugeltjes verpulverend tot stuifmeel.
Op de hoek is een café. Onder het overkapt portiek staan
mensen te roken. Ze voeren een verhit gesprek over een
bericht dat kennelijk in de krant van vandaag stond: alle
burgers moeten een kopie van hun huissleutel inleveren
bij de politie. De huissleutel dient voorzien te zijn van
adres, sofinummer en een vingerafdruk van de
hoofdbewoner. 'Het is voor onze eigen veiligheid,' hoor ik
een man met zware stem zeggen. 'Ik heb niets te
verbergen. Mijn sleutel mogen ze hebben. Dat komt ook
van pas als ik mezelf per ongeluk buitensluit.' 'Waarom
willen ze bij mij thuis binnen kunnen?' antwoordt een
zwaarlijvige vrouw. 'Ik vind het geen lekker idee, een
vreemde die zomaar je huis in loopt. Ook al is het dan
politie.' 'Je zult er aan moeten geloven,' zegt haar vriendin

terwijl ze een trek van haar sigaret neemt. 'Ten eerste kom je op een zwarte lijst te staan en betaal je hoge boetes, als je op 1 mei je sleutel niet hebt ingeleverd. Ten tweede is er geen maatschappij meer die je een inboedelverzekering geeft.' Ik kan me niet herinneren dat ik hierover gelezen heb en blijf stil staan om te luisteren. 'Hey mevrouwtje, wat bent u nog laat op pad,' zegt de zware stem. 'Ook een drankje?' Ik schud mijn hoofd en loop snel verder. Ergens rechts van dit café moet het station zijn.

Als ik geen stemmen meer hoor en niemand zie, leg ik mijn oor op de stoep. Een oude indianen truc om te horen of er een trein aankomt. Het kabaal is verdovend, maar blijkt van een vrachtwagen te zijn die de plaatselijke supermarkt komt bevoorraden. De koplampen van de truck met hun verblindende licht gaan voorbij en mijn ogen wennen langzamer dan vroeger aan de duisternis. Recht voor me, op 200 meter is een spoorboom. Ik volg de rails tot aan het station. Ik wil een kaartje kopen, maar er is nergens een loket.

Bij de opgang naar het perron speelt een man een vreemd spel op een automaat tegen de muur. Eerst duwt hij een plastic kaart in een gleuf, daarna drukt hij op de knoppen van het apparaat. Zo te zien heeft hij gewonnen, want er komt een briefje uit de automaat. Hij blijft stoïcijns onder zijn overwinning. Achteloos pakt hij het lot en stopt het zonder er een blik op te werpen in zijn portemonnee.

Ik vergeet de man en loop naar het spoor. Op de rails liggen boodschappen verspreid tussen etensresten. Geheime gedichten van een wereldreiziger aan zijn geliefde. Hij vraagt haar met hem weg te lopen. 'Trouwen op een droomlocatie' heet het gedicht dat op de rails voor me ligt. De schrijver heeft er een foto bij gedaan van olifanten met rijkelijk versierde stoelen op hun rug. Ze lopen over een tropisch strand. Meer kan ik niet zien door een vouw in het papier. Ik twijfel. De rails zijn ruim een meter lager dan het perron. Mijn nieuwsgierigheid wint. Eerst ga ik zitten en laat mijn benen bungelen om de afstand goed in te schatten. Dan maak ik de sprong naar beneden. Ik buk en raap het liefdesgedicht op. De man die zojuist een prijs won uit de gokautomaat, slaakt een verschrikte kreet. Hij rent naar de rand van het perron en steekt zijn hand naar me uit. 'Kom, voordat de trein er is.' Ik vind het nogal een aansteller, maar het is wel handig dat hij me helpt weer het perron op te klimmen. Ik houd het gedicht stevig vast terwijl de man me omhoog hijst. Hij staat nog te hijgen als de trein met piepende remmen stopt.

Ik stap in. Pas bij het volgende station herinner ik me het gedicht dat ik nog in mijn hand geklemd houd. Ik voel me een beetje schuldig. Nu zal de geliefde het niet meer vinden. Dan zie ik de schunnige tekst. Hij vraagt geld! Zoveel voor de vliegreis, zoveel voor het verblijf. Ik verscheur het pamflet en stop het gauw in de prullenbak. Ik val in slaap en word wakker in een stad waar ik misschien nooit eerder was. Er zijn veel mensen. Veel zwarte mensen ook. Ze spreken vreemde talen en geuren van onbekend eten komen samen in de stationshal waar de tocht ze meeneemt in de richting van treinen die op het geblakerde spoor staan uit te puffen. De treinen doen ouderwets aan, rijen wagons die allemaal dezelfde bestemming hebben.

Misschien ben ik in een buitenland. Dan zie ik dat er een Hollandse bakker is, naast de Belgische frietkraam. Ik ga even voor de bakker staan om de geuren op te snuiven. Vandaag zijn de worstenbroodjes in de aanbieding. Vijf halen, vier betalen. Ik eet ze alle vijf in een keer op. Alsof ze met een bus zijn gebracht, lopen er ineens veel blanke, blonde mannen en vrouwen het station in. Ze zijn keurig gekleed. De mannen in pak. De vrouwen ook. Velen dragen platte zwarte koffertjes in de ene hand en een kartonnen beker met deksel in de andere. Ze bewegen zich zelfbewust over het stationsplein en lijken precies te weten waar ze heen willen. Snel grissen sommigen een krant uit een metalen zuil voordat ze het perron van hun keuze op gaan. Ik steek het overdekte plein over en loop naar een van de uitgangen. Regenwater spat op uit de plas voor de ingang, druppels waarin de gevelverlichting gebroken weerkaatst tot ze terugvallen en in elkaar opgaan, druppel voor druppel de oevers van de plas verleggend, zodat deze groeit en wie weet ooit het hele station onder water zet. Je kunt er in springen of klossend doorheen waden in verbeelding een vakantiedag aan het water doorbrengend, waar kinderen met emmertjes spelen en elkaar nat spatten. Mijn pantoffels zuigen het water op als sponzen. Ik wil ze wel uit doen, maar dan scheuren mijn pantykousen. Klossend op de zwaarder wordende pantoffels loop ik door. Een man met een tulband op bestuurt de tram die voor mijn neus stopt. Ik stap niet in. Ik heb geen zin om naar India te gaan.

De regen spoelt de straten schoon en er zit veel zuurstof in de lucht. De worstenbroodjes in mijn maag geven me energie. Kwiek als een vijftigjarige passeer ik de stilstaande tram. Een andere tram komt van rechts. Ik negeer het hysterische geluid van de remmen, hef mijn hoofd trots en wandel verder in de richting van een groot gebouwencomplex dat deels overdekt is. Mijn doorweekte pantoffels laten sporen achter op de marmeren bestrating. In een spiegelende ruit schik ik mijn haar. De dag kan beginnen.

De gebouwen in het labyrint staan als soldaten opgesteld,

stram in de houding volgens regels van de infanterie. Ze zijn stuk voor stuk imposant groot. De een is wit en zo hoog dat ik er duizelig van word. De draaideur van een rond rood bakstenen pand staat geen seconde stil. Steeds lopen mensen in en uit. Het lijkt me maar niets met zoveel mensen in zo'n groot huis. Je kent je buren niet eens. En waar kijk je op uit, als je voor je raam zit? Er zijn geen vogels hier. Geen bomen. Alleen maar stenen en mensen. Het marmeren pad leidt naar een plein met een hoge toren die als een pas geslepen potlood de lucht in steekt. De scherpe punt is van glas. Het is er nooit stil. De wind raast woedend om de toren. Mijn haren gaan weer helemaal door de war. Goed dat mijn moeder me nu niet ziet. Het kost moeite om door te lopen tegen de harde storm in. Mijn pantoffels sleuren aan mijn voeten. Wolken beuken tegen de glazen punt. Proberen het harde glas te breken. Een jongen op wielen schiet me voorbij. Draait zo snel als de wind en komt terug. Hij racet recht op me af. Hij heeft drie ogen. Met het middelste kijkt hij me aan. Ik ben bang dat hij tegen me opbotst en zet een stap opzij. Hij zwenkt mee. Schaatst rakelings langs me. Trekt aan mijn tas. Mijn arm doet er pijn van. Nog een ruk. Het hengsel breekt. De tas valt. Ik wankel. Hij bukt. Raapt de tas op en verdwijnt. Vliegensvlug. Een man die ik niet eerder zag, roept: Houd de dief! Op dat commando komen overal mensen vandaan. Ze rennen allemaal om de toren. Ik ga op de grond zitten in de hoop luwte te vinden. De man die opriep tot het aanhouden van de dief maakt zich los uit de rennende menigte. Hij geeft me mijn kapotte tas terug. Ik blijf zitten. De mensen houden nu gelukkig op met rennen. Ze komen om me heen staan. 'Gaat het mevrouw?' 'Bent u gewond?' Een vrouw neemt me onder de arm. Ze heeft de gebaren van een verpleegkundige en praat met sussende stem. Ze neemt me mee door de

draaideur van het rode bakstenen gebouw. In de hal staat
een grote bank. Ik krijg koffie en ril op mijn natte voeten
terwijl ik wegzak in de weldadige kussens. De vrouw stelt allerlei vragen. Ik kijk naar haar bijzonder
lenige lippen die vreemde woorden uitstoten.
Onwillekeurig probeer ik haar na te doen. Mijn tong raakt
verknoopt. Het irriteert haar, ze doet haar best dat te
verbergen. Nog steeds versta ik haar niet. Ik noem mijn
naam om haar ter wille te zijn. Ze begrijpt me niet en wil
mijn tas pakken. Maar dat laat ik niet meer gebeuren. Ik
klem de tas stevig onder mijn oksel en grom als een valse
hond. Ze staat op en loopt naar de receptie. Praat wat met
de vrouw achter de balie, wijst naar mij. Ik vind het wel
genoeg nu. Terwijl de twee vrouwen fluisteren, sta ik op
en ga door de draaideur naar buiten. De regen is gestopt. Ik loop niet meer naar de
potloodtoren, maar wandel de andere kant op, verder de
verdedigingslinie van de stad in. Een kleurig versteend
monster midden in een ronde vijver kijkt me droevig na.
De ogen zwart omrand in de witte kop met knalgele kruin.
Ik kan niet onderscheiden of het een vogel of een draak is.
Water spat om hem heen. Ik zou ook verdrietig zijn als ik
gevangen was in eeuwigdurende regen. Toch doe ik alsof
ik hem niet zie. Je kunt je hier maar beter op jezelf
houden. Achter de vijver ligt een asfaltweg die speelt voor grens
tussen de stenen wachters en de stad. Een aanhoudende
stroom auto's vormt de tweede verdedigingslinie. De kou
trekt van mijn voeten omhoog, door mijn hele lichaam.
Voorbij de verkeersader is een vlakte. Groen gras waar
ganzen en zwanen grazen. Rode paden trekken fietsers
door de wijde strook. De zon heeft er vrij spel. Ik knijp
mijn ogen dicht, tel tot drie en steek over. Pas wanneer ik
voel dat de grond onder mijn voeten een andere structuur

krijgt, open ik mijn ogen en kijk om. De glimmende stoet achter me staat stil te wachten voor het stoplicht. Ik bedank met een knik, loop zonder om te kijken naar een bank en leg mijn pantoffels naast me te drogen. Een meisje strooit brood voor de vogels. Zonnestralen zijn opgeslagen in haar huid en geven een brons gouden gloed af. De kluis van de zon heeft diep trieste ogen die blinken als tranen. Haar bewegingen zijn traag en moe. Ik denk aan oom Jacques terwijl ik naar haar kijk. Ik heb hem niet meer gezien sinds ik een jaar of vijftien, zestien was. Opeens heb ik zin in een ijsje. Ik trek mijn inmiddels bijna droge pantoffels aan en loop naar de ijscokar. Een jonge moeder met twee kinderen is voor. Terwijl zij soebatten over 1 of 2 bolletjes, bekijk ik de kaart die achter de verkoper hangt. Stracciatella ..... Italië met Mart en twee van onze kleinkinderen, een Citroën DS. Hij reed natuurlijk. Hij reed altijd, mannen houden van sturen. Gas geven op de Duitse autobaan. Door Zwitserse passen, lange donkere tunnels, de Dolomieten met hun scherpe tongen vervaarlijk boven ons uit rijzend. Warm zand en verse paling waren de beloning.

Ik kies een hoorntje met twee bolletjes stracciatella. Begerig lik ik aan het ijs, mijn hoofd in Italië, bijna dertig jaar geleden. Zie je wel, ik ben niet alles vergeten, denk ik tevreden. Dan zie ik de mond van de ijscoboer bewegen. Even later hoor ik hem ook. 'Dat is dan twee euro vijftig, mevrouw.' 'Oh natuurlijk.' Ik wil mijn tas pakken, maar die is er niet. 'Mijn tas is gestolen!' De man kijkt me smalend aan. 'Een jongen met drie ogen heeft 'm uit mijn handen gegrist.' De ijscoboer krijgt een lange kin waardoor hij er uit ziet als een boze geit. Ik raak in paniek. 'Echt. Sorry, ik was het vergeten.' Ik zie mezelf door zijn ogen en raak nog meer van de kaart. Het ijsje valt. Op de grond ontstaat een vlek in de vorm van Italië. Ik hoor haar niet aankomen, het meisje met de gouden huidskleur: 'Mevrouw, uw tas, u bent uw tas vergeten.'

'U lijkt op mijn oma', zegt ze vertederd en haakt haar arm in de mijne. 'Is jouw oma wit?' Ze lacht. Haar ogen zijn minder triest. Ik kijk naar haar hand die op de mijne ligt. Voorzichtig trek ik mijn hand weg. Haar Nederlands is slecht. Ze zal wel niet zo veel school hebben gevolgd. 'Jij lijkt op mijn dochter,' zeg ik om haar ter wille te zijn. We lopen samen langs de ganzen, die ongeïnteresseerd om ons heen blijven grazen. Ik voel me jong worden. Jonger dan ik ooit was. Onbezorgd bijna, zo jong. Ik hoef niets te vergeten. Het maakt me bijna verlegen. Ik glimlach en ze glimlacht terug. We lopen maar wat. Na een tijdje zegt ze dat ze moet gaan. Ze heeft werk. Ze kijkt weer triest. Terwijl ze wegloopt, kijkt ze nog een keer achterom en zwaait naar me.

Ik begin weer te vergeten. Oom Jacques komt achter me staan. Hij heeft extra bonnen bij zich. We gaan nog een ijsje kopen, 1 bolletje vanille. De ijscoboer accepteert de bonnen niet. Hij tikt tegen zijn voorhoofd en mompelt iets beledigends over dementerende oude gekken die los rondlopen. Oom Jacques haalt zijn schouders op. 'Dan niet', zegt hij en neemt me bij de arm. We lopen naar een doolhof dat ijverig bestraat is met kleine stenen. Oom Jacques haalt een foto uit zijn binnenzak. Er staat een donkere man met verlegen glimlach op. Zijn gezicht glimt alsof het is opgepoetst. De foto is ergens in Afrika genomen. 'Ik moet gaan.' Vertel niet dat je me gezien hebt.' Jacques verdwijnt in het net van straten. Ik stop de foto voorzichtig in mijn tas.

Om me heen zitten mensen op terrasjes, anderen lopen met plastic tassen waar namen op geschreven staan.

Sommige mensen zijn zo zuinig dat ze zelfs de poep van hun hond oprapen en meenemen. Er zijn geen vogels hier. Een deur staat open. Ik loop de keuken in naar mijn moeder. Haar berispende blik is gericht op een jongen die in hemdsmouwen staat af te wassen. Hij spuit de borden schoon en zet ze in het druiphek in de la, geeft er een flinke klap tegen. Kolkend water klinkt. Als hij de la weer opentrekt, komt er stoom uit. Hij beweegt snel, wil in drie halen thuis zijn. Ik weet wat ze denkt: haar porseleinen servies, zilveren bestek, kristallen glazen. Niet bestand tegen zoveel geweld. Ze wil hem wegsturen.

Zijn zwarte krullen zijn kort langs de oren geknipt om de weg vrij te maken voor waterige melancholisch blauwe ogen boven de dunne neus en fijne mond. Hij zegt niets, luistert naar geheime berichten die door draadjes zijn oren bereiken.

Mama vond dat hij best iets terug mocht doen voor de kost. Maar hij is geen bediende. Hij is piloot. Ik wil het haar zeggen. Ze is verdwenen.

De jongen kijkt naar me alsof hij me voor het eerst ziet. Zilverblauwe bellen springen kapot in de lucht. Ik pak het kristal uit zijn handen en wrijf het glanzend droog. Hij lacht verlegen verbaasd. Gaat door met de afwas en geeft me een volgend glas.

De keuken ruikt naar schoonmaakmiddel vermengd met de geur van pizza en pasta. Heel anders dan ik gewend ben. Er lopen vreemde meisjes in en uit met stapels borden. Hij lijkt ze te kennen. 'Moet je je niet verstoppen?' Hij schudt met zijn hoofd op de maat van muziek. Ik kan me niet herinneren waarom er gasten zijn, heel veel gasten te zien aan de hoeveelheid vaat die maar blijft komen. Broden die we niet verkopen in de bakkerij liggen gesneden in mandjes te stomen en worden door de meisjes naar buiten gedragen. De klapdeuren maken overuren. 'Hey Shaun, heb je je oma meegenomen?' vraagt een kok. Hij zet een glas cola voor mijn neus. Ik zie een oude vrouw op pantoffels achter me staan. De spiegel is een blinkende koelkast. Als ik omdraai is ze weg. Ik kijk nogmaals. Tijden wisselen duizelingwekkend snel. Mijn eerste liefde schudt glimlachend zijn hoofd. Zachte neuriegeluiden verlaten zijn lippen. Ik kijk naar mijn voeten in de versleten pantoffels. Het glas valt uit mijn handen op de grond. Dit is niet onze keuken, hij is niet mijn piloot, realiseer ik me. Ik word bang van het spel dat de tijd met me speelt.

De smalle straat waar de deur van de restaurantkeuken op uitkomt, is voor de helft verlicht door reclameborden waarop eten staat aangeprijsd. Ik kies de andere kant en ren hard voor oude benen. In een parkje, rechts van de hoek, staat een bank waar ik uit kan rusten. Ik denk nu heel helder. Op een bonnetje schrijf ik de woorden: 'Ik ben een tijdreiziger.' Dat is het enige wat ik hoef te onthouden om de situaties waarin ik verzeild raak te begrijpen. Ik stop het briefje in mijn tas en vergeet het onmiddellijk.

Een man van de vuilnisophaaldienst maakt met een sleutel de felgekleurde afvalbak aan de overkant van het pad open. Hij haalt er een volle fles frisdrank uit. Sissend en borrelend kruipt het vocht omhoog naar de hals van de fles omdat de man de dop losdraait. Hij neemt een slok. Smakt goedkeurend. Het sap loopt traag en dik over zijn kin. Hij likt het weg met zijn stekelige tong, een aardbei gestippeld kwaadaardig witte punten.
'Je hebt teveel verbeelding,' zegt mijn moeder, die ongemerkt naast me is komen zitten. 'Net als mijn broer. Jacques was een romanticus. Geen slechte jongen. Hij wist het niet. De woorden zweepten hem op, leerden hem trots

33

te zijn. Het uniform rechtte zijn rug. Hij wist het niet, dat kan niet. Hij kan het niet geweten hebben.' 'Maar papa wist het toch? Papa vertelde het hem.' 'Hij kon het niet geloven. Hij was naïef. Een romanticus, net als jij. En hij heeft ze bij ons weggehouden. Hij heeft je leven gered. En het mijne. Met zijn uniform.' Ik wil haar de foto laten zien die oom Jacques me gaf, maar de drinkende tongman kijkt om en luistert met gefronste wenkbrauwen naar ons gesprek. Er zit een bruinrode gleuf waar de sap over zijn kin droop. Zijn ogen zijn ongelooflijk klein en zijn buik - ik kan niet stoppen naar zijn buik te kijken.

Hij heeft een buik als het heelal, oneindig rond als een onnatuurlijk verschijnsel hangt het aan zijn verder tengere lichaam. Een gezwel waar alle drab zich verzamelt, rond kolkt langs de wanden, alles naar het middelpunt zuigend zoals wasmachines de lakens tegen de trommel plakken en het vuile water in de navel verzamelen voordat het uitgespuugd wordt, wellustig spoelend om te laten zien hoe nuttig ze zijn. 'Maar jij bent geen wasmachine,' stamel ik. 'Toch wel,' grimast hij. 'Ik was de stad. Iedere dag weer. Voor een hongerloon. Maar er zitten schatten verborgen tussen het vuil.' Hij houdt triomfantelijk een euro omhoog waar ondefinieerbaar voedsel aan plakt. 'Moet u niet naar huis? Het wordt zo donker. Dan is het hier niet veilig, zo alleen.' 'Mijn moeder brengt me zo.' Hij haalt zijn schouders op en neemt nog een rode slok. Ik zie het vocht door zijn keel naar zijn maag zinken. Daar mengt het zich met een vette gelige substantie. Hij hikt. Dan klapt hij dubbel. Zonder geluid. Zijn lichaam vouwt zich om de buik en ploft op de grond.

Voorzichtig loop ik naar hem toe. Hij ligt als een reuzenbaby op het pad. Zijn benen spartelen na. Ik weet wat ik moet doen met baby's. Maar deze is te groot. Ik

34

krijg hem niet opgetild. Dus ga ik naast hem op de grond zitten en streel zijn hoofd. Vier mannen in felgekleurde jassen komen aangerend, ze leggen mijn reuzenkind op een brancard en rijden hem een ziekenwagen in. Ik zit machteloos op de grond. De koude trekt door mijn billen naar mijn ruggengraat en de nacht wordt langzaam oud. Dan komen ze terug en tillen mij op. Ik kan nog net mijn handtas pakken, terwijl ik tussen de brede schouders bungel. De gele ziekenauto slingert met hoge snelheid tussen andere auto's door. Het verkeer wijkt als de rode zee en sluit zich achter ons. Mijn moeder maakt zich zorgen. Ze wil dat ze langzamer rijden, maar ik kan de woorden niet vinden. Ik zoek in mijn tas. Er zit een briefje in. Ik geef het een van de mannen. Hij leest, glimlacht naar me en geeft het terug. Het helpt, want ze stoppen. Mijn moeder kan tevreden zijn.

## dochter

Niemand wil haar terug vinden. Ze is te lang ongelukkig geweest om nog verlangen op te wekken. Sinds enkele dagen worstel ik met een geweten waarvan ik niet wist dat ik het had. In een park pluk ik een madelief en trek de blaadjes van de bloem: ik moet haar helpen, ik wil niet. Ik kijk naar mijn eigen dochter en vraag me af hoe zij zou reageren, als ik het was die verdween. 'Ik zou jou laten chippen, mam.'

De politie zoekt niet langer door. Het is onze eigen schuld dat ze haar niet kunnen vinden. 'Sorry mevrouw, we moeten doen wat de belastingbetaler verlangt,' zegt een kalende agent. 'We kunnen niet eindeloos geld en manuren steken in de zoektocht naar een oude vrouw, zolang er misdadigers rondlopen.' Hij bedoelt: 'Je had haar moeten taggen, trut, dan konden we in no time op de computer zien waar ze is.' Terwijl hij me de les leest, kijkt hij op de buienradar van zijn telefoon en zucht. De voetbalwedstrijd van zijn zoontje zal verregenen deze middag en hij is coach van het team. Hij pakt zijn blauwe 'dienstbaar & waakzaam' paraplu en zwaait naar de collega die zijn dienst overneemt.

Ik sta nog aan de balie. Achter me worden twee Afrikaanse meisjes geboeid naar voren geduwd. Ze kijken naar de grond, terwijl hun begeleidster de sleutel van de cel vraagt en verzucht waarom 'die lui niet gewoon in hun eigen land blijven'. Met haar blik vraagt ze mij om bevestiging. Ik knik, maar mijn hoofd blijft halverwege steken. Wat kan het mij schelen in welk land die meiden willen wonen. Ik zoek mijn moeder. 'Laat ze toch los,' zeg ik tegen de vrouw. 'Wat hebben ze misdaan?' 'Regels zijn regels,' antwoordt ze schouderophalend. 'Was u niet degene die haar moeder niet heeft laten chippen? Dat komt ervan. We hebben duidelijkheid nodig in dit land.

Weten wie er is, waar die persoon zich bevindt en wie er niet hoort, dan hebben we overzicht. Dat zou een hoop werk besparen.' Ik draai me om en loop weg. Dan verander ik van gedachte, parkeer mezelf tussen de agente en een van de meiden, kijk haar diep in haar ogen en fluister: 'Run, meet me the third street on the left'. Ik heb geen idee waarom ik dat doe. Maar het meisje neemt me serieus en zet het op een lopen. De agente probeert haar tegen te houden. Ik blokkeer haar onhandig, niet eens bewust. De vluchtelinge lijkt een Keniaanse hardloopster. Al snel zien we niet veel meer dan een stip die in de verte de hoek om vliegt. Tegen de tijd dat de agente de deur bereikt, is haar gevangene breed uit zicht verdwenen. De politievrouw draait zich om en vloekt tegen mij. Ik slenter het politiebureau uit. De derde straat links is leeg. Ik zie alleen een postbode met drie dikke brieven. Hij zet net zijn leesbril op om een huisnummer op een van de enveloppen te ontcijferen. Mijn telefoon gaat. Ze hebben Ma gevonden. Ze heet nu Lisette.

∞

## lisette

We staan bij de eerste hulp van een heel groot ziekenhuis. Ik weet niet wat we hier doen. Een laaddeur gaat open en de auto rijdt naar binnen. Er heerst drukte en bedrijvigheid. De achterklep van de auto wordt met een ruk opengetrokken. Een vrouw buigt zich naar me en geeft me haar hand. Ze leidt me zachtjes de auto uit. Mijn moeder blijft achter. Ze is in slaap gevallen en knikkebolt met open mond. Ik wil haar mond dichtduwen, omdat ik weet dat ze niet wil dat mensen haar zo zien, maar ben al te ver weg. De broeder die naar me lachte, zegt wat tegen de verpleegster aan mijn arm. Ik zie vreemde wezens achter een glazen deur. Sommigen op wielen. Een man met een groot wit hoofd staart naar ons met zijn enige levende oog. Een hele grote hond met vlooien, krabt met haar achterpoot tegen haar linkeroor terwijl ze op haar staart kauwt.

De vrouw dwingt me met zachte hand naar binnen. Ik heb nog niet besloten of ik dat wel wil, maar laat me sturen, door de glazen deur, achter het reuzenkind aan langs de mutanten. Ze brengen me naar een witte kamer en leggen me in bed alsof ik een kleuter ben. Ik krijg een kop thee en een dienblad met vakjes waarin eten zit. Keurig opgedeeld, als de moestuin van een gepensioneerde tuinman, liggen aardappelen in het ronde vak, de sperziebonen links ervan in een rechthoekig bakje en in een vierkant schittert een tartaartje. Ernaast in een plastic tonnetje knipoogt de drilpudding naar vanillesmaak. Ze hangen een map met letters aan mijn bed en doen me een armband om. 'Mevrouw Tijdreiziger' staat erop.

De vrouw die me mee naar binnen nam, komt terug. Ze schuift een stoel tot naast mijn bed en buigt zich over me heen. 'Waar komt u vandaan?' Ik doe net of ik slaap. Mijn moeder gaat aan de andere kant van het bed zitten. 'Zo

heb ik je niet opgevoed! Doe beleefd tegen die mevrouw.'
Ik open alleen mijn linkeroog om mijn moeder aan te
kijken. Lispel tegen haar. 'Sttt, we geven zo min mogelijk
informatie aan de vijand.' Haar mond valt even open. Dan
lijkt ze me te begrijpen en knipoogt naar me. Ik sluit mijn
linkeroog weer. Maar de dame rechts ruikt bloed. Ze heeft
de beweging niet gezien, maar wel gevoeld. Ze wéét dat ik
wakker ben. Ze pakt mijn schouder en duwt ertegen. Haar
hand heeft elf vingers en de kop van een zwarte weduwe.
Ik weet dat ze me ieder gewenst moment kan bijten en
vergiftigen. Wie moet er dan voor mijn reuzenbaby
zorgen? Ik heb geen keus, open mijn ogen en kijk haar zo
onschuldig mogelijk aan. 'Ik kom uit de trein', zeg ik naar
waarheid. Ze knikt alsof ze me begrijpt. 'Waar begon de
trein te rijden?' 'Op een station met rails en een
liefdesgedicht over olifanten. Een schandaleus gedicht. Hij
vraagt zijn lief om geld. Ik weet niet meer of het een
sonnet was. Er zaten mooie plaatjes bij.' 'Hoe heet u?'
'Lisette', zeg ik. Geen idee waarom ik die naam noem. Het
is een mooie naam met ritme en klank. Het is een naam
die ik mezelf zou geven. Ik herhaal: 'Lisette, met een S en
dubbel T'. 'Mevrouw Lisette Tijdreiziger, u heeft geen
chip. Weet u waarom?'
Ik raak in paniek. De discussie die mijn kinderen voerden
over de chip, heb ik gevolgd, al deed ik alsof ik er niet bij
was. De enige die het voor me opnam was de dochter die
ik steeds maar niet herkende. Ze wilden me brandmerken
als een koe. 'Ma, je ziet en voelt er niets van,' zei mijn
oudste zoon. 'Het is voor je eigen veiligheid. Als er iets
met je gebeurt, kunnen we je terugvinden. Dat is alles.' 'Ik
wil niet herkend worden', antwoord ik de vrouw. 'Ik wil
niet gevonden worden.' Ze klopt badinerend op mijn
hand, staat op en loopt de witte kamer uit. Dan wordt het
donker.

De vrouw in het bed naast me snurkt hard. Ik kan niet slapen en praat wat met mijn moeder. Het snurken houdt op. Ze is wakker geworden van ons gebabbel. Een donkere schaduw buigt zich over mijn nachtkastje. Ze pakt mijn tas. 'Houd de dief!' Mijn stem heeft meer volume dan ik dacht. Lichten gaan aan. Ik lig alleen in de kamer. Mijn handtas op mijn buik. Een verpleegster rent naar binnen. 'Mevrouw toch, u maakt ons aan het schrikken!' 'Dat mag ook wel. De snurker probeerde me te bestelen.' 'Er is hier niemand. Kijkt u maar.' Ik kijk niet om me heen. Ik inspecteer de inhoud van mijn tas. Er zit een foto in van een man die ik niet ken. Hij staat ongemakkelijk voor een Afrikaanse hut. Zijn mond en neus glimmen. Triomfantelijk houd ik de foto in de lucht. 'Kijk dan. Ze heeft er iets in gestopt.' De verpleegkundige glimlacht vol begrip, maar dat is schijn, want ze begrijpt er werkelijk niets van. Ze pakt mijn arm en prikt er een naald in. Ik val in een dromenloze diepe slaap.

Als ik wakker word, weet ik niet waar ik ben. Ik wil opstaan en me aankleden, maar iemand houdt me tegen. Hij draagt een blauw uniform en kijkt me meewarig aan. Opeens herinner ik me de buik op de grond in het kleine park. Ik moet hem vinden. Ik duw het uniform weg, verbaasd over zijn geringe weerstand. Maar eer ik bij de deur ben, heeft hij zich herpakt en staat vol tussen mij en mijn ontsnapping. Nu laat hij zich niet meer verrassen. Ik sla mijn vuisten kapot op zijn borst. Vier verpleegkundigen schieten hem te hulp en duwen mij in een dwangbuis. Weer een spuitje. Mijn ogen draaien onnatuurlijk weg. Ik wil op mijn tong bijten, maar ze hebben iets in mijn mond gestopt. Ze slepen me naar mijn bed, binden me erin vast en rijden het bed weg. Naar de afdeling Psychiatrie. 'Ze is in de war', hoor ik een stem zeggen. Ik ben een ding dat in de war is, een robot waarvan het mechaniek kapot is, een pop waar ze spuiten in kunnen duwen, die ze rond kunnen rijden, hoe, waarheen en wanneer ze willen. Ik ben willoos, denken ze, emotieloos, niet langer mens. Ze noemen me Lisette. Ik kom bij tussen de gekken en dementen en voel me er meteen thuis. Mijn moeder is er ook. De anderen accepteren haar en ze mag mee doen met kaartspelletjes en in gesprekken. Het enige probleem zijn de oppassers in hun witte pakken. 'Moeder, ik zie nog wit,' hoor ik Joost zeggen. Hij probeerde me te waarschuwen, denk ik nu. Ik ben mijn reuzenbaby vergeten. In zijn plaats heb ik nu een oude pop, die kan plassen en huilen. Ik neem de pop overal mee naar toe en probeer haar borstvoeding te geven. Er komt niet veel melk meer uit mijn oude borsten die er eerlijk gezegd maar slapjes bijhangen. Een meisje helpt me. Ze heeft een bronzen huid en mooie volle borsten. Ze kan leven geven. Ik denk dat ik haar eerder zag, bij de zwanen en het rode pad, maar ze ontkent dat. Ze zegt dat ze de afgelopen drie jaar hier heeft doorgebracht. Meestal alleen. Ze wijst naar krassen op haar polsen. 'Het is voor mijn eigen veiligheid. Ik doe mezelf pijn, soms zo erg dat het bloed eruit gutst of pillen mijn maag verstoppen. Iedere keer als ik dat doe, sluiten ze me op in een ronde witte baarmoeder waar niets is behalve een kartonnen wc-pot en een bed met onscheurbare dekens. Ik draag dan papieren ondergoed. Een uur per dag mag ik met een begeleider naar buiten, als ik tenminste niet met mijn hoofd tegen de muren bonk.' Ze zwijgt. Ik geef haar mijn pop. 'Misschien gaat het beter als je iets hebt om voor te zorgen. Ik heb geen tijd en ben te oud voor een baby. Wil jij het doen?' Een verpleegkundige komt langs. Ze pakt de pop uit de handen van het meisje en bestudeert deze nauwkeurig. Ze pulkt

aan de ogen en trekt de kleertjes uit. Dan geeft ze de blote
pop terug. 'Hoe heet ze?' 'Matahari', zeg ik. 'Lisette, komt
u even mee. De dokter wil u spreken.' De arts is een
jongeman met wijkende haargrens. Hij geeft me een kop
thee voordat hij zijn vragen afvuurt. 'Wat deed u in het
park?' 'Hoelang kent u de man die een hersenbloeding
kreeg? Weet u wat er gebeurde?' Ik snap totaal niet
waarover hij het heeft. Ik ken geen man die in een park
een hersenbloeding kreeg.
Opeens begint me iets te dagen. 'Mijn kind is weg,' zeg ik.
'Ze hebben hem gestolen. Vier mannen in gekleurde
jassen hebben hem meegenomen. Ze zeiden dat het goed
was. Maar het was helemaal niet goed. Een kind hoort bij
de moeder.'
De thee is te heet en ik verbrand mijn tong. 'We hebben
uw dochter gevonden. Ze is onderweg hierheen. Als zij er
is, bekijken we hoe het verder moet.' 'Ik heb geen dochter.
Ik heb alleen een hele grote zoon. Te groot om te dragen.'
De verpleegkundige zet me in een rolstoel en rijdt me weg.

## samya

Ze laten me vrij, omdat ze geen land kunnen vinden dat mij wil, dat papieren geeft om mij erheen te brengen en iemand zonder herkomst eeuwig vasthouden, dat doen ze niet. Als ze echt niet weten wat ze met je aan moeten, laten ze je vrij. Maar niet zonder voorwaarden: Ik krijg een brief waarin staat dat ik Nederland binnen 24 uur moet verlaten. Hoe ik dat doe, moet ik zelf weten, zonder paspoort, zonder geld, als ik het maar doe. Door me die brief te geven, kunnen ze me uit hun administratie halen. Officieel besta ik niet langer in Nederland, legde iemand me uit. Zo belangrijk zijn die papieren dus. Die bepalen of je bestaat en waar je bestaat. Ik knijp de man die me uitlegt dat ik niet besta. 'Au', zegt hij. 'Hoe kan je pijn voelen? Je bent geknepen door een niet bestaand persoon,' antwoord ik. Hij vindt het niet grappig.

Even later sta ik op de stoep voor de gevangenis met een plastic tas in mijn hand waar een paar kleren in zitten die een vrouw van vluchtelingenwerk me gegeven heeft. De zon schijnt over de brede weg met razende auto's. Ik heb geen idee waar ik ben. Ik weet niet waar ik heenga. Maar hier wil ik snel weg. Ik loop een willekeurige richting op. Langzaam dringt het tot me door dat ik vrij ben. Tegelijkertijd groeit het besef alleen op de wereld te zijn. Moet ik blij zijn of bang? Wanhopig of vol goede moed? Waar kan ik naar toe? Ik ken alleen Debby. Daar wil ik niet heen. Maar wat als ze er achter komt dat ik los rondloop? De krachten van Juju zijn sterk. Ik kom in een straat met veel mensen. Schimmen schieten tussen winkelende moeders met dochters. Er zit een geest met drie koppen te lachen op de kap van een kinderwagen. Hij wijst me vals na. Een man die geen schaduw heeft, draait om me heen. Ik vlucht een warenhuis in. Jurken zonder hoofden dansen op de kledingafdeling. Een bak kleurige zuurtjes rommelt als een aardbeving wanneer ik langs loop. Ik ontwijk graaiende handschoenen en wurgende sjaals. Op een reclame bord staat 'PAY or DIE' geschreven in hoofdletters. Etalagepoppen fluisteren: 'Pay, you pay!' Mijn nagels groeien razendsnel. Mijn hoofdhuid jeukt. De littekens van uitgedrukte sigaretten op mijn pols branden alsof het nieuwe wonden zijn. De winkel begint te draaien. De vloer wordt plafond. Alle kasten, displays en mensen hangen op hun kop. Ik ren naar buiten en kom terecht midden in een harmonieorkest, naast de oorverdovende trompet. De muzikanten slepen me mee. Dan zie ik dat ze geen gezichten hebben, geen haren, alleen schedels, alleen botten zonder vlees. Sommigen hebben lange tanden die klapperen op de maat. Ik ruk me los en duik een zijstraat in.

Achter een grote vuilnisbak hijg ik uit. Het telefoonnummer zit tegen de zoom van mijn jas, door een gat in de zak kan ik erbij. Debby is poeslief. Ze komt me halen.

Ik kan niet terug naar de bar, zegt ze terwijl we over de snelweg razen. Ze heeft escortwerk voor me. Dat kan vanuit huis en de politie heeft er minder zicht op. Nadat ik haar belde, heeft ze meteen een plek voor me geregeld. In een flat waar nog een meisje is. Twee mannen bewaken ons zodat ons niets kan overkomen. Zij hebben contact met de klanten en maken de afspraken. Zij ontvangen ook het geld. 'Eerst doen we wat aan je uiterlijk,' zegt ze. 'Ik vlecht je haren en je krijgt een paar pruiken. Dan word je niet herkend. Europeanen kijken naar de kapsels van mensen. Ze vinden dat wij allemaal op elkaar lijken. Ik heb ook een pasje voor je geregeld. Goed dat je me gebeld hebt. Je bent een brave meid.' Debby is content met zichzelf. Ze glimlacht de hele weg. Haar investering lijkt geld op te gaan brengen. Mijn verzet is gebroken. Ik doe wat ze me opdraagt.

De flat staat tussen andere flats. In deze buurt lijken de dingen nog meer op elkaar dan in andere wijken waar ik was. Het stinkt naar pies in de entree, waar een hele wand bedekt is met grijze metalen brievenbussen en bellen waarvan sommigen een naamplaatje hebben. 'Nummer 364 is je nieuwe huis.' Fantasieloos appartement op de derde verdieping. Een grote man opent de deur die meteen in de woonkamer uitkomt. Achter hem op de bank zit een meisje haar nagels te lakken. Ze kijkt niet op. Hij monstert me. Richt zich tot Debby. 'Je weet de weg.' Debby neemt me mee naar een slaapkamer waar matrassen op de grond liggen. Er staat een grote kast met kleren. 'Kies maar iets uit. Vanavond is je eerste afspraak. Little Bob — ze duwt haar hoofd met een omhaal in de richting van de man binnen — brengt en haalt je. Het is in een hotel hier niet ver vandaan.'

Ik kies een zwarte jurk met zilverkleurige applicaties. Debby vlecht mijn haren strak op mijn hoofd en pakt een pruik. Het lijken wel de voorbereidingen voor een feestje. Little Bob fluit tussen zijn tanden als we de woonkamer in lopen. Ik geef het meisje op de bank een hand en stel me voor. Ze glimlacht vaag en mompelt: 'Shayla'. Debby heeft fufu bij zich en we eten. Het smaakt als een galgenmaal. Niemand spreekt. Dan verdwijnen Little Bob en Debby in de keuken en praten op gedempte toon. Shayla vraagt of ik dit al lang doe. Zij is hier nu drie maanden. 'Soms heb je geluk,' zegt ze. 'Dan wil hij alleen maar met je uit eten. Ik probeer ze dronken te krijgen, dan maken ze niets klaar.' Debby en Little Bob komen de keuken uit, tegelijkertijd draait een of andere krachtpatser de sleutel om in het slot van de voordeur en marcheert losjes naar binnen, zijn huis, zijn kasteel. De drie schudden handen en passeren bankbiljetten. Debby zet streepjes in haar notitieboekje. Ze vertrekt. De mannen pakken een biertje. 'Laat eens wat zien, meisje,' zegt de laatst binnengekomen man die aangesproken wordt met Jay. Hij trekt me naar zich toe, pakt mijn borsten en stopt mijn hand in zijn kruis. Dan moeten we dansen en strippen. 'Party is over,' roept Little Bob een uur later. Ik doe mijn kleren aan en volg hem naar buiten.

Hij rijdt naar een hotel. Zo eentje waar je kunt inchecken met een creditkaart, zonder receptie. De kaart staat op naam van C.M. van Wijnen. Ik bof. De klant is een verlegen jonge Turkse man. Ik denk dat hij nog maagd is. Hij weet niet goed hoe hij het moet aanpakken en frummelt zenuwachtig aan zijn gulp. Ik ben in het voordeel. Zet mijn werkgezicht op. Pak zijn hoofd tussen mijn handen en draai aan zijn oren. Langzaam daal ik af naar zijn kruis en rits in een beweging zijn gulp open. Ik wind hem op met de koele professionaliteit die ik heb aangeleerd in de bar. Ik denk niet, concentreer me op een vlek op het plafond die steeds andere vormen aanneemt. Hij probeert me te kussen. Ik wend mijn hoofd af. Een kwartier later was ik me in de centrale plastic douche. De jonge Turk rekent af bij Little Bob.

Ik wil gaan, maar Bob heeft een verrassing voor me. 'Niet zo snel dame, we hebben deze kamer de hele nacht.' Er komen in totaal zeven klanten. De vlek op het plafond wordt een fles, een kind, een draak met zes koppen. Ik zie het gezicht van mijn vader, de valse grimas van Debby. Na iedere klant neem ik een douche. Mijn huid droogt uit van het water en de harde zeep. Ze zijn niet allemaal zo gemakkelijk af te schepen als de jonge Turk. Mannenzweet en spermalucht nestelen zich in mijn neus. Een vertrouwde geur. Diep in de nacht brengt Bob me terug naar het appartement. Ik val uitgeput op een van de matrassen en slaap zonder te dromen.

∽∞∽

**lisette**

Ik lig hier wit verpakt als een liefdeloos cadeau en kan me nauwelijks bewegen. Waarom houden ze me gevangen? Ik heb niets misdaan. Ik wil naar huis. Ik mis belangrijke lessen op school. Straks laten ze me nablijven omdat ik afwezig was. Waar zijn mijn boeken? Ik kan niet aankomen zonder boeken. 'Geef mijn boeken terug en breng me naar school!' De vrouw aan mijn voeteneind is het gecamoufleerde verlengstuk van mijn witte gevangenis in haar uniform. Ze glimlacht de vals geruststellende lach van een bewaker. 'Rustig Lisette. Kalmeer toch. Je hebt vakantie en moet een beetje bijkomen.' Ze controleert de banden waarmee ik vast gebonden ben. Aait over mijn linkerhand en vraagt of ik dat voel. 'Je kriebelt.' 'Goed zo,' zegt ze. 'Ik stop zo een pil in je mond, die moet je doorslikken. Dan kun je over een uurtje naar de recreatieruimte.' Ze legt een roze capsule op mijn tong. Ik onderdruk de neiging om in haar gehandschoende latex vingers te bijten. Maak een keurige alsof-ik-slik beweging en duw de pil met mijn tong achter een kies. De smaak is vies. Ze opent mijn mond en controleert. 'Nu nog een slokje water.' Als ze weg is, spuug ik de drug uit.

⠀⠀⠀⠀⠀⠀⠀⠀⠀⠀⠀⠀⠀⠀*↝*

48

**dochter**

Wat zeg je tegen je verloren moeder als je haar na tweeënhalve dag weerziet en ze herkent je niet? Val je met misbaar in haar armen, opgelucht dat ze nog leeft? Geef je een koele hand en stel je jezelf voor? Zonder het antwoord te weten, meld ik me bij de receptie van het ziekenhuis. Een vrijwilliger leidt me langs gangen met groene planten, door het kraamhotel voor barende moeders, via de tienerafdeling waar jongeren in bedden met koptelefoons op heftig bewegen in de maat van onhoorbare muziek. We lopen langs hartpatiënten achter computers, koffiecorners en door de subtropische tuin met veelkleurige Paradijsvogels. 'Je pasje wijst je de weg,' zegt mijn begeleider. 'Volg de gele lichtjes op de vloer.' De TomTom tag activeert de lampjes en opent deuren. Het werkt twee uur. Dan krijg ik een signaal en moet terug. Het is een nieuw systeem. Daarom loopt de man mee. 'Je kunt hier gemakkelijk een dag ronddwalen zonder twee keer op dezelfde plek te komen,' zegt hij. 'Daar moet je zijn.' Hij wijst naar een ruimte achter glas met muren in softe regenboogtonen.

Ma zit met een baby born pop op haar schoot. Een fragiele vrouw in een versleten jas en gedragen pantoffels. Handtas tussen haar voeten geklemd. Haar hand streelt het kale poppenhoofdje zonder ophouden. Een meisje gaat naast haar zitten en probeert de pop te pakken. Ze krijgen ruzie. Trekken allebei aan de baby born. Een been schiet los. Ma grijpt gillend naar haar hoofd. Een verpleegkundige probeert haar te kalmeren. Ma slaat de verpleegster met haar tas. Versterking komt. Ze geven haar een prik en duwen haar in een rolstoel. Haar open ogen staren nu zonder te zien. Mond half open. Ze rijden mijn moeder weg. Ik mag er niet bij. Ze laten me nog

zeker een uur in de vissenkom zitten.
De doorlopende voorstelling aan de andere kant van het glas neemt bizarre vormen aan. Een man in driedelig pak schrijft onzichtbare letters in de lucht en declameert vervolgens luid zijn gedichten aan slaapwandelende voorbijgangers. Ik vang flarden op over Jezus Christus en Maria Magdalena. Hij gebaart druk tegen zijn verdoofde publiek, gaat op een tafel staan en spreidt zijn armen alsof hij de wereld wil omhelzen. De dichtende predikant wordt met een bijbel van tafel gelokt en verdwijnt. Een gezette dame met haar pruik achterstevoren op haar hoofd neemt het podium over. Haar hals is behangen met kralenkettingen, ringen aan iedere vinger. Ze kruipt op handen en voeten tussen het meubilair. Het lijkt of ze een spoor volgt. Neus dicht bij de grond. Ineens stopt ze. Heft haar armen hoog, gezicht naar het plafond en blijft enige tellen op haar knieën zitten. Dan vervolgt ze zwijgend haar speurtocht.

Ik krijg mijn moeder niet mee naar huis, verklaart een arts even later. Hij is naast me komen zitten en acteert begripvol. Over de gewonde man die bij haar was, kan hij niet veel vertellen. 'Maar het is een geluk dat hij en uw moeder op tijd gevonden zijn. Als de ambulance een half uur later was geweest, zou hij overleden zijn. Uw moeder is een gevaar voor zichzelf en de samenleving. Er moet nogal wat papierwerk gedaan worden. We kennen de wens van de familie en hebben contact met onze collega's bij u in de buurt. Zodra er plaats is in 'Huize Weer Jong' zullen gediplomeerden haar daarheen vervoeren. Dat kun je niet overlaten aan familie. Begrijpt u?' Dan vraagt hij of ik wil tekenen voor haar behandeling in verband met de verzekering. Mijn TomTom tag begint te piepen en gele lampjes op de vloer springen aan. Ik volg het kruimelpad terug naar de uitgang. Op een soort plein is de hele vloer kleurrijk verlicht. Mensen staren naar rode, groene, paarse, blauwe, oranje lampjes in de vloer en proberen hun knipperend spoor te volgen. 'Zullen we ruilen?' vraag ik een man. 'Ik heb geel.' 'Waar ga je naartoe?' 'De uitgang, maar ik blijf liever nog even.' 'Ik wil wel weg,' geeft hij toe. 'Mijn pad loopt naar urologie.' 'Prostaat?' 'Ja, ze willen schrapen. Pijnloze geneeskunde is nog ver weg.' 'Ik ga wel,' bied ik hem aan. Samenzweerderig ruilen we van tag. Ik vergeet hem te vragen welke kleur hij heeft. Probeer blauw en bots tegen een vrouw op. 'Sorry, ik keek naar de grond.' 'Ik ook.' 'Waar ga je naar toe?' 'Psychiatrie.' 'Kan ik met je mee? Mijn moeder is daar.' 'Kom maar.' Ik volg haar en de TomTom tag in mijn hand begint te piepen als een muis onder een gaspedaal. Ik leg het ding op een vensterbank. Rode lampjes lichten op. Wijzen naar rechts, terwijl wij links een gang in gaan. We komen in het vissenkom theater. De dichter priester staat weer op tafel. 'Mijn broer,' zegt de vrouw. 'Wat heeft hij?' 'Hij is op een missie.'

Een bel kondigt aan dat het bezoekuur begint. De broer wordt van de tafel gehaald en naar binnen gebracht. 'Voor wie komt u?' vraagt de verpleegkundige. 'Uw naam staat niet op de bezoekerslijst.' Ik zeg dat ik hier vanochtend al was, maar dat mijn tagtijd voorbij ging door het gesprek met de arts. Leg uit dat Ma vermist was en ik haar al een paar dagen niet heb gezien. Ze is onverbiddelijk: 'We maken geen uitzonderingen.' Ik moet een afspraak maken, zoals iedereen. Over de TomTom ruil kan ze niet lachen. Ze piept de vrijwilliger op die me vanochtend de weg wees en ik word het ziekenhuis uitgeleid.

Op straat word ik herkend. Ik doe of ik het niet merk.

Nieuwslezers beginnen een soort heldenstatus te krijgen. Wij zijn de gidsen van de gewone man die zich verstrengeld weet door een info jungle. Er zoemt zoveel informatie, blogs, actualiteiten, meningen, verborgen commercials door de ether dat het filteren van nieuwsfeiten weer een vak is geworden. Het ministerie van Informatie & Ethiek heeft ingegrepen en een nieuwsdienst opgericht. Mijn baas vergadert wekelijks met de minister. Zeven jaar geleden begon ik als nieuwslezer en langzaamaan zijn mensen mij als expert gaan zien. Ik krijg zelfs brieven waarin me om raad gevraagd wordt. Het secretariaat van het ministerie beantwoordt deze, altijd in lijn met het overheidsbeleid. Net als het nieuws dat wij brengen. Het is een intelligent communicatie concept, steeds volgens dezelfde regels. Eerst berichten we over toenemende onveiligheid. We clusteren gewoon reeksen van overvallen, moorden en inbraken, zodat het de burger duidelijk wordt dat er iets moet gebeuren. Zodra de samenleving er rijp voor is, komt het kabinet met een wetsvoorstel om misdaad en terrorisme terug te dringen, zoals enige tijd geleden de Veiligheidswet. Die wet geeft de overheid meer bevoegdheden om burgers te controleren en zonodig preventief vast te zetten. Onlangs is hieraan de Sleutelplicht toegevoegd. Door onze uitzendingen hebben veel mensen al voor de verplichte datum hun huissleutel ingeleverd bij de lokale politie, zodat die snel binnen kan als er onraad is.

Ik stap in mijn auto. Wanneer gaat een vrouw op haar moeder lijken? Als ze zelf kinderen krijgt? Wanneer haar man haar bedriegt en ze zich voor het eerst echt onzeker gaat voelen? Wanneer verbitteren vrouwen, groeien ze dicht en drogen ze op? Iedereen kent ze, de vrouwen die zich kleden om te verbergen. Strakke kapsels en degelijke

truien, met turtle neck. Tailleloos. Vrouwen die zich
verzetten tegen de jaren, ze trachten te temmen zoals
kostschooldirectrices een drukke klas met samengeknepen
lippen in bedwang proberen te houden. Ze herinneren
zich niet wat ze verwachtten toen ze jong waren, maar dat
het iets anders was dan wat ze kregen, dat weten ze.
Vreugdeloos.
Dan is er nog die andere categorie: te diep decolleté,
toonbank voor het schrompelende schap en eveneens
tailleloos. Wanhopig vasthoudend aan voorbije jeugd. Ze
smeken artsen om elixer, slikken vitaminepillen, fitnessen
doorlopend en flirten met kleine jongens. Even
vreugdeloos als hun billenknijpende zusters.
We verliezen ons vertrouwen en verkrampen, verlangen
terug naar zorgeloze jaren. Is er een beperkte hoeveelheid
spontaniteit per vrouwenleven beschikbaar?

Ik dacht dat ik kon ontsnappen, maar nu ik onverrichter
zake naar huis rijd, mijn verwarde moeder dwalend in een
steriel ziekenhuis achterlatend, versmallen mijn lippen
stevig samengeknepen tot een zurige mond. Ik voel mijn
taille verdwijnen, verstarren in vet onbevredigd verlangen,
uiterlijk Ma's doorlopende zwangerschappen, waarmee ze
steeds opnieuw invulling aan haar leven probeerde te
geven, imiterend. Kies ik voor een schrompelend schap,
zonnebankbruin? Of voor de grijze, wollen jurk tot
kniehoogte?

༓

De auto start met een zucht in de knalpijp. Ze geeft gas.
Haar grijze ogen staren in de achteruitkijkspiegel.
Gelukkig heeft ze Ma teruggevonden. Maar wat maakt dat
uit voor haar moeder? Die zit weer achter slot en grendel

en snapt niet waarom de deur naar buiten op slot zit. Ze rijdt langzaam de straat uit twijfelend aan de keuzes die ze gemaakt heeft. 'Ik haal niet genoeg uit mijn leven, net als mijn moeder. Het is te arm, mechanisch en inspiratieloos. Als ik straks net zo oud ben als Ma en het is voorbij, wat dan?' Tegelijkertijd realiseert ze zich dat er geen achteruitgang is. 'Het is een web waar je langzaam in gelokt wordt, tot er geen uitweg meer is, tot je vuile handen hebt gemaakt en je je niet langer kunt beroepen op moreel gelijk. Ik heb van de kaas gegeten, nu zit ik in de val,' denkt ze. Bijna laat ze het idee toe om haar leven om te gooien, ja zelfs ontslag te nemen. Dan sluieren de gedachten. Ze schudt haar hoofd en zegt hardop tegen de lege auto: 'Nee. Nee dat kan niet. Nog niet.' Psychologen zouden op het woordje 'nog' doorvragen. Goede vrienden ook. Maar die zijn er niet. Dus de vraag wordt niet gesteld. Ze doet wat ze moet doen. Of ze zelf gelukkig is, vraagt ze zich niet af. 'Geluk is een state of mind. Gewoon niet zeuren,' houdt ze zich voor. Ze stopt bij een benzinepomp en neemt een kop koffie voordat ze doorrijdt naar haar huis in de keurige, welgestelde buurt. Haar dochter doet de voordeur open eer ze de sleutel in het slot kan steken. 'Kijk mam, een tekening voor oma.'

## samya

Shayla kijkt door een kier in het gordijn naar buiten. Ze zucht tegen de zon. 'We moeten weg,' fluistert ze zo zacht dat ik haar nauwelijks versta. 'Waarheen?' 'Maakt niet uit. Alles is beter.' 'Ik was weg. Ze hebben wezens op me afgestuurd.' 'Onzin. Dat zit in je hoofd. Een van mijn klanten is een priester. Hij vertelt me over God. Er is maar één god zegt hij. Die god beschermt ons. We hoeven alleen maar te bidden.' 'Een priester??' 'Hij praat alleen maar. Ik hoef niets te doen.' 'Ik bid iedere dag. God is me vergeten.' 'Je moet vertrouwen hebben.' 'Ze stoppen je in de gevangenis.' 'Niet als je vertelt wat ze met ons doen. Dit is slavernij.' 'Ik heb zelf Debby gebeld.' 'Stom,' zegt ze en kijkt meewarig. 'Doe je mee of niet?'
Ik lig op mijn rug op de matras. Opeens slaat Shayla haar hand voor haar mond. 'Wat?' 'Je lijkt wel zwanger!' Ik draai weg van haar, op mijn zij. 'Samya! Wat denk je dat ze doen als ze daar achter komen? Ze halen je kindje weg.' 'Niet als het al geboren is.' 'Denk je het zo lang te kunnen verbergen? Wat zullen je klanten zeggen die betalen voor een maagd? Een vriendin van me had een baby. Die was al zwanger toen ze aankwam. Het kind is meteen na de geboorte verkocht.' 'Stil. Niet zeggen.' Ze buigt zich over me heen. 'Wij zijn vriendinnen. Ik help je. Ontsnap met me.' Debby komt binnen. Ik trek snel de lakens over me heen. De zaken gaan kennelijk goed. Debby is vrolijk. 'Dames, ik moet een tijdje op reis. Hier zijn jullie spullen.' Ze zet een tas met maandverband, condooms, panty's en nieuwe lingerie op de enige stoel in de kamer. 'Hier kun je wel even mee vooruit. Jullie zijn brave meiden. Little Bob en Jay zorgen voor de rest.'
'One down', gebaart Shayla achter haar rug. 'Waar ga je heen?' 'The mother country. Moet ik je ouders de groeten doen?' Shayla krimpt ineen. 'Over een maand ben ik terug.'

Ik verwacht met wapperende bankbiljetten ontvangen te worden.'

'De priester boekt ons samen deze week', fluistert Shayla nog zachter als Debby de kamer uit is. 'Dan plannen we onze ontsnapping.' Ik voel de foetus draaien in mijn buik en ren naar de badkamer om over te geven.

De priester van Shayla is geen echte priester. Hij is een dikkige man op teenslippers die meisjes redt. Hij gelooft niet eens in God, maar hij weet waar wij in geloven. Hij lijkt betrouwbaar. Raakt ons met geen vinger aan. Hij praat over vrouwenhandel en beschrijft tot in detail hoe Little Bob en Jay ons in bedwang houden. Hij zegt dat ze alleen maar macht over ons hebben zolang wij dat zelf geloven. Dat er speciale procedures zijn, als we besluiten om te ontsnappen en aangifte doen bij de politie. Ik vraag me af hoe hij dat allemaal weet. 'Wil je echt weg?' vraagt hij. 'Ja', zeggen wij tegelijk, Shayla vol overgave. Ik bestudeer zijn gezicht. Hij ziet er aardig uit, misschien meent hij wat hij zegt. 'Wat moeten we betalen?' vraag ik hem. Hij kijkt me stil aan. 'Niets', zegt hij dan. 'Ik breng je naar de politie, zodat je aangifte kunt doen.' 'Waarom?' 'Dat is privé.' Hij voegt er aan toe: 'Je mag er over nadenken. Ik boek jullie volgende week weer samen. Als je weg wilt, zorg je dat je er klaar voor bent.' 'Het is gevaarlijk,' zeg ik. 'Soms moet je risico nemen.' 'Ik ga mee,' zegt Shayla. 'Wat hebben we te verliezen?' Ze port in mijn zij. 'Ik ook,' besluit ik. 'Ik ga ook mee.'

Voor het eerst groeit een beetje hoop. De sprankel gloeit zo aantrekkelijk zo lichtend dat ik haar niet kan negeren. Bij Shayla gebeurt hetzelfde. Ik zie het aan haar. We mogen niets laten merken, spelen de onverschillige berustende houding die we steeds hadden. Maar als Bob

of Jay niet kijken, knipogen we naar elkaar en onze
wangen glanzen. 's Nachts in bed kruipen we dicht naar
elkaar en fluisteren in de oren van de ander over een
toekomst, die er opeens is. 'Ik wil een gezin in een stenen
huis, twee kinderen en een kat,' vertrouwt Shayla me toe.
'Zonder man?' vraag ik haar. Ze twijfelt. 'Alleen een lieve
man.' 'Ja, een lieve man.' 'En een baan. Echt werk met een
salaris wat ik zelf mag houden.' 'Ja, echt werk met een
salaris.' Met die woorden slaap ik in. De baby in mijn buik
draait een tevreden rondje.

De avond voor onze ontsnapping is er een feest. Little
Bob en Jay nemen ons mee naar een villa in een bos. Er
zijn meer meisjes zoals wij en mannen zoals zij. We horen
de harde muziek al op de oprijlaan. Vuurkorven aan beide
zijden van de onverharde weg. De mannen blijven in de
auto, terwijl wij op onze hakken de trap naar de voordeur
beklimmen. Een blanke die opendoet ziet er uit als
Dracula die naar de tandarts is geweest. 'Vers bloed,' roept
hij. Niemand reageert.
De kluwen mensen in de kamer drinkt en rookt en danst.
Er is een podium waarop wij een showtje geven. Niemand
besteedt aandacht aan ons en wij vinden dat wel prima.
Na afloop sluiten we ons samen op in de wc. We krassen
onze initialen met hartjes in de deur. We blijven daar tot
we horen hoe dronken lui buiten naar hun auto's
stommelen en met dubbele tong afscheid nemen. De villa
is bijna leeg. Dracula ligt languit op een glazen salontafel,
om hem heen zijn obers aan het schoonmaken.
We zoeken Little Bob en Jay. Ze zitten niet in de BMW.
Ze staan in gevechtshouding op het gazon. Tegenover hen
een groep rivalen. Een van hen houdt een revolver gericht
op de kin van een meisje. Shayla en ik handelen alsof we
het hebben afgesproken. We sneaken terug naar de auto

waar de sleutels nog in zitten. Shayla kruipt achter het stuur. De revolver gaat af. Ze start de auto en geeft gas. Slingerend racet ze over de oprijlaan, rakelings langs de bomen. Mensen rennen in paniek rond. Shayla schept Bob. Zijn gezicht drukt verbaasd tegen de voorruit, terwijl ze nog meer gas geeft. 'Remmen!' roep ik. 'Hoe?' Een politieauto met sirene op volle toeren rijdt ons tegemoet. Ze ontwijkt 'm net en klapt tegen een boom. We worden bevrijd door de brandweer, die het wrak openknipt, terwijl Bob's levenloze ogen me aanstaren. Shayla's lichaam geeft niet meer mee. Ik krijg een deken over mijn schouders. Een verpleger dept de wond op mijn voorhoofd, op de plek waar de verbaasde ogen van Little Bob branden. Jay wordt ruw in een arrestantenbus geduwd. Ik probeer me onzichtbaar te maken voor zijn diamantharde blik.

Met de ogen van Little Bob in mijn voorhoofd, de baby van mijn schaamte in mijn buik en de syfilis van Jay zwerend tussen mijn benen word ik naar een ziekenhuis gebracht. Ik krijg allerlei bedenktijden. Eentje om te beslissen of ik de baby wel of niet houd. Eentje om aangifte te doen van vrouwenhandel. Eentje om een verblijfsvergunning aan te vragen of terug te keren naar Nigeria. Maar ik denk aan Shayla. Aan haar gebroken lichaam naast me in de auto die met angstaanjagend lawaai wordt opengesneden. Ze klapte voorover. Haar hoofd tegen het stuur. Toen viel ze om, half op mijn schoot. Er kwam bloed uit haar oor. Haar hand op mijn knie werd langzaam kouder. Ik zag hoe het leven haar verliet. Niet zoals een geest uit een fles, maar zoals ik me het aardoppervlak van IJsland voorstel, waar warme lucht sissend door gaten uit de grond omhoog stijgt. Zo vertrok Shayla, als een geiser. Haar wezen verliet het lichaam dampend, door alle openingen en poriën tegelijk. Ze zuchtte over mijn gezicht, zachte streling ten afscheid.

∞

## lisette

Mijn dochter is geweest, zeggen ze. Maar dat kan niet.
Mijn dochter zou me komen groeten. De onbekende
fraudeerster heeft schone kleren en nieuwe pantoffels
gebracht. Ik vraag me af of die vreselijk blauwe oude
vrouwenjurk me past. Maar er wordt me niets gevraagd en
ze kleden me alsof ik een pop ben. Ik trek mijn eigen jas
aan en de zachte nieuwe pantoffels. Ik krijg mijn baby
gewassen en gevoed terug. De kleuren op de muur hier zijn mooi. Ik word er rustig
van. Ze draaien zachte muziek, terwijl wij aan tafel gaan.
De borden zijn van plastic, maar ik heb honger dus let ik
er niet op. Naast me zit een man gedichten in de lucht te
schrijven met zijn bestek. Het eten is zoals altijd zoutloos
en er is geen vlees, omdat het vandaag 'vegedag' is. Een
dag per week is het verboden voor iedereen in het land
om vlees te kopen, koken of eten. Ik ben vergeten
waarom. Het heeft vast iets met veiligheid te maken. Er
zijn veel dreigingen vandaag de dag. Misschien zijn de
koeien in opstand gekomen en hebben ze gedreigd alle
wegen te plaveien met grote sappige vlaaien. Na het eten
mag de televisie aan. Een vaag bekende vrouw leest het
nieuws. Ze zegt iets over de wekelijkse vegedag.
Terroristen wilden een protest barbecue houden op het
Binnenhof, maar de Nationale Veiligheidsdienst heeft dat
kunnen voorkomen. Een man met een baard kijkt in de
camera. Zijn handen zijn geboeid. Achter hem blust een
brandweervrouw een smeulende barbecue. Dan verschijnt
de minister president met een tomaat in zijn handen.
'Nationaal product'. Een rood wit blauwe vlag wappert
vrolijk boven zijn oranje stropdas.

Opeens is er een hoop commotie onder de witten op de
afdeling. Ze rennen rond en schreeuwen 'geen paniek'. De

deuren gaan automatisch open en kleurige lampjes in de vloer flikkeren aan en uit. Ik sta op en kijk naar het schouwspel. Mijn kind ligt rustig te slapen op mijn arm. Ineens is iedereen aan het lopen. Iemand duwt me naar voren, de ruimte uit. We worden als vee vooruit gedreven. De dichter predikant roept over het Laatste Oordeel. Een witte zegt hem zijn mond te houden. Ik word meegevoerd en mijn baby valt op de grond. Ze trappen tegen haar als tegen een lekke voetbal. Een man zet zijn grote voet vlak naast haar hoofdje. Ik probeer op handen en voeten naar haar toe te kruipen. Een witte trekt me overeind en zegt dat ik door moet lopen. Ik duw de verpleegster van me af en zoek opnieuw mijn baby. Daar stuitert ze. Ik vergeet mijn leeftijd en broze botten op dit moment van leven of dood. Ik ken geen angst, vergeet dat mijn spieren slap en oud zijn. Mijn hersenen sturen kracht naar mijn armen en benen, coördineren mijn bewegingen alsof ik dagelijks train. Ik zie de mensen om me heen niet meer. Ik heb nog maar één doel: het kind redden! 'De overwinning of de gladiolen,' schreeuw ik en duik tussen de trappelende voeten recht op de pop, die ik aan het linkerbeentje pak en wegsleur. Net op tijd. Als ik een seconde later was geweest, had een opgedirkte vrouw behangen met kettingen haar gehakte schoen in het buikje geplant. Ik omarm mijn baby innig, wieg haar neuriënd, terwijl om me heen de paniekerige massa doordendert. Mijn moeder staat met gespreide armen achter me en beschermt mij zodat niemand over me valt. Dan rennen de soldaten binnen. Een van hen pakt me op en draagt me weg. Hij is erg sterk. Op straat zet hij me neer en rent terug het ziekenhuis in. Er zijn veel mensen, maar niemand die ik ken. Of toch, achter het rood witte lint, tussen de toeschouwers wenkt mijn moeder. Ik houd mijn baby onder mijn arm geklemd en loop naar haar toe. 'Pas op,' zegt ze. 'Het zijn allemaal hyena's.' Ik zie nu pas dat de hondachtigen op hun achterpoten staan, hun bekken licht geopend, tong tussen de tanden uit hangend en hijgend. Kromme nagels aan de poten. De knikkerogen blinken vervaarlijk. Ze staren naar mij. Totdat een stem door een microfoon tot rust maant en iedereen vraagt te vertrekken of weer naar binnen te gaan.

Mijn moeder en ik doen wat ze vragen en we lopen de straat in, langs politieauto's met dovende zwaailichten, voorbij scherpschutters die zich ontspannen, rond de wagen van de ME, achter de witten door die nog witter zijn geworden en druk bezig zijn de dichterpredikant te sussen. Tv zenders halen hun apparatuur weg. Een reporter belt met zijn lief en zegt dat hij zo naar huis komt. 'Niet staren,' zegt mijn moeder. 'En recht lopen.' Ze heeft er flink de pas in. De baby born begint te huilen. Mama pakt haar uit mijn armen en zet haar bovenop een vuilnisbak. Ik treuzel en wil mijn pop terug pakken. Ze verbiedt het me. 'Je bent te oud om nog met poppen te spelen. Hier, nu niet meer kwijtraken.' Ze stopt mijn tas in mijn handen. Iemand duwt op een knop en de straat wordt verlicht. Schaduwen van grote honden galopperen over het trottoir. Eentje staat even stil. Ik zie de donkere spiegel van zijn kop omdraaien. Een schittering van een kleurig knikkeroog weerkaatst het straatlicht. Wil hij dat ik hem volg? Dan rent hij door. De nachtmerrie uit. Hij trekt een spoor borduurdraden achter zich aan. De fijne zijde wappert als gekleurde rag in de wind en laat een zoete geur achter. Een man biedt me een appelflap aan. Op het servetje staat een politieke leus. De suiker doet me goed. Ik krijg meer energie en kwiek loop ik door alsof ik weet waarheen ik ga, maar ik let goed op dat ik niet op de randen tussen de stoeptegels stap en gebroken stenen oversla. Om ongeluk te voorkomen.

Getrommel lokt me een plein op waar mensen met hun hoofden staan te schudden. Boven een groot podium dansen lampen die nu het publiek en dan weer de trommelaars rood en groen kleuren. Een vrouw loopt naar de microfoon. De trommelaars roffelen nog een keer. De menigte applaudisseert luid. En alsof het afgesproken is, valt er een massale stilte.

Ik schuifel dichterbij en voel de warmte van dampende lichamen. Een stekende grijze deken die bestaat uit honderden bloeddorstige muggen valt het publiek aan. De vrouw begint te praten tegen de achtergrond van het zoemend parasietenkoor waardoor haar scherpe stem een doffe klank krijgt alsof de woorden weerkaatsen in een bord puree. 'Andere tijden vragen om andere politiek!' Het publiek roept 'Yeah!' De muggen zoemen.

Aardappelsmaak in mijn mond. Oom Jacques gaat achter de vrouw op het podium staan en zwaait naar me. Twee duimen in de lucht. 'We moeten ons bezit verdedigen. Ons grootste goed, onze kinderen, verdienen bescherming. Tegen slechte invloeden, tegen verderfelijke denkbeelden. Ze infiltreren op slinkse wijze. Verleiden onze dochters, maken hybride kinderen. Ze vervuilen onze cultuur en onze geschiedenis. Wij kiezen voor zuiverheid! Een zuiver volk in een zuiver land. Het wordt tijd het kwaad bij de wortel uit te roeien. Laten we duidelijk zijn! Regels stellen. Ik weet dat jullie je zorgen maken.

Ik beloof je, de tijd van zorgen is voorbij. Mijn partij komt op voor de burger van dit land. Stem op ons! Kies eigen! Wij kiezen voor jullie, voor de werkende klasse van Nederland.' Ik heb zoiets eerder gehoord, denk ik, terwijl ik nog een appelflap aanneem van een man die met een kar rondloopt en uitdeelt. De menigte om me heen begint met voeten op de grond te stampen. Een harmonie orkest komt het podium op en speelt 'Altijd is Kortjakje ziek'.

## dochter

De laatste uitzending is nog niet achter de rug of het ziekenhuis belt. Ma is er weer vandoor. Ontsnapt in de verwarring die ontstond door een bommelding. Een verpleegkundige vond haar pop een paar meter verderop op een vuilnisbak. De stad is één grote chaos want behalve de verdachte wasmand in het ziekenhuis, waar mogelijk een bom in zat, was er ook een demonstratie van extreem rechts die uitliep op vernielingen en vechtpartijen. Het Iedereen Zichtbaar Centrum en de politie hebben de handen vol aan het opsporen van relschoppers. Een zwervende, verwarde en demente bejaarde staat onderaan de lijst.

De stad is een veste geworden. Zelfs met mijn kleine auto waar 'pers' op staat, kom ik er nauwelijks doorheen. Intensieve controles vertragen het verkeer. Kostbare uren gaan verloren. Ik vraag me af hoe Ma de nacht doorbrengt. Waar kan ze zijn? Ze kent hier niets. Ik probeer me in haar te verplaatsen. Ze moet op z'n minst een paar extremisten tegen het lijf zijn gelopen. De brandhaard, een plein bij het parlementsgebouw, ligt in de buurt van het ziekenhuis.
Eindelijk kom ik bij de vuilnisbak waar Ma haar poppenkind achter heeft gelaten. De plastic baby ligt als een ongewenst voorwerp op de grijze kliko. Het is een verdrietig aanzicht. Alleen, dat gevoel brengt me niet verder. Ik draai mijn hoofd weg van de pop op de kliko en bekijk de omgeving. Er is maar één logische uitweg als je uit het ziekenhuis komt. Het grote gebouw met daarvoor de parkeerplaats sluit de andere kant min of meer af. Ik ga zo staan dat het ziekenhuis achter me ligt en kijk in een lange laan met links en rechts winkels en restaurantjes. Etalageruiten liggen gebroken op de stoep, tussen afval uit

vernielde vuilnisbakken en aangevreten appelflappen en servetjes met de leus: 'De koek is op'. Een auto wordt weggesleept, gestript tot en met de banden. Winkeliers en buren staan in groepjes te praten. Een vrouw is in tranen. Een meisje zet de tafels en stoelen van een terras terug. Ze liggen verspreid over de straat. Niemand heeft mijn moeder gezien.

Ik passeer het plein waar de bijeenkomst van de Puristische Partij was, loop doelloos door een woonwijk. Ik kan hier niets doen. Dat maakt me onrustig. Zelfverwijten borrelen op en ik krijg een vieze smaak in mijn mond. Ik had er op moeten staan haar mee naar huis te nemen. Ik had haar bij de hand moeten pakken en niet meer loslaten. Ik had, ik had, ik had. Maar ik heb het niet gedaan. Lichtzinnig liet ik haar over aan professionals. Ik heb haar niet beschermd. Mevrouw Lisette die me zoogde en leerde fietsen, mevrouw Lisette die vergeten is dat haar kinderen opgegroeid zijn, die een nieuw doel in haar leven zoekt. Een doel dat ik haar niet kon geven. Mevrouw Lisette die haar leven niet onder ogen wil of kan zien en daarom haar geheugen wist. Mevrouw Lisette heeft voor de zoveelste keer een kind afgegeven. Ditmaal aan de vuilnisman. Haar laatste doel is verdwenen. Tenzij, ze een ander kind vindt of terug gaat naar de plek waar ze de baby born legde. Als ze dat nog weet...
Ik ren terug naar de vuilnisbak op het parkeerterrein van het ziekenhuis. Daar ga ik zitten. De hele rest van de nacht. Ik wacht met de koppigheid die mijn moeder zo vastbesloten laat vergeten.

In de nacht die ik wachtend op mijn moeder doorbreng, bid ik tot een god waar ik niet in geloof. Een golf van emoties die ik jarenlang heb weten te beheersen,

overspoelt me tot ik een drenkeling ben wiens hoofd
steeds ondergaat. Ik verwijt mezelf het gemak waarmee ik
me heb laten overtuigen om Ma in een tehuis te stoppen.
'Je kunt niet een kind opvoeden, werken en de hele dag
een demente vrouw in de gaten houden,' zei mijn broer. Ik
gaf hem gelijk. Opgelucht over het excuus.
In het begin ging ik dagelijks op bezoek. Maar het viel me
steeds zwaarder. De etenslucht vermengd met de droevige
blik van Ma drukte. Ik sloeg een dag over. En weer. Toen
kwam ik een keer per week. Soms niet eens. Een kind kon
zien dat ze ongelukkig was. Ik stopte mijn wroeging in
mijn handtas en vergat het.

Het moet veranderen. Ik moet veranderen: Ma komt bij
mij. Als ze tenminste gevonden wordt. Terwijl het idee
zich wortelt en ik bedenk welke kamer ik voor haar
inricht, zie ik achter een van de ramen van het ziekenhuis
een meisje staan. Ze wordt van achteren verlicht. Ik kan
haar gezicht niet zien. Ze probeert het raam te openen.
Veiligheidssloten. Tien centimeter schuin voor frisse lucht.
Ze steekt haar neus in de kleine spleet die naar vrijheid
ruikt. Achter haar nadert een verpleger die haar bij de
schouder pakt en zacht terug duwt.

Het verkeer is gestopt. Alles is nu stil en donker om me
heen. Ik ga in mijn auto zitten en val in slaap. In mijn
droom sta ik voor een lange rivier met water dat zacht
tegen de oever kabbelt. Ik wil oversteken. Het is een
verraderlijke stroom. De lieflijke kabbeling verandert
verderop in een enorme kolkende spoelbak die het water
meters naar beneden stort. Vissen springen erover heen.
Hun bekken met scherpe tanden wijd open gesperd. Ik ga
kopje onder eer ik halverwege de rivier ben. Woeste
golven grijpen me. Ik hap naar adem, slik water en spoel

het door mijn kieuwen weg. Mijn staartvin slaat uit alle macht. Ik strek mijn handen naar de andere oever, maar word meegevoerd in de richting van de waterval. Weer duik ik onder. Rotsblokken schaven mijn vissenhuid, pellen deze los tot mijn benen zijn bevrijd. Ik val diep. Raar gevoel in mijn buik waar ik wakker van word.

## lisette

Iemand heeft me bedekt met kranten en ik heb het niet koud als ik wakker word op de harde bank, maar mijn rug doet zeer. Een beginnende zachte regen wast mijn gezicht, verpapt het krantenpapier dat zich nu ware het een maatpak rondom mijn romp vleit. Als een krakende deur in een herfstig huis kom ik met moeite overeind. Schik nog zittend mijn haren, ga staan, de krantenschil verliezend en trek mijn kleren recht. Kruimels appelflap vallen op de grond voor de vogels. Een mus is er het eerste bij. Hij kijkt nieuwsgierig naar me op, pikt snel wat van de suiker voor mijn voeten. Ik beweeg mijn grote teen en hij vliegt weg. Ik zwaai hem na.

Waar moest ik ook al weer heen? Een oud kinderliedje speelt in mijn hoofd: 'Midden in de week maar 's zondags niet'. Als het zondag is, moet ik naar de kerk. De toren steekt boven de huizen uit. Ik loop naar het Oosten. De kerk is verder weg dan hij lijkt, want straten maken bochten. Ik krijg het gevoel rondjes te lopen in een verlaten stad. Een auto nadert van links. Ik verstop me achter de heg van een voortuin. Er ligt een bal. Ik trap ertegen. Een ruit gaat aan diggelen. Overal glassplinters. Zonde van dat mooie gazon. Een man met een hockeystick dreigend geheven, rent naar buiten. Hij schreeuwt. Ik duik naar de andere kant van de heg en kruip op handen en voeten weg. Om de hoek begin ik te rennen. Sirenes klinken in de straat achter me. Op mijn leeftijd moet je ook niet met voetballen beginnen. Ik recht mijn rug en probeer te lopen als een dame die haar hond uit laat.

Mijn hond is onzichtbaar. Hij heet Lotus. Hij heeft die naam gekregen omdat hij zo snel is dat hij een bal kan vangen voordat die een raam breekt. Lotus is goed opgevoed en waakzaam. Hij loopt keurig aan de voet. Ik heb er plezier in een hond te hebben, maar hij mag niet op de stoep poepen. Daarom neem ik hem mee naar een grasveldje tussen de huizen. Jammer dat ik die bal niet mee heb genomen. Maar er ligt een tak. Ik gooi en Lotus brengt 'm kwispelend terug. Kerkklokken luiden en ik herinner me waarheen ik op weg was.

Ik laat de hond achter op het veld en loop in de richting van de kerk. Het is ver weg. Mijn benen doen pijn. Ik loop op handen en voeten verder. Verbeeld me dat ik een spin ben. Dat helpt. Ik word steeds leniger. Maak figuren, verplaats me zijwaarts en duik weg voor vogels die overvliegen. Ik beweeg concentrisch voorwaarts alsof ik een langgerekt web aan het maken ben.

Aan de overkant van de straat wandelt een echtpaar. Ze kijken raar naar me. 'Gelukkig. Gevonden,' zeg ik tegen hen en houd mijn duim en wijsvinger tegen elkaar aan in de lucht. 'Zo lastig als je een lens verliest.' De vrouw glimlacht en de man knikt. Allebei opgelucht. Een lens verliezen kan immers iedereen overkomen.

Er is een plein met een kerk aan de overkant. Het is een grote kerk. De deur is zwaar, maar ik krijg 'm open. De mis is al begonnen. Ik ga stilletjes achterin zitten en vouw mijn handen. Voor in het gangpad staat de kist. Er liggen mooie gele en witte rozen op en een lang lint met alle namen van de familieleden in goud geschreven reikt tot aan de grond. Zij zitten op de eerste rij. Zo te zien is er een opa overleden. Kleine kinderen schuiven onrustig op de harde houten banken. Hun ouders manen hen stil te zijn. Links zitten de broers en zussen van de dode. Stijf in hun ouderdom. Boven mij zingt een mannenkoor. Een van de jonge ouders keek om toen de kerkdeur achter me dichtviel, verder besteedde niemand aandacht aan de komst van een late bezoeker.

Misschien was ik wel zijn minnares, zijn grote verboden liefde. Tranen wellen op. Het verdriet van een ongekende minnares is stil en diep. Niemand komt haar condoleren. Niemand mag haar verlies kennen. Er is altijd een weduwe, die niet de liefde, maar wel het medeleven claimt. Ik zie haar zitten tussen de broers en zussen. Achter haar legt een zoon zijn hand troostend op haar schouder, terwijl diens kind op een lolly zuigt. Ik sta op om me bekend te maken, om mijn verdriet op te eisen. Maar hout kraakt en een balk boven me, op het balkon, breekt. Een man zweeft als een engel naar beneden en raakt de grond met een knal zoals alleen botten op graniet kunnen klinken. De familie draait zich verstoord om. In het gangpad naast me ligt het gebroken lichaam van de man. Alsof dat niet zo is, hervat het orgel z'n spel en zingt het koor verder. Een jonge kerel met rechte schouders reageert, hij is er snel bij. Hij duwt tegen het lichaam van de gevallen zanger. Geen beweging. Hij buigt zich over de man, gaat bijna op hem liggen en geeft hem een tongzoen. Een fontein spuit uit de mond van het slachtoffer. Het ruikt naar verschaald bier en stukjes pizza vliegen rond. De marinier klopt hem op zijn rug.

Mannen, zoals degenen die mijn reuzenbaby stalen, rennen binnen met een brancard. Ze voeren het spuiende koorlid af. De priester zwaait met wierook en de bierlucht verdwijnt. Ik loop achter de kist en de grievende weduwe naar buiten. De zon schijnt.

71

## dochter

In de boom naast mijn auto zingt een protserige merel om
een vrouwtje te lokken. Er beweegt iets bij de vuilnisbak.
Het is een medewerker van de gemeentedienst. Niet mijn
verdwaasde moeder. Langzaam wordt de stad wakker en
schudt de dauw van de nacht van zich af. In de verte
lokken kerkklokken gelovigen. Iemand wordt begraven.
Ik haal koffie bij het meisje dat vannacht stoelen en tafels
van de weg haalde en terug ordende op haar terras.
'Meenemen of hier opdrinken?' 'Meenemen.'

In een opwelling koop ik vijftien poppen en een
markerstift in de speelgoedwinkel een stukje verderop. Op
de blote buikjes schrijf ik: 'Ik ben de baby van Lisette. Als
je haar met mij ziet, bel dan s.v.p. dit nummer. Je wordt
beloond.'
Ik loop hetzelfde rondje als gisteren en leg de poppen
zichtbaar weg in de hoop Ma te verleiden er eentje mee te
nemen. Een man timmert een plank tegen het kozijn van
een gebroken ruit. Ik heb nog twee baby's in de plastic
zak. Om onverklaarbare reden leg ik er daar eentje op de
heg. Nu alleen de laatste nog.
Ik houd mijn hand op mijn jaszak met de telefoon, bang
om een oproep te missen van iemand die Ma vindt met
een van mijn poppen. Waar zal ik deze kruimel leggen?
'Hee mevrouw.' Een meisje komt me achterna. 'U vergeet
uw pop.' 'Dat is geen pop. Dat is een lokbaby. Ik probeer
mijn moeder naar huis te lokken.' Ze fronst een
wenkbrauw. 'Mag ik ermee spelen?' 'Ja, als je belooft dat
wanneer je een mevrouw op pantoffels ziet, je haar vraagt
of ze Lisette heet en dit telefoonnummer belt.' 'Ik heb
geen telefoon.' 'Je vader of moeder misschien wel.' Het
meisje knikt blij en huppelt met de pop in de richting van
een grasveld. Ik wandel haar achterna. 'Van die mevrouw.

72

Het is een lokbaby, want haar moeder is weggelopen.' Het kind praat tegen een vrouw van mijn leeftijd. 'Mijn moeder is ook dement,' zegt die tegen mij. 'Ze zit gelukkig in een gesloten inrichting. Ik zou gek worden van ongerustheid als ze ontsnapte.' Ik knik en wil doorlopen. 'Hoe ziet ze eruit?' Ik laat een foto van Ma zien. 'Ik heb haar gezien. In de buurt van de kerk. Ze was haar lens kwijt.' 'Haar lens? Ze draagt geen lenzen.' De vrouw wil doorpraten, maar ik heb geen tijd meer. Ik ren in de richting die ze aanwees. Als ik de hoek om storm, bots ik bijna tegen een lijkkist op wielen.

Ma staat pal achter de weduwe met haar hand op diens schouder. De vrouw kijkt ontzet naar Ma. Ik steek de laatste pop omhoog: 'Ma kijk eens.' Ze is niet verbaasd me te zien. 'Ben je daar eindelijk.' Dan wendt ze zich weer tot de weduwe. 'Excuseer mijn dochter. Ik heb haar zo niet opgevoed.' Tegen mij: 'Kom we gaan.' Haar ogen staan verrassend helder.

De begrafenisgangers kijken ons verbouwereerd na. Ik neem Ma bij de arm en hoor achter ons de nijdige weduwe: 'Minnares, tssss.' Ma loopt onverstoorbaar met rechte rug door. Ik geef de laatste pop aan een vriendin van het meisje. 'Nog een letterbaby!' De kinderen rennen opgetogen. Voorzichtig kijk ik naast me. Veertig, schat ik, ze is een jaar of veertig. Dat is de gemakkelijkste leeftijd, weet ik uit ervaring. Dan is ze het meest redelijk. 'Je komt bij mij wonen.' 'Wie zegt dat?' 'Ik. Het is een uitnodiging. Wij zijn maar met tweeën en Amelie heeft haar oma nodig.' 'Leuk,' zegt ze tot mijn verbazing. 'Ik wil graag een eigen televisie,' zegt ze. 'Prima.' Content stappen we door. 'Ik kan wel strijken voor je.' Haar hand gaat over mijn gekreukelde blouse. 'Fijn. En dan koken we samen?' Ze glimlacht. 'Kom we pakken een terrasje. We gaan ons nieuwe leven vieren.'

Het meisje herkent me van de meeneemkoffie. We bestellen koffie en appelgebak met slagroom. Tevreden zwijgend kijken we naar passanten en lachen om een jongen die uitgelaten wordt door zijn hond. Ma wil afrekenen. Ze pakt een foto uit haar tas en geeft die aan de serveerster. 'Laat de rest maar zitten,' zegt ze met een joviaal handgebaar. 'Ik ga even plassen. Niet weglopen, hoor!' Binnen reken ik snel af. De serveerster moet lachen en geeft me de foto terug. Ik kijk steeds over mijn schouder, maar Ma blijft keurig op haar stoel. 'Kom we gaan. Bedankt voor de koffie.'

Als ze het ziekenhuis ziet, wil ze niet verder. 'Daar ga ik niet heen. Ze binden je vast en gooien er met bommen.' 'Ik hoef alleen maar te zeggen dat je bij mij bent. We gaan er in en er uit,' probeer ik. 'Je kunt toch ook gewoon bellen.' De verpleegkundige die ik aan de lijn krijg, kent Ma niet. Ze zoekt in de computer. 'Oh, mevrouw Lisette. Die is vermist.' 'Niet meer. Ze is bij mij.' 'Dat staat hier niet.' 'Kun je een notitie maken voor de arts dat ze bij mij is. Hij kan me op dit nummer bereiken.' 'Wie was u ook al weer?' 'Haar dochter.' 'Maar u kunt haar niet zomaar meenemen.' 'Ja wel. Dat kan ik wel.'

## samya

Mijn ontsnapping uit de hel trekt de aandacht van de media. De commandant van politie vertelt trots tegen journalisten hoe zijn corps een groot mensenhandelnetwerk heeft opgerold. 'Helaas zijn er doden gevallen, maar een jonge vrouw is gered,' zegt hij op tv. Hij doelt op mij. Ik voel me helemaal niet gered. Ik weet dat Debby binnenkort terugkeert. Ik voel hoe de ogen van Little Bob me naar haar zullen leiden. Ik voel de fetisj van de priester roeren in het huiden zakje. Ik weet dat Jay niet zal rusten eer hij me te pakken heeft.

Mijn oom in Nigeria loopt te schelden en tieren tegen zijn tweede vrouw. Ik ben een ongeluksamulet. De hele lucratieve handel is naar de filistijnen. Iemand moet boeten.
Het huis van mijn moeder brandt. Ze probeert niet eens op te staan uit haar bed. Koolmonoxide verdooft haar, vergiftigt haar longen. Vlammen schieten tot hoog in de hemel. Het dak stort in. Hongerig likken vuurtongen aan de huizen van buren. Straathonden janken. Kinderen lopen verloren. Mannen op blote voeten en vrouwen gewikkeld in haastige doeken gooien water uit emmers op het vuur. Iemand slaat met een deken tegen brandende muren. Een ander gooit zand over de vlammen. Maar de koorts heeft de straat in haar verzengende grip en alleen as en kool blijven over.

Terwijl de commandant met glimmende neus de hand van de burgemeester schudt op het stadhuis in het volle licht van de camera's, zwerft een jongetje in Nigeria dakloos door straten op zoek naar zijn ouders die, net zo dakloos, uitgeput toekijken hoe hun schamele bezittingen

nasmeulen tot het vuur uitdooft met de zucht van een
voldane man na een vernietigend orgasme. Zijn moeder
mist het kind pas als de regen begint te vallen en het as op
de aarde slaat. Chaos verandert langzaam in een nieuwe
orde. Er zijn een paar bedelaars bij gekomen op de wereld.
Ondertussen lig ik in dit schone bed met witte lakens en
voel me viezer dan ooit tussen de opstapelende lijken in
mijn hoofd. Op de gang wordt iemand weggestuurd die
me wil spreken.

De bommelding later op de avond, verbaast me niet. Wat
me verbaast is dat de bom niet ontploft. Een vrouw met
een oorlogstrauma schijnt er eender over te denken. Ze is
ervan overtuigd dat de ontploffing alsnog zal plaatsvinden
en weigert terug te keren na de evacuatie. Ze is zo
pertinent in haar hysterie dat ze besluiten haar over te
plaatsen naar een ziekenhuis aan de rand van de stad.
Deze nacht gebeuren er vreemde dingen. Er breken rellen
uit en mensen verdwijnen in het niets. Europa is het
spiegelbeeld van Afrika in zowat elk opzicht. Bij ons
verdwijnen kinderen. Ze worden gelokt door bewoners
van de andere wereld. Sommige kinderen kunnen reizen
tussen beide werelden. Maar altijd bestaat de kans dat ze
niet terugkeren. Dus moet je het kind vastbinden en door
herbalisten laten behandelen, insmeren met kruiden om te
voorkomen dat het op zoek gaat naar verloren zaken en
zichzelf kwijtraakt. Hier zijn de kinderen aards. Ze spelen
vrij op straat, zonder risico te lopen. De Europese
kinderen kunnen fietsen en zwemmen. De weg slokt hen
niet op. Het water trekt hen niet onder. Ze verlangen niet
terug naar hun vorige staat van zijn. Die is vergeten. Hier
zijn de oude mensen de brug naar gene zijde. Ze krijgen
een nieuwe uitdrukking op hun gezicht, waardoor ze weer
baby lijken. Ze zoeken de verloren voorwerpen tussen de

straattegels en praten in zichzelf. Ze worden herboren voordat ze sterven. Alsof ze tijdens hun leven de rivier oversteken die voor onze Afrikaanse lichamen te diep en woest is. Wij zouden verdrinken door het gewicht van volwassen beenderen. De Europese oudjes herinneren zich wat de kinderen vergeten zijn, wat de volwassenen niet willen weten. Hun hogere bewustzijn wordt hier als iets raars beschouwd. Dementie noemen ze dat wat ik zie als transitie. De broosheid van hun lichamen en hun kwetsbare geesten zijn rijk door de twijfel; Blijf ik of ga ik? Ze overleven oorlogen en kindersterftes, de Europeanen. Ze hebben hun samenleving ingericht op bezit en bescherming. Bezit is bescherming en dient wederom beschermd te worden, want ze denken dat bezit vrijheid is. In die opvatting zijn vrijheid en veiligheid bijna synoniem. Er is geen onzekerheid bij de jeugd. Ze vergaren kennis, macht en geld zonder stil te staan bij de geheimen van de wereld.

Pas als ze stil staan, in hun schone huizen vol bezittingen, realiseren ze zich hun kwetsbaarheid. Ze worden bang en argwanend. Zetten zich schrap uit angst voor overgave. De dementen geven toe, hebben het lef en zwemmen door tijden met de lenigheid van een dolfijn, steeds verwonderd over wat ze aantreffen. Hun lichamen worden transparant. In hun gezichten schijnt vroege jeugd door de ouderdom heen. Hun ogen gaan twinkelen. Hun kinderen stoppen hen in tehuizen met sloten op de deur, pillen en doktoren. De Europese variant van de herbalist. Toch zit de wijsheid van een continent in de transitiegangers. De kinderen van Afrika en de oudjes van Europa zouden samen moeten werken voor een betere wereld. Zij zijn namelijk de enigen die je echt aankijken, die je met oprechte warmte omarmen of verontwaardigd afwijzen. Zij zijn de enigen die niet bang zijn te verliezen wat er niet is.

Na een paar dagen mag ik weg uit het ziekenhuis. Ik word
niet met plastic tas en brief op straat gezet zoals de vorige
keer. In plaats daarvan brengen ze me naar een
vrouwenhuis in een andere stad. Het is een voormalig
klooster met grote koele gangen waar licht binnen valt
door een glas-in-lood raam met de afbeelding van een
heilige. Ik probeer de groene lichtsplinters op te vangen
met mijn handen. De ogen van Little Bob op mijn
voorhoofd sluiten zich wanneer ik voor dat raam sta. Ze
beginnen weer te branden, zodra mijn begeleidster vragen
stelt. 'Ik heb hoofdpijn,' zeg ik. 'Ik kan nu niet praten.'
Dan ga ik in bed liggen met de dekens over me heen en
probeer nergens aan te denken. Ondertussen verlopen
mijn bedenktijden. Ik moet snel beslissen over het kind.
Hoe kan ik in mijn situatie voor een kind zorgen? Ik vraag
me af of ik ervan kan houden. Stel je voor dat het ook nog
eens een jongen is... misschien lijkt hij op zijn vader. Wil ik
een verkrachter grootbrengen? Een hoerenloper die
ongewenste kinderen op de wereld zet? Ik besluit het kind
weg te laten halen.

Maar 's nachts als de voorouders wakker zijn, bezoeken ze
me in mijn dromen en dreigen. Je kunt niet ongestraft een
kinderleven beëindigen.
Tandeloze vrouwen met gerimpelde handen hangen
boven mijn bed en strekken hun vingers uit naar mijn nek
en gevulde baarmoeder. Ze murmelen toverspreuken uit
verleden tijden. Dan verschijnt de opperpriester in een wit
gewaad. Hij houdt een kruis boven mijn hoofd en
schreeuwt als een bezetene. De ogen van Little Bob
branden oranje vlammen in mijn voorhoofd. Zo gaat het
nachten door. Ik kan maar geen keuze maken. Slapeloos

en gedesoriënteerd. De zevende nacht verschijnt Shayla.
Ze is groot. Wit licht achter haar. Haar woorden echoën
alsof ze in een dal tussen hoge bergen staat. Ze kust twee
maal op mijn voorhoofd. De ogen van Little Bob doven
sissend. De priester krijst naar haar, vervaagt en verwaait
vervolgens als een sliertje rook. De rimpelende vrouwen
verdwijnen mopperend met gekromde rug. De volgende
ochtend maak ik een afspraak voor abortus. En ik zeg dat
ik aangifte van vrouwenhandel wil doen.

*

De wereld verandert niet. Voor niemand. Onthoud dat
goed, klein meisje in mijn buik: De wereld verandert niet.
Nooit.

*

**dochter**

Ma stoft de hele dag de kasten en poetst mijn goedkope bestek met zilverpoets. Ik neem weer een abonnement op de lokale krant. Ze spelt het blad letter voor letter en vergeet meteen wat ze leest, behalve de overlijdensberichten. 'Ach kijk nou, die van die is dood. Dat was een pin, zeg. En die man, nou als die niet vreemd ging, dan weet ik het niet. Groot gelijk had hij trouwens, met zo'n vrouw.' Iedereen gaat vreemd, is vreemd gegaan of staat op het punt overspel te plegen. Ik heb haar een oude broek van mij aangetrokken en ze loopt met druipende kwasten van de keuken naar de wc, terwijl ik haar kamer roze schilder. 'Oma in the house!' schatert mijn dochter de verfsporen volgend. Tot de kamer klaar is, slaapt Ma bij mij in bed. Soms staat ze 's nachts op om warme melk te maken voor iemand uit een ver verleden. De eerste dag loopt ze met haar roze kwast dwars door de uitzending tijdens een onderwerp over volksziekte nummer 1: dementie. Mijn hoofdredacteur is ziedend. Hij is altijd al een tegenstander van tele-werken geweest, omdat hij dan niet alles in de hand heeft. Een paar dagen later is het filmpje het best bekeken bij 'Uitzending gemist'. Iemand zet het op YouTube en 'Oma in the house!' wordt een hit.

Ma heeft haar zinnen intussen op de voortuin gezet. Ze loopt rond met een pincet en trekt onkruid uit het gras. Ze brengt de plantjes een voor een naar het pad en legt ze in rijen. Dan pakt ze een stoel en gaat ernaar zitten kijken.

*∞*

**lisette**

Ik trek het onkruid uit het kleine gazon, zoals ik het onkruid uit mijn geheugen getrokken heb. Ik werk volgens een ordelijk patroon en leg de ongewenste plantjes naast elkaar op het pad om ze goed onder ogen te zien. Ieder wortelstokje heeft een eigen verhaal.

Ze denken dat ik dement ben, maar mijn hersenen hebben gewoon nieuwe verbindingen gelegd en oude laten roesten. Ik kijk anders dan de meeste mensen. Ik zie dingen die zij niet zien. De dingen onder de dingen. En ik heb geleerd te vergeten. Omdat ik lui ben, heb ik het vergeten laten woekeren, als onkruid. Maar ergens in de lucht hangen de herinneringen nog. In een bepaalde stemming kan ik erbij en soms kan ik mezelf corrigeren. Ik probeer nu of ik bewust kan sturen, of ik mijn tijdreizen kan plannen en mijn vergeten aan en af kan zetten. Ik wil leren spelen en kiezen over welke bruggetjes in mijn brein ik huppel. Een soort vergeten zonder vergeten. Het is wel eng, want ik moet herinneringen toelaten. Herinneringen die me soms overvallen of die ik niet kan plaatsen. Vergeten is lange tijd mijn houvast geweest. Het is verslavend omdat het in zekere zin gelukkig maakt. Een schild tegen dingen die ik niet meer wil weten. Maar het is zich tegen me gaan keren. Ik ben afhankelijk geworden en kan niet meer zelf beslissen. Onbewust leven kost veel energie. Als ik in de spiegel kijk, zie ik een magere vrouw die tussen twee werelden hangt. Ik moet een belangrijke beslissing nemen: leven of sterven. Leven betekent een wil hebben. Het werk in de tuin helpt me ordenen. Mijn dochter helpt me ook. Het bidprentje van mijn moeder staat op mijn nachtkastje en herinnert me eraan dat zij dood is.

Sinds ik dat weet, komt ze niet meer. Ik heb een boek waarin de feiten van mijn leven staan. Hoe oud ik ben, wanneer ik getrouwd ben, hoeveel kinderen ik heb en hoe ze heten. Als ik niet kan slapen, lees ik hier in. Ernaast ligt een weekkalender waarop staat welke dag het is en wat we gaan doen. Mijn dochter zet me aan het werk. Ik was af en ruim op. Ik mag haar niet storen als ze in haar werkkamer zit. Op de deur hangt een plakkaat waarop staat hoe laat ik binnen kan komen. Soms halen we samen herinneringen op en ik verbaas haar met mijn kennis.

Ik kom terug in de wereld, herken de buurvrouw en ga alleen brood halen bij de bakker. Alleen 's nachts als ik in bed lig, komen de spoken. Angst hangt boven mijn bed en drukt me plat. Ik heb verwarde gedachten en enge dromen over vallende ijsco's en beklemmende labyrinten. Ik lig vastgebonden in mijn bed en verpleegsters stoppen pillen in mijn mond tot ik stikkend wakker schrik.

Het zevenblad op het pad voor me begint te verwelken. Ondertussen train ik mezelf. Wat stond er in de krant vanochtend? Ik krijg geen beelden. Dan denk ik aan mijn kleindochter. Ze droeg een rode zomerjurk en ging voor het eerst alleen op de fiets naar school. Ik weet het nog! Ik pak het beeld, stop het op een plaats in mijn hoofd voor leuke dingen en maak een mentale knoop. Ik probeer de herinnering te labellen.

Hé, dat heb ik eerder gedaan. Er zit meer op deze plek. Met mijn ogen dicht kan ik nu recente gebeurtenissen oproepen. Heel even, dan verbreekt de verbinding. Met mijn pincet trek ik weer wat onkruid weg.

Vrouwenmantel. Dat is geen onkruid. Ik verplaats de Vrouwenmantel naar de border.

**samya**

De kliniek is een offeraltaar dat hoog op trappen verheven staat. Regen wast het bloed van ongeborenen naar de goot in de straat. Een vlag van het Rode Kruis hangt druipend tegen de gevel. Dik rood bloed kruipt traag tussen bakstenen en uit ramen. Kinderen huilen in de armen van kleine duivels die hen lachend ontvoeren, terug naar de rivier. Terug naar de tussenwereld, waar ze opnieuw moeten wachten op de dag van conceptie. De pijn van geboren worden en sterven tegelijk is heftig en met niets te vergelijken.

Ik word duizelig en val bijna van de trap. De laatste treden sleurt mijn begeleidster me naar boven. Hijgend, zij vanwege de inspanning, ik door angst, bellen we aan. Binnen is als een koel meer. Blauwe en groene tonen mengen met zachte klassieke muziek. De arts praat met rustige stem en glimlacht bemoedigend. Ik teken een papier. Ze komen met een spuit. De naald blinkt wreed en wijst naar mij. De verpleegkundige wrijft over mijn arm, zoekt de bloedbaan. Ik bal mijn vuist, knijp mijn ogen stijf dicht. Ze rijden mijn stoel naar een andere ruimte. Hier is alles wit en gelukkig geen muziek. Ik lig op een smal bed. De arts met mondkapje voor buigt zich over me. Achter hem wit licht. Shayla omarmt me. Ik word wakker in een stille kamer met een groot verband tussen mijn benen. Het kind is weg.

Ze noemen het 'in de procedure'. Dat betekent dat je tijdelijk legaal bent en een legitimatiebewijs hebt gekregen. Ondertussen doen ze onderzoek naar je verhaal. Het legitimatiebewijs is een teleurstellend klein plastic kaartje met een onvoordelige pasfoto en vingerafdruk er op. Ik moet het altijd bij me dragen. Het verhoor duurde een hele dag. Weer zaten er twee vrouwen met een recorder tegenover me.

Mijn aangifte:
'Ik mis mijn vliegtuig in Parijs en doe wat mijn oom me heeft opgedragen: Ik bel naar Nederland. 476 Kilometer verderop klinkt *Für Elise* dof onder uit een handtas, het is de ringtone van mijn nieuwe eigenaar. Een forse Nigeriaanse genaamd Debby graait naar haar telefoon en loopt weg van een groepje vrouwen.

Het is vrijdagavond en druk in de Haagse straat. Een politiewagen rijdt stapvoets voorbij. De flamboyante zwarte vrouw ijsbeert op twaalf centimeter hoge stiletto's over het trottoir. Ik hoor het getik van haar hakken door de telefoon. Haar lage stem resoneert onder de straatgeluiden. Ze zegt dat ik een taxi moet nemen en spelt de naam van het station: Gare du Nord. Dan voegt ze zich weer bij de vrouwen. De politieauto draait de hoek om. Debby steekt haar hand uit. Bankbiljetten wisselen snel van eigenaar. Debby telt niet. Ze stopt het geld in haar handtas en zet streepjes achter namen in een blocnote. De vrouwen nemen hun positie in. Jassen open met daaronder verleidelijk kant. Debby stapt in een zwarte BMW. Ik stap in een Parijse taxi. De trein staat al te wachten als ik het perron op loop.

Europa ontvouwt zich door het raam. Het is net een grote gloeilamp. Alles is verlicht. Huizen als lampenkappen. Tegenover me zit een man in spijkerbroek. Zijn gezicht verscholen achter een krant. Op de achterpagina glimlacht een blonde vrouw, een krans van woorden rond haar gezicht. Ik lees de letters zonder de woorden te begrijpen.

De vrouw woont vast ook in een verlicht huis. Ze loopt
door de kamer met een kop thee in haar handen en
glimlacht haar professionele koele schoonheid naar haar
echtgenoot. Het huis is schoon en comfortabel. Schoon?
Ja, Europa is schoon. Geen rondzwervend plastic, geen
stof. De treinen, de mensen, zijn schoon. Dan zijn hun
huizen dat vast ook. De man kijkt even over zijn krant. Hij
glimlacht. Zijn lach lijkt op die van de vrouw in de
advertentie. Zijn witte tanden maken zijn blanke gezicht
nog lichter. Later zie ik hem steeds terug, in de tram, op
straat, bij de supermarkt. Niet dat hij het is. Alle blanken
lijken nu eenmaal zo verschrikkelijk veel op elkaar.

Station Hollands Spoor ruikt naar olie en versgebakken
frites. Debby staat op het perron te wachten. Ze heeft een
vriendin meegenomen. Ik hoor de toon en klank van het
Nigeriaanse Engels op afstand. De lage stem van Debby
onder de fluitjes van conducteurs en gepiep van
remmende treinen. De bulderende lach van vrolijk Afrika.
Mijn borst waarschuwt met een zwaar gevoel. Toch loop
ik recht op de twee vrouwen af. Debby drukt me tegen
zich aan als een verloren dochter. Pianomuziek in haar tas,
Beethoven, *Für Elise*. Ze neemt de telefoon niet op.
Debby neemt me mee naar haar huis. Onderweg zetten we
de vriendin af bij een bar. Ik krijg eten en ze vlecht mijn
haren. Terwijl mijn huid strak als een trommelvel over
mijn schedel gespannen wordt en haar bekwame vingers
lange krullen op mijn hoofd aanbrengen, vertelt ze over
dit land. 'Er zijn hier veel regels. En veel gevangenissen,'
zegt ze. 'Grote gebouwen waar meisjes zoals jij worden
verkracht. Ik heb macht én een Nederlands paspoort. Ik
ken de juiste personen. Je moet doen wat ik zeg. Dan
gebeurt je niets.'
De volgende dag laat ze me alleen in het huis. Ik mag niet

naar buiten gaan en de deur niet opendoen. Ze zet de televisie aan en heeft kip met rijst voor me gemaakt. Als ze die avond terugkomt, belooft ze de volgende dag werk voor me te zoeken. 'Geef me je paspoort, dan maak ik je papieren in orde.' Ik pak een etui uit mijn tas. Er plakt een foto aan. Mijn overleden vader staat voor zijn hut in donker Afrika en kijkt recht in de camera terwijl hij 'cheese' zegt. Hij is er niet aan gewend dat zijn foto genomen wordt. Ik vraag me af waarom ik de vrouw die me logies geeft, niet mag. Ik geef haar het paspoort, dat meteen tussen de omslagdoeken rond haar machtige buik verdwijnt.

Twee dagen later, na het eten, is het zover: 'Werken'. 'Zo laat?' 'In Europa werken mensen dag en nacht.' We rijden naar een lange straat waar vrouwen in lingerie achter ramen zitten. Rode lampen verlichten naakt gekante dijen. Debby parkeert in een geel vak dat op de straat getekend staat.
De voordeur, pal naast het parkeervak, wordt geopend door een brede blonde kerel. Een gang trekt recht als een treinspoor naar een blinde muur aan de achterkant van het pand. Het tapijt is afgesleten en kleurloos. Vaal roze muren. Schrale verlichting. Er is een trap. Weer een gang. Een deur door. De kamer erachter is warm en donker. Twee meisjes staan zich om te kleden.
Debby schudt de inhoud van een plastic tas op het bed. Kanten lingerie, off white, valt op de velours sprei. 'Trek aan.' 'Ik wil niet.' 'Je moet. Direct komt politie. Ze sluiten je op.' Ik huil en schreeuw. Debby pakt me, trap af, gang door, naar buiten. Ze duwt me de BMW in en rijdt plankgas weg.

Ik wil mijn moeder bellen. Debby zwijgt. Harde trekken

op haar gezicht. Thuis in Nigeria wordt de telefoon niet opgenomen. Ik probeer het nummer van mijn oom. 'Luister eens meisje,' zegt die, 'Ik heb veel geld betaald om jou daar te krijgen. Dat moet je terugbetalen, begrijp je. Ik regel dit allemaal niet voor niets. Doe wat die mensen zeggen.' 'Je kunt niet naar huis. Je paspoort is kapot. In Europa word je gearresteerd als je je niet kunt legitimeren. Wil je de rest van je leven in de gevangenis doorbrengen?' Debby smakt. Paprika chips kraken tussen haar tanden. 'Je moet werken. Je oom wil zijn geld terug en wat denk je dat het mij kost om jou te huisvesten.'

Het voelt of Debby op mijn botten zit te kauwen. 'Maar ik ben de kwaadste niet,' zegt de bottenkauwster mierzoet op de toon van een autohandelaar die iemand een set extra banden aan wil smeren. Ze likt met haar tong het zout van haar lippen. 'Ik zal je helpen.' 'Ik ga niet halfnaakt achter een raam staan.' 'Luister meisje, je kunt niet je hele leven blijven profiteren van anderen. Je moet aan de slag.'

Een traditionele priester kwam om het contract te sluiten. Hij had wit meel op zijn huid en bloed aan zijn handen. De kip bewoog nog toen ze onthoofd was. Het bloed werd in een schaal gegoten, gemengd met alcohol. Ik moest drinken en een gelofte afleggen. Stukjes nagel en afgeschoren schaamhaar in een zakje dat de priester in bewaring hield. Dat was de 'afstandsbediening'. Hij kan me vinden, als ik de afspraak niet nakom. Hij kan me vervloeken, gek maken of ziektes toewensen. De nacht van het ritueel bezochten de voorouders mij, rijkelijk gekleed dansend op de maat van de priester. Hun ogen bewogen razendsnel over gezichten, alsof ze niet in oogkassen gebed waren. Soms leek een heel gezicht uit ogen te bestaan. De voorouders spraken zes talen. Het leken bezweringen. Toen ik wakker werd, stond Debby over me heen gebogen, knipogend met haar gouden tand. Ze smeerde me in met zalf en kruiden. Ik zweefde door een oerwoud. Apen trokken aan mijn haar. Kakkerlakken knabbelden aan mijn tenen. Debby gaf me een slok water met citroen. Het was fris in mijn mond en tintelde op mijn tong. Debby keek tevreden. Toen bracht ze me naar de bar. De bar waar de politie binnenviel en ik werd gearresteerd. Daarna heb ik me in Rijsbergen aangemeld, maar ze geloofden me niet.' 'Dat staat in je dossier,' zegt een van de agentes. 'Je hebt een tijdje in Zwolle in vreemdelingenbewaring gezeten, nietwaar? Vertel maar verder over wat er gebeurde in de bar.'

'Ik heb mijn verzet opgegeven. Ik bel mijn moeder niet meer. Berustend laat ik de mannen toe. Vroeg in de ochtend haalt Debby me weer op en ik geef haar het geld. Ze schrijft streepjes achter mijn naam in haar notitieblokje en kijkt me tevreden aan. Ik vermijd in de spiegel te kijken en douche lang. Overdag slaap ik zonder uit te rusten. Aan de bar heb ik een vaste plek. Ik zit daar met een glas cola en wacht tot iemand me benadert.

De eerste klant is het moeilijkst.

Het lijkt wel een molshoop, een berg in een vlak landschap. Direct onder de borst groeit het vlees bolvormig naar voren. Het toppunt ter hoogte van de navel, zal zo'n 45 centimeter uitsteken. Vlak boven het geslacht van de man wordt het lijfelijke landschap weer plat. Ook zijn rug is nauwelijks breder dan die van een tenger figuur. Hij loopt achter zijn buik aan alsof het een winkelwagen is. De enorme omvang is zo onnatuurlijk, gedragen door dunne benen, dat hij gephotoshopt lijkt, de

klant die niet zijdelings door de deur kan.
De meisjes in de bar gaan snel naar de wc, schieten de trap
op naar boven of doen alsof ze heel erg druk bezig zijn,
zodra de buik in de deuropening verschijnt. Hij heeft geen
onaardig gezicht, deze buikschuiver. Het is alleen zo klein.
Alles aan hem is klein, vergeleken met zijn pens.
Hij duwt zijn abdomen naar de bar, rug kaarsrecht. Het
lijkt of hij zwanger is van een reuzenkind, zo beweegt hij
zich, langzaam ook, bijna behoedzaam. Hij kan vooruit,
achteruit, naar links en naar rechts, maar hij kan zich niet
wenden, niet soepel draaien om zijn as. 'Biertje, Sjors?'
vraagt de barman en knipoogt naar een van de meiden.
Sjors schuift met zichtbare inspanning een barkruk tussen
zijn benen. Zijn armen kunnen nauwelijks bij de bar om
het glas te pakken. Hij ziet mij ineengedoken in mijn
hoekje zitten en knikt.

Ik loop de trap op. Hij volgt hijgend, zijn machtige
vleesberg ondersteunt hij met zijn linkerhand. Rechts trekt
hij zich omhoog aan de trapleuning die vervaarlijk kraakt
onder het gewicht. 'De rode kamer,' beveelt hij. Zijn
gezicht is niet meer vriendelijk. Inspanning en opwinding
geven er een twist aan. De kop van de man rekt, zijn
mond een verticale streep, het voorhoofd breed, neus
lang. De volgende tree deukt het gezicht in, hol met een
clownsmond van oor tot oor. Alsof er lachspiegels
hangen, verandert zijn hoofd in een punt, in een 8, dan
een ballon. De geur van zijn zweet maakt me duizelig.

Hij gaat op zijn rug liggen en laat zich helpen. Ik zoek zijn
geslacht onder aan de berg. Het ligt als een kronkelig
beekje tussen de magere benen. Ik trek er aan. 'Zuigen',
beveelt hij. Ik kruip tussen zijn benen, zie de haarvaatjes
op de berg. 'Komt er nog wat van? Zuigen!' Ik spuug op

mijn hand in de hoop dat hij het verschil niet zal merken. Sluit mijn ogen. Witte klodders kokhalzen in horten en stoten over mijn donkerbruine huid. Het is voorbij.

'Sjors, en nog wel als eerste..' zucht een Poolse als ik verdoofd weer beneden kom. 'Cola?' vraagt de barman. Hij biedt een sigaret aan. 'Ik rook niet', denk ik, neem een trekje en doe alsof ik het lekker vind. De peuk druk ik uit op mijn linkerpols. Een teken, memorial. De pijn van het vuur verdooft de steken in mijn buik even.'

'Waarom ben je weer terug gegaan naar Debby, toen je uit de gevangenis in Zwolle kwam?' 'Ik ken niemand, ik was bang. Ik dacht dat ze me toch zou vinden.' 'En ben je dat nu niet meer?' 'Ja wel, maar ik weet nu dat de Juju niet werkt. Ze kan me niet op afstand bedienen, of gek maken. Dat heeft Shayla me verteld.' Dan vertel ik over de flat en Little Bob en Jay. Over de credit card op naam van C.M. van Wijnen waarmee ze de hotelkamer betaalden. Ik vertel over het feest waar wij moesten strippen, over de mannen die met vuurwapens tegenover elkaar stonden, hoe Shayla achter het stuur van de auto ging zitten, zonder te weten hoe je auto rijdt en frontaal tegen de boom aanbotste. Ik vertel over de ogen van Little Bob in mijn voorhoofd en het kind dat nu weg is.

De politieagentes maken af en toe een aantekening. Daarna stellen ze vragen en rijden met me door de stad. Het huis van Debby kan ik niet terug vinden. Flat 364 op de derde etage lijkt op vijf verschillende plekken te staan. Ook die plek kan ik niet aanwijzen. Een tekenaar maakt een portret van Debby op mijn aanwijzingen. Het lijkt wel, al klopt de neus niet helemaal. In een fotoboek herken ik Little Bob. Ik moet Jay aanwijzen. Hij staat in

een rij tussen andere mannen, terwijl ik achter een raam
zit. Hij ziet mij niet en ik hem wel. Dat zegt de politie.
Maar ik weet zeker dat hij me ziet. Ik voel zijn haat door
de glazen wand. Ik herken hem meteen, toch laten ze hem
en de andere mannen op en neer paraderen als pony's in
een circus. Het is een warme dag. Ik heb voortdurend erge
dorst. Mijn keel blijft droog, ondanks de bekertjes water
die ik uit de waterkoeler tap.

Terug in de vrouwenopvang ga ik met een fles cola en een
zak chips voor de tv zitten. Ik zap een beetje op zoek naar
een verstrooiend programma. Het nationale nieuws flitst
voorbij. Ik zie een oude vrouw in een versleten
spijkerbroek met een roze kwast naar de camera zwaaien.
Ik glimlach bij de herinnering aan ons wandelingetje
tussen de ganzen. Zou ze de foto van mijn vader nog
hebben?

$\mathscr{OOO}$

**dochter**

Terwijl Ma de planten in de tuin herschikt, stopt een auto van de lokale pers in de straat. Een man en een vrouw stappen uit en lopen naar onze voortuin. De vrouw praat met Ma. De man maakt foto's. Nieuwsgierig loop ik naar buiten. 'We maken een reportage "Grijs Verleden" over mensen die aan dementie lijden. Uw moeder is een van de weinige mensen met deze ziekte die niet in een instelling woont. Mogen we u een paar vragen stellen?' 'Wat vind jij?' vraag ik Ma. 'Nu niet. Ik ben bezig,' antwoordt ze en buigt zich over de Vrouwenmantel. 'U hoort het.' 'Kunnen we morgen afspreken?' Ma kijkt me aan. 'Weet je,' zegt ze tegen de vrouw, 'ik probeer erg hard om het vergeten af te leren. Of in ieder geval de baas te worden. Daarvoor moet ik me concentreren op al dit onkruid. Daarvoor lees ik boeken over mijn eigen leven die naast mijn bed liggen. Ik wil leven, snapt u? Dat kan alleen als ik over mijn eigen wil beschik. Ik geef het Grijze Verleden waarover u praat weer kleur en train mijn hersenen om nieuwe verbindingen te leggen. Ik weet niet of het me lukt en hoe lang zoiets duurt.' De vrouw schrijft alles op wat Ma zegt. Dan richt ze zich tot mij: 'Hoe is het om met je dementerende moeder samen te leven? Herkent ze u 's ochtends? Bent u niet bang dat ze er weer tussenuit trekt?' 'U heeft mijn moeder gehoord,' zeg ik. De fotograaf schiet ondertussen kiekjes van het rijtje zevenblad met daarachter Ma op haar stoel.

Een van de buren komt zijn huis uit. 'Een dementerende vrouw die los rond loopt! Levensgevaarlijk. Schrijf dat maar eens op,' moppert hij. 'Ik leg niemand een strobreed in de weg. Ik klaag niet over die ezel die zij in de achtertuin hebben staan, die is van het kind. Ook al is het raar in een woonwijk, een ezel. Waarom niet gewoon een hond of kat? Maar goed, daar bemoei ik me niet mee. Televisie mensen vallen graag op, daarom gaan ze met hun hoofd op de buis. En dan zo'n beest Champagne noemen... en ik maar denken, wat roepen ze toch, niemand had mij gevraagd wat ik ervan vond, een Champagne ezel bij de buren. Ik heb er nooit wat van gezegd. Maar nu gaat het om mijn huis en mijn gezin. Als dat gekke mens het gas laat branden, vermoordt ze ons allemaal.' 'Ik heb een veiligheidsslot op het fornuis gezet.' 'Dan nog. Voor je het weet haalt iedereen zijn demente vader of moeder in huis. Dan zijn de rapen pas gaar.' Ma staat op en loopt tot vlak voor de buurman. 'Meneer, ik ken u niet. Misschien ben ik u vergeten, maar ik kan me niet herinneren dat u zich ooit aan me heeft voorgesteld.' Ze steekt haar hand uit en noemt zichzelf Lisette. De buurman weigert bot. Ma laat zich niet van haar stuk brengen.

'Sinds mijn dochter mij gered heeft uit het paviljoen van bommen en naalden, weet ik weer dat ik wil leven. Ik zal nooit iets doen om haar en mijn kleindochter in gevaar te brengen. Ik ben juist op weg naar genezing.' De buurman haalt zijn schouders op met een blik van 'Zie je nou wel, geen land mee te bezeilen' en gaat terug zijn huis binnen. 'We hebben genoeg. Dank u wel,' zegt de verslaggeefster.

De volgende ochtend kopt de krant: 'Ze vermoordt ons allemaal'. Eronder, close up, Ma met haar neus bijna tegen die van de buurman. Ik moet toegeven, het ziet er beangstigend uit. Ik kijk naar Ma om haar reactie te peilen. Ze heeft weer die schichtige blik die ze in het tehuis zo vaak had. 'Ik moet veel doen. Overal ligt stof. Direct komt mijn moeder.' 'Ma, je moeder komt niet,' zeg ik. 'Je moeder is veertig jaar geleden gestorven.' 'Leugenaar! Wie ben jij? Wat doe je in mijn huis?' 'Ma, ik ben je dochter.' Ik pak een fotoalbum van vroeger en laat haar de plaatjes zien. 'Kijk, dit ben jij toen je met papa trouwde.' We bladeren door de foto's en steeds leg ik haar uit wie er op staan. Langzaam wordt ze rustig. Ik vraag haar om vandaag het onkruid te wieden in het stuk tuin achter het huis en ga naar de redactie vergadering. Waar ik te laat kom. Niemand schijnt het op te merken, zo druk zijn ze in debat verwikkeld. Een collega loopt verhit de vergaderkamer uit. Iedereen schreeuwt door elkaar. 'Dit gaat te ver! Propaganda voor een fatsoenlijk regiem, à la, de kachel moet branden, maar dit...' 'Doe normaal man, we leven in een democratie. De meerderheid beslist. Je kunt miljoenen kiezers niet negeren.' 'Het hemd is nader dan de rok... Eigen bloed in eigen aders... Wat voor uitspraken zijn dat?' 'Ze hebben een punt. We moeten onszelf beschermen.' 'Het zijn fascisten.' 'Dat vind jij.' 'Dames en heren, we hebben werk te doen,' intervenieert hoofdredacteur Jan de Wit kalm. 'Wie het niet bevalt, kan zich terugtrekken.' Doodse stilte. 'Wij zijn vanaf onze oprichting de nieuwsdienst van de democratie. Dat blijven we, ongeacht onze eigen politieke kleur. Als de Puristen het land mogen regeren van de kiezer, dienen wij de Puristen. Zo simpel ligt het.'

Koude rilling. Ik maak een rekensom: 'Even luisteren kan geen kwaad. Neem geen overhaaste beslissing, denk aan Amelie, denk aan Ma,' fluistert een stem in mijn hoofd. 'Je leest alleen maar voor, het kan heus geen kwaad om even te blijven zitten en luisteren...' Jan houdt een kleine pauze. 'De nieuwe minister-president hecht groot belang aan goede communicatie, die eerlijk en oprecht op de mensen overkomt. Om de juiste mensen op de juiste plek te hebben, zullen we allemaal opnieuw naar onze functie solliciteren.' Nog voor het gemor hoorbaar wordt, heft hij zijn hand. 'Maak je geen zorgen, als je goed bent, behoud je je baan.'

**samya**

Ik ga op zoek naar de vrouw die me een thuisgevoel gaf.
Ik zoek Oma. Het is gemakkelijker dan je zou denken,
sinds Oma de nationale pers haalde met haar roze kwast.
Eer ik er erg in heb, sta ik voor een huis met een keurige
voortuin in een keurige buurt. Ik bel aan en een vrouw die
ik ken van televisie doet open. Ik denk dat ik aan het
verkeerde adres ben, maar ze vraagt zo vriendelijk wat ik
kom doen dat ik mijn schroom vergeet en vertel dat ik
Oma zoek, Oma van de ijsjes. De vrouw glimlacht en laat
me binnen. In de keuken zit Oma. Ik krijg thee en een
stoel. Er hangt iets in de lucht van dit huis, vertrouwd. Ik
stel me voor, schud hun handen, maar het is net of dat
niet nodig is en we elkaar al kennen. Ik denk dat zij dat
ook zo voelen. Ze gedragen zich huiselijk. Oma roert in
haar thee en de dochter rommelt informeel met de
koekjestrommel en schudt er een nieuw pak in leeg.

Ik vraag Oma naar de foto van mijn vader. Even kijkt ze
me vreemd aan. Was die foto van mij? 'Ik dacht dat het
een boodschap van oom Jacques was,' zucht ze. 'Maar dat
kan natuurlijk niet. Oom Jacques is lang geleden
gestorven, nietwaar?' Vragend kijkt ze haar dochter aan.
Die pakt een boek en opent het bij een tabblad getiteld
'Oom Jacques'. 'Verdwenen op 3 mei 1945' staat er
geschreven. 'De kans dat hij nog leeft, is klein, minutieus
en heel erg klein, een kans van minder dan een centimeter.
Maar mocht je hem tegenkomen, let dan op of je een oude
of een jonge man ziet. Als hij jong is, is het een gedachte!'
Het handschrift is regelmatig, alleen het uitroepteken
vertoont emotie. 'Ik moet tegenwoordig alles opschrijven,'
verontschuldigt Oma zich, 'en steeds weer nalezen. Tot ik
het onthoud.' Ze pakt haar handtas en haalt mijn foto
eruit. Er zitten wat meer kreukels in, maar verder is het

dezelfde foto met dezelfde glinsteringen rond de mond. Ik streel het gezicht van mijn vader terwijl ik met de twee onbekende vrouwen praat. Oma lijkt minder in de war dan de middag waarop ik haar voor het eerst ontmoette. Ze draagt een dunne spijkerbroek van zacht denim en haar grijze haren zijn kort opgeknipt waardoor haar ogen beter uitkomen. Ik blijf. Die nacht slaap ik in dit huis en hierna nog vele nachten. Oma maakt ook een tabblad 'Samya' in haar boek en vraagt of ik haar Lisette wil noemen. Ze schrijft alles op wat ik haar vertel. Over hoe mijn oom mij verkocht en mijn moeder dat liet gebeuren. In het begin schaam ik me en probeer zo min mogelijk in detail te treden. Maar de aandacht van Lisette is oprecht. Ze veroordeelt me niet. Langzaam vertel ik steeds meer. Het lucht me op om er over te praten. En Lisette schrijft in haar regelmatige cursieve letters mijn verhaal. 'Jouw leven en mijn leven komen in hetzelfde boek,' zegt ze. 'Zodat we nooit vergeten en we in de geschiedenis verbonden blijven.'

Soms krijgt Lisette een terugval. Dan staan haar ogen minder helder en kijkt ze je aan zonder je te zien. Ze staat op de drempel van tijden en kan ieder moment een reis beginnen waarvan niemand de bestemming kent. Dat gebeurt vooral als de harmonie verstoord wordt. Vlak voordat ik kwam, was zo'n stressmoment. In de krant stond dat een buurman Lisette moordenaar noemde. Dat trok ze zich erg aan. 'Ga maar onkruid wieden,' had de dochter gezegd, in de hoop dat een werkje haar af zou leiden, maar Lisette klom over het tuinhek en verdween. Op straat voelde ze zich nagekeken en werd steeds banger. De blikken van vreemden kunnen angstaanjagend zijn, dan wil je wegduiken en ergens verstoppen. De enige

veilige plek die Lisette kon bedenken was het fietsenhok
van een basisschool. Het stond er zo vol dat ze haar been
open haalde aan een trapper. Ze had het niet eens in de
gaten, klom over de fietsen heen en kroop achter in een
donkere hoek. Diep in het donkere fietsenhok
weggedoken, nam de tijd een loopje met Lisette. Ze
herbeleefde het einde van Wereldoorlog Twee, vlak
voordat het land bevrijd werd.

Het is maart 1945, Lisette is een mooi jong meisje met
blonde krullen. Dochter van de bakker, die helpt in de
winkel van haar ouders. Haar vrolijke lach is aanstekelijk
en ze komt in de leeftijd waarop jongens naar haar gaan
kijken. Zo raakt ook een Duitse officier betoverd. Hij
wordt een vaste klant, komt iedere dag voor een broodje
of gebak en wil alleen door haar geholpen worden. Haar
vader ziet het met lede ogen aan. Op de meelzolder,
boven de bakovens, zitten Engelse piloten te wachten tot
de avond valt en ze buiten een sigaretje kunnen roken. Als
Duitsers de winkel binnenkomen, klopt de bakker twee
keer met zijn pollepel op een metalen plaat. Het is een
waarschuwing: niet bewegen, niet hoesten, zelfs niet
ademhalen. Op een dag vraagt de verliefde Duitse officier
Lisette mee uit. 'Nein, das geht nicht,' roept de bakker
achter uit de bakkerij.
De militair, echter, heeft zijn zinnen op het meisje gezet
en is gewend te krijgen wat hij wil. 'Nein' is een woord dat
hij niet kent. Hij dringt aan, maar de vader van Lisette is
onverbiddelijk. 'Ze is te jong,' argumenteert hij. De
Duitser vindt haar helemaal niet te jong. Vader en vrijer
krijgen ruzie. Uiteindelijk vertrekt de Duitse soldaat met
een kwaaie kop.

Iedereen in de winkel haalt opgelucht adem, zo ook en vooral een van de twee onderduikers. De piloot voelt muren, vloer en dak op zich afkomen terwijl meel zich mengt met zuurstof en kriebelt in zijn keel die hij niet eens kan schrapen zolang de Duitser beneden staat. Zodra die weg is, kruipt de Engelsman hoestend uit zijn schuilplaats. Hij staat koud beneden of de Duitser stormt terug binnen, vastbesloten om het meisje te krijgen, met wapen in de aanslag. Hij heeft geen oog voor de piloot, die na een moment van verstijving, ijverig deeg begint te kneden. Lisette's vader die net de oven aan het bij stoken is, maakt een rare beweging met al brandende briketten. Hij verbrandt zijn handen, vuur kruipt omhoog langs zijn mouwen naar zijn schouder waarop de Engelsman een doek grijpt om het vuur uit te slaan. De bakkersknecht gooit water uit een emmer. Hij raakt daarbij per ongeluk de Duitse officier. Die schiet in een reflex. De Engelsman zucht luid en zinkt dood op de grond, vermoord door een onbedoelde kogel.

Lisette ondertussen zit verscholen achter een bakfiets en kijkt bibberend toe. Ze bijt op haar hand om niet te schreeuwen.

Een bataljon soldaten dat toevallig door de straat marcheert, maakt rechtsomkeer bij het horen van het geweerschot, en draaft het erf van de bakkerij op. Het pleit is in een oogwenk beslecht. Voor haar ogen wordt haar vader afgevoerd met derdegraads verbrandingen op zijn armen en schouders. Duitse soldaten doorzoeken de zakken van de dode Engelsman. Niet lang daarna vinden de Duitsers de schuilplaats waar de tweede piloot zo stil probeert te zijn dat hij al bijna gestikt is als ze hem vinden. Lisette hoort van achter de bakfiets hoe haar moeder uit de winkel gesleurd wordt. Harde keelklanken roepen bevelen. Ze hoort een bekende stem. Ze herkent de tenor van haar oom Jacques. Het geschreeuw houdt op. Even later vertrekken de Duitsers en nemen haar vader, de knecht, de Engelse piloot en het lichaam van de andere Engelsman mee. De moeder van Lisette laten ze achter. Die zoekt handenwringend en in tranen naar haar dochter. Pas na lange tijd durfde het meisje achter de bakfiets vandaan te komen.

Het hoofd van de basisschool vond Lisette toen hij aan het einde van de werkdag zijn fiets wilde pakken. Het kostte heel wat overredingskracht om haar uit het hok te krijgen. Het boek wat ze schrijft, waar mijn verhaal nu ook een plaats in krijgt, heeft daarbij geholpen. Het trok haar terug in het heden. De krant beloofde een rectificatie. Ze zetten een kort stukje op pagina drie over de onschuld van mensen met dementie en schreven erbij dat het in ieders belang is om hen 'een goed en veilig tehuis' te bieden.

.ℐ

De dochter van Lisette, ze krijgt nu pas haar naam, ze heet Maria, maar we noemen haar Pia, Pia verliest haar baan omdat ze niet langer als rolmodel kan dienen. Omdat ze haar demente moeder in huis heeft genomen, voor wie tehuizen zijn opgericht. Omdat ze een gedwongen prostituee uit een ver Afrikaans land onderdak biedt, terwijl er instanties zijn waar zo'n vrouw terecht kan. Omdat ze alleenstaande moeder is. Omdat een ezel in haar achtertuin graast. Kortom, omdat ze afwijkt van de norm. Het ministerie van Informatie & Ethiek kan zo iemand niet gebruiken. Pia staat onder zware druk. Ze loopt met wolken boven haar hoofd. Drie maanden later staat het huis te koop. We kunnen de hypotheek niet meer opbrengen. 'Bovendien, het is toch een rotbuurt,' vindt Pia, en 'het huis is te groot voor ons viertjes'. Vriendinnetjes van Amelie blijven weg. Ondertussen schrijft Lisette haar boek van Niet Vergeten in haar regelmatige  handschrift met de emotionele uitroeptekens.

**pia**
Daar zit ik dan, achter het stuur van een witte taxi,
geparkeerd voor het centraal station, wachtend op een
klant. Van iedere rit moet ik zestig procent afdragen, de
benzine betalen en de afschrijving van de auto. Voor mijn
collega's geldt hetzelfde, dus we vechten om klanten, waar
we vervolgens weinig aan verdienen. Ik moet een list
bedenken. Zo kunnen we niet lang verder leven: drie
vrouwen, een kind en een ezel kunnen hiervan niet
bestaan. Ik denk terug aan mijn oude zelf: succesvol
zelfvertrouwen, goed betaald leuk werk. Wie ben ik
zonder die carrière en zonder de status die vanzelf
meegeleverd werd?

Een man klopt op mijn raam. Hij wil naar de
Beethovenlaan gebracht worden. Ik zoek op mijn
TomTom. 'Mooie buurt,' zeg ik. 'Woont u daar?' Hij
bromt iets terug wat ik niet versta en gaat achterin de taxi
zitten. Het verkeer zit tegen. We staan in de file in een
tunnel. 'Het lijkt of er nooit een einde komt aan al die
wegwerkzaamheden,' mopper ik meer tegen mezelf dan
tegen mijn passagier en werp onwillekeurig een blik op de
achterbank. De man trekt wit weg. Een halve seconde
later zakt hij in elkaar. Shit! Ik kan geen kant op. Overal
staan auto's en mijn passagier heeft een hartaanval. Aan
het einde van de tunnel, een paar meter verderop, bij het
stoplicht, is een kruispunt. Ik rijd door rood, maak een
gevaarlijke U-turn en geef plank gas. Ik race zigzaggend
tussen andere wagens, snel calculerend wat de kortste weg
naar het ziekenhuis is. Negeer borden, claxons en
verkeerslichten. Achter me hoor ik een sirene. Een
politieauto met roodneon HALT op het dak sommeert
me te stoppen. Ik stop niet. Ik rijd door. De politie snijdt
me van de weg af. 'Hij heeft een hartaanval. Ik moet naar

het ziekenhuis,' gil ik tegen de agent. Die werpt een blik in mijn taxi, knikt en zegt 'Volg me'. Adrenaline spuit door mijn bloed, terwijl ik klevend aan de bumper van mijn escorte hoop dat die niet opeens remt. Ik hoor mijn eigen hart boven het geluid van de motor uit en probeer in de spiegel te zien hoe het met de passagier is. 'Blijf leven. Blijf ademen!' 'Niet in mijn taxi,' denk ik er achteraan, 'niet doodgaan in mijn taxi'. Nog een hoek om, dan zijn we er. De agent heeft de eerste hulp al gealarmeerd. Ze staan ons op te wachten. Leeg sta ik naast mijn lege auto als de passagier eindelijk op een brancard is afgevoerd, naar binnen, waar doktoren hem opwachten. De agent heeft medelijden en brengt een kop koffie uit de automaat. 'Hé, ben jij niet...?' Ik laat hem de zin niet afmaken. 'Nee. U vergist zich. Dat ben ik niet.' Een verpleegster komt me halen en vraagt naar mijn band met de patiënt. 'Ik ken hem niet. Hij stapte in mijn taxi. Hij moest naar de Beethovenlaan.' Murw teken ik een formulier.

De man heeft geluk gehad. Ik heb hem net op tijd in het ziekenhuis gekregen en hij overleeft een acuut hartinfarct. Zijn dankbaarheid is pijnlijk. Het is een grote, statige man, die van mooie dingen houdt, te zien aan het horloge dat hij draagt. Alleen al van dat horloge zou ik mijn gezin een jaar kunnen onderhouden, schat ik. Hij ziet me kijken, maar zegt niets. Hij zal eind zeventig zijn. Goed onderhouden kapsel en volle maar niet al te dikke buik. Hij is gewend bevelen uit te delen, zoals hij de verpleegster om een glas water vraagt. Tegen mij is hij bijna onderdanig. Ik heb zijn leven gered, zegt hij. 'Wat kan ik terug doen?' 'Niets. Genieten van je leven zolang het duurt.' Ik doe nors en begrijp zelf niet waarom hij me zo irriteert. Ik geef hem mijn mobiele telefoonnummer en wens hem sterkte. Dan ga ik. Ik wil niet meer rijden vanavond. Ik ga recht naar huis. Samya is nog wakker. Ze zet een kop thee en luistert naar mijn verhaal. Daarna val ik in een diepe slaap en droom over antieke uurwerken die het niet meer doen. Mijn moeder is ook zo'n uurwerk. Maar zij kan met de klok spelen, misschien moet ik dat ook leren.

De volgende dag belt de agent aan de deur. Hij wil nog een verklaring voor zijn verbaal. Hij moet verantwoorden waarom hij een witte taxi met gillende sirene door de drukke stad loodste. Ik zie de man verbaasd kijken naar Amelie, Lisette en Samya die gedrieën Champagne via de woonkamer naar buiten brengen om haar uit te laten. 'Ik heb geen achterom,' onhandig ik. Terwijl hij mijn naam noteert, zegt hij 'Zie je wel. Je bent het. De ontslagen nieuwslezeres die haar demente moeder én een vluchtelinge in huis nam.' Met een groot gebaar neemt hij zijn pet af. 'Mijn vrouw bewondert u zeer.' De overgang van 'je' naar 'u' ontgaat mij niet.

Een paar weken later ben ik gastspreker in zijn huis, waar zijn vrouw en een paar van haar vriendinnen een bijeenkomst houden over de opvang van bejaarden met dementie. Ik heb voor de gelegenheid het Niet Vergeten boek van Ma meegenomen en voor het eerst sinds Samya bij ons woont, gelezen. Het hoofdstuk Samya is een van de langste. Ma schrijft nauwkeurig ieder woord, soms bibberend van emotie. Ze schrijft in de taal van onze Nigeriaanse huisgenote, half Engels, half Nederlands. Nauwkeurig beschrijft ze ieder detail. Ze heeft kennelijk doorgevraagd over de flat en het huis van die mensenhandelaarster Debby. Er staat een tekeningetje in van een straat. Met potlood zet ze er commentaar bij. Ze speurt. In een plastik hoesje zit een politierapport en een kaart van Den Haag waarop met rode pen cirkels zijn getrokken.

'Ik hoef mijn moeder niet op te sluiten omdat ze niet meer weg wil,' zeg ik tegen de vrouwen. 'Ze is zelfs op het punt beland waarop ze verkiest te leven en tegen de dementie te vechten. Daarvoor hebben we allerlei herinneringstrategieën bedacht. Samen. Ik heb het prentje van haar overleden moeder, mijn oma, naast haar bed gezet en ben een boek begonnen met daarin alle belangrijke feiten en data uit haar leven. Zij zelf is doorgegaan met schrijven in dat boek. Ik denk dat de komst van Samya die een eigen probleem heeft, mijn moeder activeert. Ze heeft weer een doel. Misschien is dat het geheim.'

Terwijl ik me koester in de belangstelling van de vrouwen, brengt de passagier die zijn hart brak in mijn taxi een bezoek aan mijn huis. Hij wil me bedanken. Ma doet open voor een gesoigneerde man met een grote bos bloemen in zijn hand. Hij staat wat onwennig te kijken en zij laat hem binnen. Als ik een paar uur later thuis kom, zitten die twee geanimeerd te praten, terwijl Champagne welkom balkt vanuit de kleine achtertuin.
Ma heeft thee gezet en serveert koekjes. Ze staat op om me een kus te geven. 'Samya is boodschappen doen. Ik hoop dat je het goed vindt dat Louis vanavond mee eet.' Louis, dat is dus zijn naam. Hij ziet mijn verbazing die hij opvat als een afwijzing. 'Nee, nee, zo bedoel ik het niet. Ik bedoel..' Ik zwaai onduidelijk met mijn armen naar de kamer. 'In deze puinhoop, met ons... Wilt u dat wel?' Hij ziet er minder stijl uit als hij lacht. 'Ik ken je moeder al heel lang. Ze is nog steeds mooi. Ik wil graag blijven, als je dat goed vindt.'

Ma bloost. 'Louis woonde vroeger bij ons in de straat. Hij heeft gezien hoe de Nazi's Pa oppakten en Mama sloegen, totdat oom Jacques ingreep.' Dan ziet ze haar Niet Vergeten boek uit mijn tas steken. 'Ik was vergeten dat jij het had. Ik heb de hele tijd gezocht. Kijk, Louis.' Ze grist het boek gretig uit mijn tas. 'Iemand zin in een glas wijn?' Samya komt binnen met grote tassen. Louis reageert naturel. Hij irriteert me niet meer, zoals die dag in het ziekenhuis. 'Voel je je beter?' 'Beter dan ooit. Ik kom je bedanken. Je hebt mijn leven gered. En nu leid je me ook nog naar Lisette. Dat is twee nul voor jou.'

We staan alle vijf in de kleine keuken. Amelie bakt bananen, Samya heeft de regie, Ma snijdt groenten met vervaarlijke snelheid alsof ze wil laten zien dat ze heus nog wel capabel is en vermijdt naar ons te kijken. Louis en ik hebben allebei een glas wijn in onze hand. 'Ik wil je niet beledigen. Maar ik heb je opgezocht op internet. Je bent een veelbesproken vrouw met een uitzonderlijk talent om tegen de stroom in te zwemmen. Daar houd ik wel van.' Ik zet mijn tv presentator glimlach op en relativeer zijn laatste opmerking. 'Ik zei net dat het twee nul voor jou is. Geef me de kans om ook een punt te scoren. Laat me je helpen.' 'Waarmee?' Ik denk aan zijn horloge: een jaar lang wonen en eten. Maar ik zeg het niet. 'Help me maar met tafel dekken.'

Voor het eerst sinds lange lange tijd zit er een man aan onze tafel. Hij en Ma naast elkaar. Alsof ze onze ouders zijn, van Samya, Amelie en mij. Amelie probeert netjes te eten en met twee woorden te praten. Die avond schrijft Ma lang en veel in haar Niet Vergeten boek. 'Denk je dat hij nog een keer terugkomt?' vraagt ze voor het slapen gaan. 'Ik denk het wel. Hij is gek op Champagne,' grap ik. Zou ze verliefd zijn? Kan dat nog op haar leeftijd? Hebben oude mensen eigenlijk wel seks? Ik stop mijn gedachten. Seks is lang geleden voor mij. Seks is non-existent. Als mijn moeder gaat vrijen, waar blijf ik dan? Wil ik dat eigenlijk wel weten? Als zij verliefd kan worden, moet ik het toch ook kunnen. Maar ik kan het niet. Bovendien, mannen kijken niet naar me en voor vrouwenliefde heb ik al helemaal geen talent. Ben ik frigide? Onaantrekkelijk? Ik heb geen man meer aangeraakt, sinds Amelie's vader gestorven is. Sterker nog, ik heb de behoefte nooit meer gevoeld.

**lisette**

Zo'n man die ineens voor de deur staat! In een duur maar ouderwets krijtstreeppak met zijden vlinderdas. Zijn nagels gemanicuurd als een vrouw. De witte randen steken af tegen de vingertoppen. Zijn handen zijn slank en ik vermoed ook zacht. Hij draagt een gouden ring met een diamant zo groot als een maïskorrel. Een korte snor onder zijn neus verstopt het cynisme in de curve van de bovenlip. Op zijn linkerwang kruipen enkele kleine adertjes over zijn blanke huid. Zijn ogen zijn blauw en een beetje waterig van ouderdom. Strenge rechte wenkbrauwen begrenzen het hoge voorhoofd. Een nog volle haardos. Stug grijs, de haren zijn net lang genoeg om niet recht op zijn hoofd te staan, maar keurig naar achter gekamd zonder scheiding. Ik denk eerst dat het niet echt is. Dan herinner ik me de ezelsbrug die mijn dochter me leerde: hij is oud. Het is een oude man, niet de jonge jongen die ik in mijn jeugd kende en die bij ons in de straat woonde. Dan moet hij echt zijn. Voor de zekerheid knijp ik even in de rug van zijn uitgestoken hand. Zo'n gemeen kneepje, ik pak een velletje tussen de nagels van mijn duim en wijsvinger. Hij schrikt. Hij kan dus geen geest zijn, geen maaksel van mijn verwarde brein.
Ik voel ook de doornen van de rozen die in het boeket zitten. Hij brengt bloemen voor Pia. Vroeger zouden die bloemen voor mij zijn geweest. Hij is knap geworden, die kleine Louis. En verzorgd. Louis kijkt verlegen. Het verrast hem dat ik de deur open. Net zoals het mij verrast dat hij aanbelt. Ik sta in een oude spijkerbroek van mijn dochter. 'Pia is er niet. Ik ben vergeten waar ze naar toe moest. Maar je mag wel binnenkomen. Het is zo lang geleden.'

Ik zet thee en laat Samya alleen boodschappen doen. Ze

knipoogt terwijl ze wegloopt. Wij praten over vroeger. Hij is natuurlijk veel jonger dan ik. Vroeger zag ik hem niet staan. Maar als je 84 bent, is vier jaar verschil peanuts. 'Jij was mijn eerste verliefdheid,' zegt Louis. Hij lacht hortend. Ik voel me weer kind worden bij het horen van die lach, die nog hetzelfde klinkt als toen. Dit keer maak ik geen reis door de tijd. Dit keer is het herinnering die een gevoel oproept. Ik ruik de versgebakken speculaas uit de werkplaats van mijn vader, vermengd met de zeep waarmee mijn moeder zich waste, een zurige kruidige lucht. Het is een machtig gevoel om een herinnering te beleven zonder meegevoerd te worden. Baas in eigen brein. 'Ik ben tachtig en voel me voor de eerste keer kwetsbaar,' zegt Louis. 'Een hartinfarct is niet niks,' beaam ik en om hem te bemoedigen zeg ik: 'Je ziet er anders goed uit. Als een jonkie.' 'Die hartaanval was een godsgeschenk.' Hij glimlacht. Even schiet door mijn gedachten dat hij ook aan het dementeren is. Ik bestudeer zijn gelaat. Hij heeft wel iets jongensachtigs, maar ik zie de terugkeer van het kind niet in zijn gezicht.
'Ik bedoel dat ik nu eindelijk de stappen neem die ik al lang geleden had moeten nemen. Ik ga scheiden.' 'Oh, ben je getrouwd?' 'Mijn vrouw is dertig jaar jonger dan ik. Ze zoekt zingeving in materie, probeert de ouderdom af te kopen met spullen. Ze zal zich nooit kleden zoals jij.' Ik kijk naar de versleten spijkerbroek van Pia en bloos zowaar. 'Nee,' zegt hij, 'dat bedoel ik niet negatief. Integendeel. Ik bedoel dat zij alleen met uiterlijk bezig is. Ik zelf ook lange tijd. Ik dacht als ik maar een miljoen heb, dan ben ik gelukkig. Toen had ik een miljoen. Ik dacht als ik maar twee miljoen heb en een mooie vrouw om mee te pronken, dan ben ik de dood de baas. Nu heb ik een paar miljoen, een paar huizen, drieënveertig gouden horloges, zes oldtimers, vierendertig zijden pakken en een mooie

jonge vrouw en de dood heeft me meer in de grip dan
ooit. Het hartinfarct heeft me dat laten inzien.'
Hij weet niet wat hij zegt. Hij heeft genoeg om nooit meer
te hoeven werken. Het is gemakkelijk om iets niet te willen
als je het hebt. Ik zou hem wel eens willen meemaken
zonder oldtimers en horloges. Kijken of hij dan nog zo
zou praten. Het cliché van de hartaanval die je leven
verandert, irriteert me. Dat zeggen ze in het begin
allemaal. Tot het erop aan komt en dan houden ze vast
aan hun rijkdom, status en aan hun glamourvrouwen. Ik
weet dat. Mart was tenslotte ook niet onbemiddeld en ik
was ook zo'n 'prijsvrouw'. We hebben het toneelstuk tot
zijn bittere dood uitgespeeld. Vol overtuiging riepen we
naar elkaar en naar ieder die het horen wilde dat geluk
belangrijker was dan geld. Maar we gunden onszelf en
elkaar dat geluk niet en we hielden vast aan het geld. Geld
is meer dan geld. Geld is status. En ook een soort
reddingsboei die naar vrijheid drijft. Tot je het doel
vergeet en de reddingsboei niet loslaat, ook al kun je
zwemmen. Zwemmen naar de overkant of waarheen je
maar wilt. Geld wordt een vrijwillige gevangenis en een
verslaving. We zijn te bang om 'alles op te geven waar we
jaren voor gewerkt hebben'. We zijn te bang om toe te
geven dat onze keuzes verkeerd waren. Daarom zetten we
ze door. Ik zeg dat niet tegen Louis. Ik wil hem niet
kwetsen. 'Wat ga je nu doen?' Hij lacht weer zijn hortende
lach en verspreidt de lucht van speculaas en zeep. 'Thee
drinken met jou.' De woorden kriebelen in mijn buik. Ik
voel mezelf speciaal worden alsof hij zei 'Ik vind je lief'.

*

Lisette frommelt met een papiertje in haar handen. In haar
brein ontstaan razendsnel nieuwe knoopjes en

vertakkende bliksemschichten leggen in record tempo verbindingen. Ze wordt helderder dan ze in jaren is geweest door het gevoel dat de man haar geeft. Ze hoort wat Louis zegt en onthoudt het gedurende het hele gesprek. Niet een keer herhaalt ze dezelfde vraag. Ze krijgt langzaam in de gaten dat ze opereert op een nieuw niveau. Ze danst als het ware door het gesprek. Hij is vooral aan het woord. Ze laat hem praten, terwijl ze zich afvraagt of ze hem zal vertellen over dementie. Daar schrikt ze zelf van. Ze kan praten over een onderwerp, haar aandacht bij het gesprek houden en tegelijkertijd een andere overweging maken. Een vaardigheid die ze dacht verloren te zijn. Louis vertelt meeslepend over zijn leven als antiquair annex kunsthandelaar. 'Dat maakt het wel gemakkelijker,' relativeert ze haar nieuw ontdekte vermogen.

Louis vertelt door: 'Ik stond op de FIAC, een grote internationale kunstbeurs in Parijs. Ik had een prachtige Picasso bij me. Olie op doek. Zoiets.' Op een enveloppe tekent hij met snelle krachtige lijnen hoe het schilderij er ongeveer uit had gezien. 'Verkoop ik dat doek toch. De laatste beursdag. Aan een Fransman. Kunst in- of uitvoeren, zelfs binnen Europa, kostte nog een kapitaal. Meteen na de verkoop liet ik de stand over aan mijn assistente en zocht een winkel met schildersbenodigdheden. De hele nacht heb ik gewerkt aan de vervalsing.' Hij lacht bij de herinnering aan zichzelf met ontbloot bovenlijf in een hotelkamer, penseel in de aanslag, mengpalet gemaakt op een porseleinen bord waar kort daarvoor nog een salade op prijkte, maagdelijk doek gespannen op lattenframe tegen de muur.

111

Het moest in een keer goed zijn. Hij had maar één doek.
'De eerste lijn was het moeilijkst. Die lukte. Ik heb
gewerkt als een beest. Boy, wat was dat lekker. Toen de
eerste zonnestralen binnenvielen, was het klaar. Ik heb de,
nog natte (weer die hortende lach) valse Picasso mee terug
naar Nederland genomen. In mijn bus. Douaniers staan
niet bekend om hun kunstkennis. Het was een makkie.'
Louis kijkt zowaar guitig, dat maakt hem jong.
Ik verzamel moed. Zoek het juiste moment. Kan het niet
vinden. Dan, ineens, floepen de woorden eruit. Zonder
inleiding, zonder verzachtende omstandigheid: 'Ik ben
dement.' Hij kijkt me recht aan met zijn door ouderdom
waterig geworden blauwe ogen. Zijn wimpers knipperen
niet. De mijne daarentegen wapperen als ruitenwissers van
een Volvo in een stortbui. Hij pakt mijn hand. 'Ik vond al
dat je er zo mooi jong uitzag.' Als een vrouw van mijn
leeftijd nog zou kunnen smelten, lag er nu een plasje
onder de stoel waar ik op zit. De stortbui op de
ruitenwissers van de Volvo houdt abrupt op en er komt
zon. Mijn wimpers ontspannen. Ik kijk terug in de blauwe
bronnen en weet niet wat te denken, maar het voelt goed.

*

De bel gaat. Er staan twee mannen voor de deur. Een
helemaal gekleed in oranje, de ander rood-wit-blauw,
gestreept van boven naar beneden. Ze dragen hoeden en
leeuwenmaskers en stinken naar alcohol. Ze zetten de
televisie aan, pakken een biertje uit de koelkast. De een
blaast op een scheidsrechtersfluitje en de ander wipt van
de zenuwen op en neer op de bank. Ze juichen,
schreeuwen en kreunen als vrouwen in baringsnood.
Lisette doet de deur van de kamer dicht om het geluid niet
te hoeven horen, maar ze verliest zichtbaar haar grip.

Champagne balkt onrustig en wil naar binnen. Ze gaat op de bank naast de kerels zitten.

De ogen van Lisette worden blank. Louis kijkt vragend, maar hij zegt niets. Hij ziet hoe haar gezicht van uitdrukking verandert. Ze draait met haar hoofd, zoekend naar een uitweg. Ze kijkt hem aan en vraagt: 'Wat kwam u ook al weer doen? Wilt u iets drinken?' 'Nee, dank je. Ik heb nog thee.' 'Heeft u al iets gegeten? Waar is Samya? Ze moet koekjes bakken. Ze is er nooit als je haar nodig hebt.' 'Hé Lisette,' zegt hij zachtjes en pakt haar hand. 'Hé, waar ben je nu?'

In de kamer naast hen klinkt gejuich. Lisette staat op en begint de stoelen recht te zetten. 'Waar heb ik de stofdoek gelaten? Ik moet schoonmaken.' 'Wie zijn die mannen?' 'Dat weet ik niet,' antwoordt ze. 'Ze komen lawaai maken. Drinken de ijskast leeg en gaan weer weg. Ze zullen het wel leuk vinden.' 'Maar jij vindt het niet leuk,' zegt hij zacht. 'Ik houd niet van lawaai en oranje vind ik lelijk.' 'Ik ook. Zal ik ze wegsturen?' 'Nee, nee dat mag niet. We moeten ze te vriend houden.' 'Ik ga wel even met ze praten.'

Louis verdwijnt in de andere kamer. Hij stelt zich voor aan de uitgedoste supporters. Het zijn twee buurmannen die het hok van Champagne in de tuin gebouwd hebben. Hun tv is kapot. 'Lisette is helemaal in de war,' zegt Louis. 'Maar, ze kent ons toch?' antwoordt de roodwitblauwe. De mannen staan. De ezel zit op de bank. 'Ik denk dat we beter kunnen gaan,' zegt de oranje leeuw. Hij zet zijn pruik af en loopt naar Lisette in de andere kamer. Hij zegt beleefd: 'Dag mevrouw Lisette, kent u me nog?' Hij noemt zijn naam en Louis hoort aan de stem van Lisette dat ze rustiger wordt. 'Ik ben mijn Niet Vergeten boek kwijt,' zegt ze. 'Als Samya thuis komt dan pakt ze het wel,' antwoordt de buurman. 'Wij moeten nu gaan.' Louis en

Lisette laten de mannen samen uit. 'Ze is kwetsbaar,' denkt hij vertederd. Hij slaat zijn arm om haar schouders. 'Waar waren we gebleven?' Hij begint weer te vertellen over zijn leven. Lisette kalmeert door de cadans van zijn stem.

**lisette**
Pia komt binnen en Samya komt terug. Ik zie ze wel
kijken, maar zeg niets. Na het eten laat ik Louis mijn Niet
Vergeten boek zien. Ik let heel goed op zijn reactie, maar
kan hem niet betrappen op spot of leedvermaak. Hij kijkt
lang naar de foto van Joost. 'Dus je hebt een volwassen
kind verloren. Dat is niet niks,' zegt hij. 'Helemaal niet
niks.'

Iedere ochtend volg ik hetzelfde ritueel. Ook de dag na
het bezoek van Louis. Dat helpt me om te herinneren. Ik
smeer boterhammen voor Amelie, terwijl ik zelf een kop
thee drink. Meestal komt Samya slaperig bij ons zitten. Pia
staat pas om een uur of elf op, sinds ze nachtdiensten
rijdt. Zodra de kleine naar school is, laten Samya en ik
Champagne uit. Terwijl de ezel loopt te grazen, bespreken
wij wat er gisteren gebeurd is. Samya stelt vragen. Ik zoek
de antwoorden in mijn brein. Als ik de goede knoop kan
vinden, weet ik het antwoord. Wanneer het niet meteen
lukt, geeft ze me hints net als in het spelletje waarbij je met
vingers tegen de binnenkant van je elleboog het aantal
lettergrepen van een woord aangeeft en daarna het woord
verbeeldt.
Vandaag haal ik een grapje met haar uit. Ik doe net of ik
me het bezoek van Louis niet kan herinneren. Eens kijken
wat ze daarvan maakt. Voor Samya is het niet eenvoudig
de lettergrepen van Nederlandse woorden te tellen. Ik zie
haar mond geluidloos bewegen: 'loe ie' terwijl ze op haar
vingers telt. Twee, wijsvinger en middelvinger gaan tegen
de binnenkant van haar rechterarm. Op de pols tel ik voor
de zoveelste keer de littekens van sigarettenpeuken. 'Twee
lettergrepen?' vraag ik. Ze knikt. Dan trekt ze aan haar
oorlel en wijst naar de kat van de buren die voorbij loopt.
De kat heet Bowie. Dat weet ik heel goed. Ik zeg: 'Klinkt

als?' Weer knikt Samya. 'Kat???' Ik laat haar worstelen. Ik wil weten hoe zij Louis ziet, welke eigenschappen of kenmerken van hem zij er uit vindt springen. Ze gaat heel recht staan en fronst haar wenkbrauwen tot ze streng kijkt en probeert de gezichtsuitdrukking van Louis na te bootsen. Buik licht naar voren. Doet het denkbeeldige strikje goed, haalt haar duimen langs de binnenranden van het denkbeeldige vest en wijst op haar eigen horloge, waarna ze met duim en wijsvinger het geldgebaar maakt. 'Schat! Nee dat kan niet, het woord heeft twee lettergrepen.'
Samya lacht zoals alleen zij kan lachen. De bevrijdende lach van Afrika. De lach die opborrelt uit het lichaam door de open keel, langs witte tanden waarachter de roze tong kronkelt. De lach die doet vermoeden dat de wereld mooi is en ellendig tegelijk. Daar verander je niets aan, dus kun je maar beter lachen. Deze lach is het machtigste wapen van 's werelds armste continent. Het is de lach van de relativering en van de hoop. Dan wrijft ze met haar wijsvinger langs haar neus. 'Schat...' Nu is het mijn beurt om te worstelen. Ze ziet hem dus als een schat. Mijn schat? Haar schat? Een schatKIST? Een lot uit de loterij? Een geldbuidel op benen? Vindt ze geld zijn meest opvallende kenmerk? Samya lacht nog steeds. Dan pakt ze mijn hand en klopt erop, zoals Louis gisteren meermaals deed en ik iedere keer de stroom voelde, het magnetisme, de mojo zoals Amelie zou zeggen. Ze wijst naar mijn hart en naar het hare. 'Nee, gek. Ik ben niet verliefd op mijn oude buurjongen.' Maar een kriebel met vleugels fladdert onrustig door mijn grommende ingewanden. 'Geraden,' lacht Samya triomfantelijk.

## pia

'Maar ik heb toch geld!' roept Ma als ze me zuchtend
ongeopende rekeningen in een doos onder de bank ziet
schuiven. Wat moet ik zeggen? 'Nee ma, alles is op.' Of
een smoes verzinnen? Ze ziet er goed uit. Kijkt helder.
Het bezoek van Louis heeft haar goed gedaan. Hij vertelde
over het incident met de buurmannen, terwijl Ma en
Samya de afwas deden. God, wat stom van me, om niet
thuis te zijn. Ik had er niet bij stilgestaan dat Ma van slag
zou raken. Ze heeft die mannen twee weken lang iedere
dag gezien, koffie met ze gedronken. Op straat herkent ze
hen. 'Ik dacht dat het wel kon,' zei ik tegen Louis.
'Misschien kwam het door hun leeuwenpakken. Of was
het de combinatie van emoties. Ze was enorm helder even
tevoren. Ik had niet eens door dat ze dement was, tot ze
het tegen me zei.' 'Vertelde ze je dat ze dementeert?' 'Het
kostte misschien teveel energie. Daarom brak ze toen de
situatie veranderde. De balans werd verstoord.'

Terwijl ik terugdenk aan dat gesprek, kijk ik naar mijn
moeder die denkt dat ze geld heeft en besluit haar gemoed
niet weer te verstoren. Ik zeg over de rekeningen: 'Maak je
geen zorgen, Ma, ik doe dit al jaren op deze manier. Ik
betaal pas als de doos vol is.' Ze kijkt me afkeurend aan.
'Dat kan niet, meisje. Dit is toch geen administratie.'
'Kom, we gaan wandelen met Champagne.'
Hoofdschuddend loopt ze met me mee. 'Dit geen werk,
Pia. Dit is toch geen werk.' Ze ziet er aandoenlijk uit.
Voor het eerst sinds weken draagt ze een jurk van haarzelf
en ze heeft haar haren gekruld. Glimlachend alsof ze de
koningin is, groet ze mensen op straat, met rechte rug en
opgeheven hoofd. 'Hoe was je lezing?' 'Weet je dat nog??'
wil ik vragen, maar houd net op tijd mijn mond. 'Zal ik de
volgende keer meegaan? Dan kunnen ze zien dat jouw

aanpak werkt. Ik voel me lang niet meer zo vergeetachtig. Ik heb geen reden meer om te vergeten.' 'Tot er iets gebeurt,' zeg ik. 'Herinner je die twee buurmannen die gisteren naar het voetballen kwamen kijken?' 'Ja, dat was niet zo mooi.' 'Weet je wat er gebeurde, waarom je terugviel?' 'Ze maakten zoveel lawaai in kleur en geluid. Ik kon mezelf niet meer horen denken. Ik dacht dat ze niet echt waren, in die gekke kostuums zomaar binnenlopen en op onze bank gaan zitten, bier pakken alsof ze thuis waren. Ik raakte in paniek.' 'Het was ook veel, je had ook je oude buurjongen op bezoek. Ben je verliefd op hem?' Ma stamelt: 'Ik weet het niet. Wat is verliefd? Hij bracht herinneringen mee en had veel aandacht voor me. Het maakte hem niet uit dat ik niet ben zoals ieder ander.' 'Wat maakt jou anders, Ma?' Ze denkt rimpels in haar voorhoofd onder het grijze permanent. 'Ik kan in een andere werkelijkheid kruipen. In een andere tijd ook. Maar ik kan dat niet sturen. Het overkomt me. Dat maakt het moeilijk. Als ik zou kunnen bepalen wanneer ik waar ben, dan had ik het beste van beiden. Ik wil niet meer eendimensionaal leven. Ik houd van mijn gedachten ook al zijn ze soms beangstigend. Het enige probleem is dat ik geen onderscheid tussen de werkelijkheden kan maken. Jij brengt me terug in het normale leven. Je geeft me bakens om het te herkennen. Maar ik raak verwijderd van wat heel lang mijn wereld is geweest.' 'Is de werkelijkheid zoals we hem leven niet goed genoeg, Ma? Vind je het saai of vervelend of misschien wel eng om echt te leven, vol in die ene dimensie waar de meesten van ons zich in bevinden?' 'Ik weet het niet,' zucht ze en kijkt over de horizon. 'Vandaag is een belangrijke dag voor Samya,' zegt ze. 'Ze moet naar de rechtbank om te getuigen. 'Daar weet ik niets van!' 'Ze wilde het niet zeggen. Ze wil er niet aan herinnerd worden en probeert haar leven met ons te

scheiden van haar oude leven. Zodra het oude leven het
nu binnendringt, kan ze er niet meer aan ontkomen,
terwijl ze juist wil vergeten.' Nog een, denk ik. Nog een
die wil vergeten. Ik zeg geïrriteerd: 'Ze kan het niet
vergeten. Het zal haar blijven achtervolgen, op de raarste
momenten en de gekste plaatsen opduiken uit haar brein.
Het zal niet weggaan. Ze moet het juist verwerken, een
plaats geven, zodat ze verder kan, ongehinderd door het
verleden.' 'Zij kan niet los van haar verleden komen,'
corrigeert Ma me. 'Ze kan het niet verwerken zolang ze
geen zekerheid in haar leven heeft, iets om zich aan vast te
klampen, iets wat de moeite waard is. Haar verleden is
haar enige houvast. Het heden is onzeker. Een toekomst
heeft ze niet. Ze kan niets: niet werken, niet naar school.
Ze mag hier waarschijnlijk niet eens blijven. Dus doet ze
haar ogen dicht en droomt zich een gelukkiger bestaan.'
'Moeten we niet mee naar de rechtbank?' 'Ik denk dat ze
zich schaamt en ons er daarom niet bij wil hebben.' 'Jou
heeft ze toch alles verteld?' 'Ja.' 'Dan kun jij erbij zijn. Kan
je dat aan?' 'Natuurlijk kan ik dat aan. Samya is mijn baby.
Ik zorg voor haar.' Ik weet niet of ik helemaal gelukkig
ben met dit antwoord, toch breng ik Ma naar de rechtbank
voordat ik mijn taxi bij het station parkeer, op zoek naar
klandizie.

## samya

De rechtbank is een groot nieuw gebouw met een kitscherig beeld op het plein ervoor. Het moet Vrouwe Justitia voorstellen. De weegschaal in onwrikbaar brons laat onverschrokken zien dat een onsje meer of minder recht er weinig toe doet. Zelfs door kilo's zal de balans niet verstoord worden. Mijn advocaat staat me op te wachten in de hal. Hij heeft zijn toga al aan en knoopt net z'n bef. Jay zit in de zaal als wij binnen lopen. Hij is met een speciale bus van het huis van bewaring hier naar toe gebracht en wordt bewaakt. Ik ontwijk zijn blik. De rechter doet de aftrap met een welkom en het steekspel der juristen begint.

Ik begrijp geen woord van de codetaal en vraag me af of het wel over mij gaat. Mijn leven wordt samengevat in artikel zoveel lid 1 van het Wetboek van Strafrecht ten opzichte van artikel nummer huppeldepup uit het Vreemdelingenrecht. Het gaat over straffen en vreemdelingen, over het straffen van vreemdelingen, niet over mij. Ik ben geen vreemdeling, ze weten wie ik ben, ze weten meer van mij dan mijn eigen moeder. De advocaten kijken gewichtig, hun schoenen, de vochtige ogen van een voyeur die niet betrapt wil worden, maar wel alles wil zien, blinken stiekem onder de toga's uit. Een Nederlandse koningin bekijkt de performance van haar onderdanen glimlachend vanaf de muur. Een tolk vertaalt zacht in mijn oor. Zijn Engels lijkt niet op het Engels van mijn vaderland. Ik mag ook iets zeggen. Mijn nu of nooit verklaring leg ik stamelend af.

Dan is het voorbij. Nu moeten we de uitspraak afwachten. Als Jay wordt veroordeeld, sturen ze mij terug naar Nigeria. Als hij niet wordt veroordeeld... dan ook. Debby hebben ze niet kunnen vinden, zegt de advocaat. Ze is

120

misschien niet naar Nederland teruggekeerd en onderzoek in Nigeria heeft niets opgeleverd. Er valt voor mij dus niets te winnen. Ik kan een nieuwe asielaanvraag indienen. Er zit een opening in het traumabeleid. 'Ik heb het je de vorige keer al uitgelegd,' zegt de man. De woorden duizelen. Ik leg mijn leven in de waagschaal voor een spelletje van gewichtig doende mannen in zwarte jurken die hun bef schikken voor een spiegel. Daar komt het kort gezegd op neer. Niemand die me beschermt, niemand die me helpt. Raggend kippenvel trekt een spoor achter over mijn hoofd. Een woedende gladiator maant tot grotere snelheid, wielen verbranden het gras waar ze over razen, vermorzelen kleingevoeligheden. De advocaat steekt zijn hand uit om afscheid te nemen op het moment dat de strijdkar een scherpe bocht door modder neemt, die alle kanten opspat, en ik weiger nog langer te berusten in de vuiligheid die mijn leven geworden is. Ik spuug. Witte klodder met bellen in de vouw van zijn duim. Draai me om en ren zo hard ik kan weg. Een antilope die geen andere verdedigingsstrategie meer heeft. Ik ren en ren. Door straten, langs spoorlijnen, voor en achter huizen. Ik ren tot ik helemaal buiten adem ben en hijgend tegen een lantaarnpaal op de grond zak.
Dan komen de tranen. Ze spuiten dwars door mijn ogen, ongehinderd door netvlies of iris. De gebroken waterleiding maakt kortsluiting in mijn hoofd waar elektrische schokken beelden produceren van Jay en Little Bob. Hoe ze ons aanraakten, dwongen te gehoorzamen en angst aanjoegen, zelfs als ze niet sloegen. Mijn ogen zwellen op. De zwelling maakt me blind. Ik tast in het duister. Nu ook letterlijk.

Een hand op mijn schouder maakt me aan het schrikken. Ik probeer te krimpen tot een mier. Als dat niet lukt, zoek

ik de vleugels die mijn vader me bij mijn geboorte gaf. Vleugels om weg te vliegen. Maar ze zijn roestig en te lang niet gebruikt. Ze zitten onder de schouderbladen waarop de onbekende hand ligt. Ze kunnen er niet uit. Ik zoek in mijn kortgesloten hoofd naar een uitgang en houd mijn blinde ogen zoveel mogelijk dichtgeknepen om ook per ongeluk niets te zien. Misschien gaat hij vanzelf weg. Hij? Ja, het is een man, het zijn altijd mannen. Mijn lichaam schokt wild. Ik heb geen controle meer. Nergens over. Dan zegt ze iets. Ze, een vrouw! Het is Lisette. Ze vond de oproep van de rechtbank die uit mijn jaszak was gevallen. Ze is me achterna gekomen.
'De zitting was al begonnen. Ik mocht niet meer naar binnen. Tjonge, wat kun jij hard rennen. Gelukkig voel ik me jong vandaag. Kom mee, dan gaan we naar huis. Zal ik taxi Pia bellen?' 'Nee dank je, ik loop liever.' Dit keer ondersteunt de oude vrouw mij. Ik voel haar kracht. Als een ander haar nodig heeft, is ze sterk. Haar profiel is zacht, haar mond vastberaden. 'Je moet niet proberen te vergeten, zoals ik. Je moet verwerken en je leven in eigen hand te nemen.' 'Je lijkt wel een hulpverlener.' Ze begint te lachen. 'Je hebt gelijk.' Ze lacht en lacht. Het is aanstekelijk. We rollen samen over de stoep in een hysterische slappe lach. Niet omdat het grappig is. Er rest ons niets dan lachen, we zijn het huilen lang voorbij.

Een witte taxi stopt naast ons. 'Ritje dames? This one is on the house.' Pia heeft lekkere broodjes voor ons in de auto. 'We hebben alle drie een probleem. Laten we er met elkaar over praten. Jij, Ma, jij wilt niet langer vergeten. Samya, jij wilt juist wel vergeten. En ik, ik word gek van de zorgen. Die wil ik wel vergeten, maar het is beter van niet. Het is beter om een oplossing te zoeken. Ik stel voor dat we naar het strand rijden, schelpen zoeken en een plan bedenken.'

*ℐ*

Het is niet eens mooi weer. Het miezert een beetje en het
strand is leeg op een paar wandelaars na. Drie vrouwen
zitten in een kring gebogen over tekeningen in het zand.
Het zijn cirkels die met elkaar verbonden zijn en waar
pijlen in en uit schieten. De oudste vrouw heeft iets van
een indiaan. Haar permanent is door de regen recht
geworden en haar huid is getaand. Ze neemt de leiding
over het gesprek. De donkere, die het jongste is, tekent
figuurtjes naast haar voeten en lijkt amper te luisteren,
maar in werkelijkheid is ze heel alert en voelt wat er
gezegd wordt. De derde heeft haar nette schoenen uit
getrokken en zit in haar broekpak op blote voeten met net
zulk plat en recht haar als de oudste, het is alleen langer.
Sommige wandelaars kijken vreemd op. De meesten lopen
gewoon langs. Bij ieder besluit dat ze nemen, steekt de
vrouw in pak een stokje in het zand. Soms in een van de
cirkels, soms bij een pijl. Het beraad duurt enige uren.
Verkleumd staan de drie vrouwen op en lopen terug naar
een witte auto met een taxisignaal werkloos op de
bijrijderstoel. Vanaf nu is alles anders.

*ℐℐℐ*

## pia

'Louis, je spreekt met Pia. Weet je nog, de dochter van Lisette?' De zware stem aan de andere kant van de lijn, antwoordt: 'Wat kan ik voor je doen?' Ik stamel. Hoe vraag je iemand om geld? 'Ik wil wat met je bespreken,' zeg ik. 'Zal ik vanavond even langskomen? Ik heb een verrassing voor Lisette.' Hij hijgt licht. 'Graag'. Mijn hand beeft een beetje als ik ophang. Ik ben nieuw in de acquisitiebranche. Maar meteen voel ik ook opluchting. 'Hij komt vanavond,' roep ik tegen mijn huisgenoten. Samya en Ma kijken elkaar aan en springen tegelijkertijd op. 'We moeten poetsen, boodschappen doen. Ga jij maar schrijven.'

Ik zit aan de eettafel achter een blank scherm met een hoop bedrijvigheid om me heen en probeer te bedenken hoe je een businessplan schrijft. Gisteren op het strand hebben we besloten om onze zwakke kanten om te buigen naar kracht. Wij kunnen dingen die anderen niet kunnen. Dingen waar de samenleving behoefte aan heeft, vinden we. Al die mensen die opgesloten zitten in verzorgingstehuizen en opvangcentra hebben behoefte aan vrijheid en respect. Wij weten uit ervaring hoe dat moet. We maken van ons eigen leven een model, een methode die anderen kunnen toepassen om betere zorg te verlenen. Ik kan lezingen geven en uitleggen hoe het werkt. Samya en Ma kunnen hulpverleners helpen zich in te leven in hun patiënten. We willen een centrum oprichten waar we meer mensen elkaar kunnen laten opvangen. Want dat is het hart van ons plan: Ma helpt Samya en Samya helpt Ma. Hierdoor groeien ze beiden. Ik faciliteer alleen maar. Als het bij hen werkt, geldt dat wellicht ook voor anderen. De lamme leidt de blinde, zeg maar. En misschien schrijf ik wel een boek. Ik kan ook proberen weer een baantje bij de tv te krijgen, een eigen

programma over hulpverlening aan en door mensen die
de wereld om zich heen anders beleven dan de gemiddelde
Nederlander. Maar we hebben een investeerder nodig.
Iemand die helpt bij de opzet. Louis dus. Ik zoek op
websites naar cijfers over mensen met dementie, hoeveel
er zijn, wat ze de samenleving kosten. Zo ook over
slachtoffers van vrouwenhandel.

Louis komt stipt om zes uur. Hij ziet er slecht uit. Zijn
huid plooit grijzig over de jukbeenderen. Ma schijnt het
niet op te merken. Ze is opgetogen omdat hij een
cadeautje voor haar bij zich heeft. Het is een broche van
een kleurige vlinder met droevige ogen. 'Dat ben jij voor
mij,' zegt hij. We weten geen van drieën hoe het gesprek te
beginnen. Samya bijt op haar nagels en giechelt
voortdurend. Ma frut aan haar nieuwe broche.
Louis redt ons en geeft de voortrap. 'Fijn dat je belde, Pia.
Er is ook iets wat ik met jullie wil bespreken. Ik weet
alleen niet goed of we dat plenair moeten doen.' Hij kijkt
vragend rond. Samya pijnigt haar hersenen over het woord
'plenair'. Ma krijgt een rimpel in haar voorhoofd. 'Tja,' zeg
ik, 'Wij bespreken alles met elkaar, maar als je liever met
een of twee van ons praat, kan dat natuurlijk.' 'Mag ik
even alleen met Lisette praten?' Ma kijkt op van haar
broche.

Samya en ik gaan met Champagne wandelen. We blijven
een uur weg. Dat vinden we lang genoeg. Als we
terugkomen, hangt er een vreemde sfeer in de kamer. Ma
kijkt helder en verward tegelijk, alsof ze bewust haar
opties overweegt om al dan niet in de tijdcapsule te
stappen. Louis heeft haar hand vast, over de tafel heen.
'Het is het beste,' zegt hij op het moment waarop wij
binnenkomen. Dan draait hij zijn hoofd naar ons en vraagt

plechtig of we erbij willen komen zitten.
De lucht vibreert de vreemde golven van een radio die de
juiste frequentie niet kan vinden.
Champagne rilt haar huid los. Samya brengt haar naar de
tuin. Ik ga zitten en heb het opeens koud. We wachten
ongemakkelijk totdat Samya terug is. Ik probeer de
gedachten van Ma te lezen. Ze sluit nu zelfs haar ogen.
Handen ervoor. Samya komt binnen met een fles wijn. 'Ik
weet niet of we iets te vieren hebben, maar volgens mij
kunnen we wel een borrel gebruiken.' Gerinkel met
glazen. Ma neemt het woord: 'Louis gaat dood. Hij wil
met me trouwen.'

# lisette

Daar moet je dan 84 voor worden, om te trouwen met een stervende man die nog niet gescheiden is. Een man die in een vorig leven je buurjongen was. De weken na de bizarre avond vraag ik me regelmatig af wat nou gekker is, dementeren of normaal zijn? Dit gemengde huwelijk, dit vermaledijde huwelijk waar de dood en de ouderdom voor het altaar staan, mijn tweede huwelijk. Het eerste was leeg, ook al begon het hoopvol en vruchtbaar. Dit huwelijk is onvruchtbaar en vol, maar hopeloos. Samya staat erop dat ik een jurk uitzoek. Louis is druk. Hij probeert zijn scheiding er zo snel mogelijk door te krijgen. Zijn vrouw verzet zich lijdzaam. Weet de tijd aan haar kant, om de erfenis van haar stervende echtgenoot te incasseren. Ik vraag me af of het allemaal wel zo'n goed plan is. Hij gaat zienderogen achteruit. Ikzelf, gek genoeg, word steeds sterker. Ik heb in de gaten dat ik hetzelfde tijdschrift alweer lees en pak dan een ander. Ik maak lange lijsten van dingen die ik wil doen en vink ze af. Dan belt de vrouw van Louis. Ze zegt haar naam niet, vraagt naar mij en zegt vreselijke dingen. Ze zegt dat ik een fortuinjager en ouwe hoer ben. Dat ik misbruik maak van de kwetsbaarheid van haar man en hem met rust moet laten. Ik ben de nagel aan zijn doodskist. Ze belt steeds vaker. Soms hangt ze op zonder iets te zeggen. Soms hangt ze de verdrietige weduwe to be uit. Soms scheldt ze en als ze dronken is, bedreigt ze me. 'Ik laat je opsluiten, oude gek. Idioten zoals jij zijn een gevaar voor de samenleving. We hebben inrichtingen voor jullie, met isoleercellen en dwangbuizen. Daar hoor je thuis. Je bent nog niet van mij af.'
Ik neem de telefoon niet meer op. Mijn net verworven kracht neemt af, ik begin weer te vergeten en doe veel minder. De lange to do lijsten blijven weer lang. Ik schrijf het allemaal op in mijn Niet Vergeten boek.

Er parkeert een auto voor de deur met een man er in. Hij blijft zitten. De hele dag. Hij maakt foto's van het huis en van ons. Pia vraagt hem wat hij doet. Hij is privé detective, zegt hij. Ingehuurd door de vrouw van Louis. De gordijnen gaan dicht en verduisteren de kamer. Pia belt de politie, maar die kan niets doen, want het is een openbare straat. Door de gordijnen heen voel ik zijn aanwezigheid. Hij wordt steeds groter, blaast op als een enorme ballon maar heeft de vormen van een overtrokken muis met lange stekelige snorharen. De knaagtanden knarsen hun vlijmscherpe punten tegen elkaar, geduldig wachtend op de prooi. Op mij. Ik hoor het schuren van hongerig ivoor afgewisseld met smakgeluiden.
Vanuit mijn slaapkamer kijk ik door een kier naar de wachter. Hij stapt uit en ik zie de ogen in zijn achterhoofd. Ze knipperen niet, staren me recht aan. Cynisch heft hij zijn hand alsof hij me groet. Ik duik weg onder de vensterbank en plas in mijn broek.
'Kom,' zegt Samya en zet me onder de douche. Zodra ze de deur van de kleine ruimte dichtdoet, krijg ik het zo benauwd dat ik bijna stik. Het water valt zwaar op mijn hoofd – tiktiktiktok klinkt het van binnen alsof ik een serre ben waar hagel op neerstort - en spoelt mijn dunne grijze haren door de goot. Ik voel mijn schedel scheuren. Ik houd mijn handen op mijn hoofd om het te beschermen, maar het spervuur gaat dwars door mijn vingers heen en door de handpalmen die gaten vertonen als een vergiet. Ik buig voorover. Nu wordt mijn rug doorboord. Ik zak door mijn knieën. Samya komt binnen met een schone handdoek en ziet me in de douchebak zitten als een bang kind. Ze zet de kraan uit en redt mijn leven. Droogt me af en legt me in bed. De pil die ze me wil geven, weiger ik.

Als ik wakker wordt, zijn de gordijnen open en de wachter is weg. Louis zit in de woonkamer en legt net zijn gsm naast zich neer. Hij glimlacht naar me. 'Dit zal niet meer gebeuren.' Hij heeft een lang gesprek met zijn ex-vrouw gevoerd. 'Voor het eerst in jaren waren we eerlijk tegen elkaar. Ze is onzeker, bang voor armoede en statusverlies. Ze voelt zich afgewezen. Vooral omdat jij veertig jaar ouder bent.' Ik knik. 'Ik heb haar een flink bedrag beloofd en ze krijgt de helft van de huizen. Met de verhuur daarvan kan ze heel aardig rondkomen.' Hij aarzelt even. Dan zegt hij: 'Ik heb mijn excuses aangeboden voor ons holle leven. Ik had haar meer ruimte moeten geven. Ze dacht dat ik van haar hield omdat ze mooi, jong en slank was. Nu wordt ze een dagje ouder. Het gevecht tegen entropie kun je niet winnen. Maar ze gaat onverdroten voort, met sporten, lijnen, ontslakken, botoxen en wat al dies meer. Ze is alleen nog maar buitenkant. Dat is mijn schuld.' 'Natuurlijk niet. Daar kiest ze toch zelf voor!' Ik heb het nog niet gezegd of het schaamrood vliet over mijn kaken. Wat heb ík gedaan? Waarom heb ik jaren verspild aan de kunst van het vergeten? 'Sorry,' zeg ik.

∞

**samya**

Vandaag trouwt Lisette met Louis, mijn eerste
Nederlandse huwelijk. Lisette straalt. Louis zit in een
rolstoel, maar ook op zijn wangen een rode blos. Blozen is
een gave van de blanken. Zij kunnen van huidskleur
veranderen: wit, bruin en rood. Ik ben bruin of lichtbruin
of donkerbruin, misschien zwart volgens sommigen. Maar
het kleurenpalet van een blanke huid heb ik niet.
Alleen Pia, Amelie en ik zijn op het stadhuis. De andere
kinderen van Lisette zijn op vakantie, hebben een
belangrijke afspraak of een andere smoes. Ik heb ze nog
nooit gezien. Blanken veranderen net zo gemakkelijk van
familie als van kleur. Vandaag hebben ze een moeder,
morgen past ze niet meer in de agenda. Toen ze nog rijk
was, kwamen ze wel. Liefst op zondag met net aangeklede
kinderen die oma de verplichte tekening gaven. Ze weten
kennelijk niet dat dit huwelijk op het sterfbed een heel
fortuinlijk huwelijk is.

We hebben met Louis over ons plan gepraat. Hij had een
kort antwoord: 'Als ik er niet meer ben, is alles van
Lisette. Dus je moet haar vragen of ze met het plan door
wil gaan. Geldzorgen heb je voorlopig in ieder geval niet
meer.' Pia was er duidelijk door in verlegenheid. 'Ik vraag
om een investering, niet om een aalmoes,' zei ze nogal
bits. 'Je krijgt ook niks waar je niet voor gewerkt hebt,'
antwoordde Louis haar. Toen was het Pia's beurt om te
blozen. Om haar te troosten zei Lisette: 'Schatje, je denkt
toch niet dat een vrouw als ik met geld om kan gaan?
Iemand moet het voor me beheren als Louis er niet meer
is.' Toen was ze stil en slikte. Voor ze weg kon kijken,
hadden we allemaal die grote traan al zien vallen.
Nu loopt ze te stralen achter de rolstoel van haar nieuwe
man. 'Je bent net een grote rollator,' lacht ze tegen hem.

Een ambtenaar komt ons halen. We lopen naar de lift, terwijl een wolkende witte bruid de brede trap afzeilt aan de arm van haar te schriele liefde. Ze stapt op de jurk, valt en rolt als een sneeuwbal over de treden. Haar moeder of nieuwe schoonmoeder slaakt een kreet van schrik. De klap waarmee de bruid de grond raakt, zet alles stil. Niemand beweegt. Geen geluid. Dan klinkt er een snik uit de kluwen zijde en voile, gevolgd door een hardere. De bruidegom sprint naar beneden. Neemt twee treden van de statige trap tegelijk. Hij bukt zich over de lawine waar een enorme lachbui uit proest, zo hard dat de lucht ervan beweegt. De witte stof golft glanzend het verhitte gezicht van de vrouw vrij. De rode mond wagenwijd open. Haar echtgenoot valt lachend over haar heen. Moeders, schoonmoeders, bruidsmeisjes en gasten bulderen opgelucht om het hardst en rollen schuddebuikend over de trap. Er ligt inmiddels al een aardig trosje feestelijken te bulken op de marmeren vloer van het stadhuis. Het lachsalvo begeleidt ons tot in de trouwzaal.

Zodra de deur sluit, heerst er een plechtige sfeer. De ruimte is veel te groot voor ons kleine groepje, maar dat maakt ons niets uit. De ambtenaar heeft moeite om uit zijn woorden te komen, vervalt steeds in een soort staren naar dit gebutste paar. Een volwassen man gaat achter Lisette staan. Hij streelt haar haren en blaast in haar oren: 'Moeder, ik zie geen wit meer'. Een doorschijnend kind pakt Louis bij zijn hand en helpt hem op te staan. Een tweede kind biedt zijn schouder aan als steun. Meer van gene zijde stromen door de dichte deur naar binnen. Links achter staat een stevig gebouwde oudere man. Ik denk dat het Mart is, de eerste man van Lisette. Hij houdt zijn handen over elkaar voor zijn buik en kijkt droevig rond. Even kruisen onze blikken elkaar, er zweemt iets van herkenning wat me verwart. Niet voor lang, want de

moeder van Lisette stelt zich op naast de ambtenaar en
fluistert hem woorden in. Hij spreekt ze uit, verbaasd over
zichzelf. Een klein opstootje bij de deur trekt mijn aandacht. Een
SS-er en een Engelse piloot willen tegelijk naar binnen.
Een man in bakkerstooi gaat tussen hen staan en kijkt
beiden afkeurend aan. Geen van de anderen, Pia, Amelie,
Louis en Lisette, heeft in de gaten wat er allemaal gebeurt
tijdens de sluiting van dit huwelijk. Amelie brengt de
ringen. Lisette wankelt als Louis de ring met de kleine
vlinder van gele saffier aan haar vinger schuift. De man
achter haar, het moet haast wel Joost zijn, duwt licht in
haar rug.

Na de plechtigheid gaan we met Champagne naar de
duinen. De geesten laten we achter in het stadhuis. Ik zie
alleen nog een regenboog rondom het hoofd van Lisette.
Die nacht slaap ik voor de eerste keer in het huis zonder
Oma. Mijn vader glimlacht in zijn fotolijstje. Het is ook
mijn tijd om te gaan.

## lisette

De eerste huwelijksnacht voor de tweede keer. Ik ken het type hotel. Van vroeger, met Mart. Groot, glimmend, marmer en pluche, personeel in rood uniform met gouden knopen en een beetje neerbuigend naar de gasten. De balie is zo hoog dat ik mijn ellebogen er nauwelijks op kan leggen. Er hangen dik beschilderde schilderijen in gouden lijsten en overal spiegels. Ik ben mezelf nog nooit zo vaak in korte tijd tegengekomen. Louis is moe. Hij zit half te slapen in zijn rolstoel. We worden naar onze suite gebracht en dan zitten we daar. Samen alleen, voor de eerste keer, de demente en de invalide. Hij glimlacht. Pakt mijn hand en staat met moeite op uit zijn karretje. We vallen op het kingsize bed en staren elkaar aan. Onwillekeurig streel ik zijn kin. We kussen. Ik heb nooit een andere man dan Mart gekust. Ik wist niet dat er verschil bestaat tussen kussen. Mart perste zijn lippen op de mijne en drong met zijn tong naar binnen, eerst tegen mijn verhemelte, kietelend, en dan mijn tong naar buiten lokkend. Louis niet. Louis kust zacht en nat. Langzaam ook. Ik weet niet meer waar mijn mond ophoudt. En hij blijft maar gaan, tot ik alleen nog maar mond ben. Mijn hoofd, armen, benen, tenen en buik, alles gaat op in dat ene grote orgaan: de mond, de zachte natte en enorme mond. Ik ga zo op in de nieuwe kus dat ik niet meteen in de gaten heb dat Louis het benauwd krijgt. Hij valt hijgend achterover, grijsbleek en grijpt naar zijn borst.

Nauwelijks een uur later ligt hij in een ander bed, een wit bed in een ziekenhuis. Ik zit naast hem. Pia en Samya zijn onderweg. Ik lees dezelfde bladzijde van een tijdschrift drie keer zonder het in de gaten te hebben.
'Mijn moeder had liever een zoon gehad. Daarom kreeg ik autorijles. Ik was de eerste in de buurt die een rijbewijs

haalde. Dat ging heel makkelijk. Je stapte in een auto, startte, reed de straat door, draaide om en reed terug. Als dat redelijk goed ging, kreeg je je rijbewijs. Er was natuurlijk niet veel verkeer en een auto baarde opzien. Iedereen ging aan de kant voor je. Stopte en keek je na. Nu mag ik niet meer rijden van snotneuzen die nog niet geboren waren, toen ik al achter het stuur zat.' Zonder dat ik het besef, praat ik tegen de verpleegkundige. Ze knikt vriendelijk, terwijl ze ondertussen Louis verzorgt. 'Wilt u een kopje thee?' 'Graag, maar ik hoef geen suiker.'

Ik buig me over Louis en zing zacht een kinderliedje. Uit mijn tas haal ik een speen die ik in zijn mond stop. Ik voel aan zijn nek of hij koorts heeft, maar dat lijkt mee te vallen. Geef mij een zieke baby, ik maak hem beter. Met een lauwwarm washandje bet ik zijn voorhoofd, nog steeds neuriënd. De verpleegkundige komt terug met een kop thee. Het lijkt of ze haar wenkbrauwen optrekt, maar misschien vergis ik me. 'Gaat u maar even zitten.' Als ze denkt dat ik niet kijk, haalt ze de speen uit zijn mond. Ik zeg niets. Ik herinner me ineens weer hoe de witten zijn, ze lachen vriendelijk naar je, terwijl ze je bestelen en macht over je willen. Ze draait om het bed heen, komt mijn kant op. Ik til het kopje hete thee van de schotel. Ze zet nog een stap. Ik schat de afstand. Nog een klein stukje. Toe maar, kom maar bij mama. Haar linkervoet in een witte verpleegsterklomp, gemakkelijk en ergonomisch verantwoord voor voeten en rug, schuift tien centimeter in mijn richting. Ze draagt nylons. Het kopje in mijn hand kopjeduikelt. Thee over de verpleegstervoet. Hete thee. Een schreeuw van pijn. Zo, die heb ik, die weet nu dat met mij niet te sollen valt. 'Blijf van mijn kind af,' zeg ik met alle autoriteit die ik in me heb. Het vertrokken gezicht van de witte kijkt geschokt naar me, terwijl ik van achteren vast gepakt wordt door twee broeders. Ze slepen me de kamer uit, de gang door. Ik verzet me, probeer te trappen en te krabben. Vergeefs. Ze duwen me op een bed en binden me vast. Een grote spuit doet de rest. Ik verdwijn in de drugs, voel hoe mijn geest verdrinkt terwijl mijn lichaam weerloos op de witte lakens ligt.

## pia

'Mag ik uw legitimatiebewijs zien, dames?' 'Legitimatie, dit is een ziekenhuis, geen grenspost. Mijn, eh (ik werp zijdelings een blik op Samya), onze moeder is hier met haar nieuwe man. Hij heeft een hartaanval gekregen. We willen naar hen toe.' 'Legitimatie alstublieft.' De functionaris blijft vriendelijk in toon en onbuigzaam in boodschap. Samya pakt mijn arm. 'Ga maar. Ik kan beter naar huis gaan. Iemand moet Amelie opvangen.' Ze draait weg voordat ik kan antwoorden en verdwijnt in de nacht. Grommend graai ik in mijn tas op zoek naar paspoort of rijbewijs. 'Het was hun huwelijksnacht,' snauw ik de portier toe. Een glimp van een flauwe lach trekt om zijn mondhoeken, de echo van een laatdunkende gedachte: 'Dat zal er wild aan toegegaan zijn.' 'De man is stabiel,' zegt de verpleegkundige even later. 'Maar uw moeder, het spijt me om het te moeten zeggen, zij is een gevaar voor de samenleving.' Ze wijst door een open deur naar haar collega die met betraand gezicht staart naar haar linkervoet in een verband. Dan brengt ze me naar Louis die ligt te slapen en daarna naar Ma, vastgebonden op een bed, in coma. Ze geeft me de speen van Ma en kijkt meewarig. 'Waarom zit uw moeder niet in een verpleegtehuis? Er zijn zulke aardige locaties met alle faciliteiten voor mensen zoals zij. Het is echt beter, vooral als ze soms gewelddadig worden. Mijn eigen moeder woont in 'Levenslust'. Ze gaan begeleid naar buiten en af en toe is er een kaartavond.' Ze verstomt zodra ze mijn blik ziet en sputtert zacht na over appels en bomen.

'Ze willen dat ik toestemming geef om Ma op te nemen,' zeg ik door de telefoon tegen Samya. 'Doe je dat?' 'Wat denk je? Ma hoort bij ons.' 'Goed zo meisje.' Ik grinnik ondanks mezelf, 'goed zo meisje' is een gevleugelde uitdrukking geworden in huize F&F (Freak & Fantastic), de naam die Amelie gebruikt voor thuis. Gesteund door Samya weiger ik de formulieren te ondertekenen om Ma in een gesloten inrichting te plaatsen. 'Dan zullen we een van uw broers moeten bellen,' zegt het afdelingshoofd pedant. 'Doe wat je niet laten kunt.'

Ik loop weg, zogenaamd om een kop koffie uit de automaat te halen. Ma's kamer is leeg op haar zelf na. Ze komt net een beetje bij. Ik maak de riemen los waarmee ze haar vastgebonden hebben en wrijf over haar polsen en enkels. Ze drinkt een slok water. 'Ma, nu moet je goed naar me luisteren. Het is heel belangrijk. Je staat direct op en loopt keurig aan mijn arm mee naar buiten. Je praat tegen niemand en doet heel normaal, zoals een dame van 84 betaamt. Begrijp je me?' Ze knikt. Ik ben niet helemaal gerustgesteld, maar het is goed genoeg. We hebben niet veel tijd. Wankel staat ze naast haar bed. 'Wie ben jij?' 'God, Ma, ik ben het, Pia. Niet doen, niet nu. Gewoon met me meelopen, okay?' Ze steekt gedwee haar arm in de mijne. Ik gris haar handtas van het nachtkastje. Bij de deur stop ik. Kijk links en rechts de gang in. Niemand. 'Kom maar.'
Zo snel we kunnen, maar voor mijn gevoel tergend traag, lopen we gearmd door de gang. Op een kruispunt ontmoeten we een jonge man met arm en been in het gips. Ik groet hem. Ma kijkt vertwijfeld. 'Kom.' Ik trek harder dan ik bedoel. 'Au', zegt ze en kijkt me verwijtend aan. 'Wie ben jij, mijn ontvoerder?' 'Je prinses op het witte paard. Kom nou mee.' 'Ik zie geen paard.' 'Maaaa.' Ik poog te glimlachen naar de jongen. Gelukkig heeft hij een koptelefoon op. We lopen door de hal. De portier zit in zijn hok. 'Heb je je tortelduifjes gevonden?' 'Dank je wel,' zeg ik en denk: 'Lul'. Ik duw Ma de auto in en rijd zo snel

ik kan, weg van het ziekenhuis.
'Je broer heeft gebeld,' zegt Samya als Ma eindelijk weer in
haar eigen bed ligt. 'Welke broer? Wat moest hij?' 'Hij wist
niet wie hij aan de telefoon had. Ik verstond zijn naam
niet. Maar ik denk dat hij onderweg is naar het ziekenhuis.'
'Dat kan lachen worden,' zeg ik wrang. Mijn broers
hebben één lijn getrokken. Ze zijn het absoluut oneens
met wat ik doe. Ik heb ze niet meer gezien of gesproken
sinds Ma hier woont.

Er stopt een auto in de straat. Samya en ik springen
tegelijk op en doen de lichten uit. De bel klinkt lang en
hard. We doen niet open. Amelie wordt wakker. Ze loopt
slaperig de trap af. Ik vang haar op en leg mijn handen op
haar oren. De beller vertrekt na drie keer proberen. Dan
gaat de telefoon. Nummer onbekend. Na enig aarzelen
neem ik op. 'Spreek ik met de familie van Louis?' 'Jaaah.'
'Het spijt me om u te moeten mededelen dat hij in zijn
slaap is overleden. We konden niets meer voor hem doen.
We zullen hem verzorgen en opbaren. Morgenvroeg vanaf
08h kunt u hem bezoeken in het mortuarium. Dan kunt u
ook de begrafenis regelen.' De mechanische stem, getraind
in slecht nieuws gesprekken, verraadt geen enkele emotie.
Ik zak in een stoel en kijk naar mijn dochter en naar
Samya. 'Hoe vertellen we het Ma?'

Weer gaat de deurbel. Ik doe open. Mijn oudste broer
staat met gestreken gezicht op de drempel. 'Kom binnen,'
zeg ik, 'alles is vergeven.' Achter hem, in de verder lege
straat, zie ik een zwarte schim weg schieten. Maar ik ben te
moe om er aandacht aan te besteden.

.ᴔᴔ

## samya

Ik moet weg. Ze hebben me gevonden, Debby en mijn oom. Ik ben in gevaar en ik breng hen in gevaar. Net, toen ik Lisette in bed legde, trilde mijn gsm weer. Ik lees de berichten niet meer. Lisette ligt te slapen als een jonge kat, opgerold en snorrend. Ze heeft totaal geen besef van alles wat hier om gaat. Haar huwelijksnacht eindigt nog voor de ochtend aanbreekt. En ik ga haar ook verlaten. Ik moet haar verlaten, voor haar eigen bestwil. Ik trek de deken over het broze lichaam van de oude vrouw die door de tijd kan reizen. Een oma zoals ik nooit eerder had en de eerste in dit land die me warmte gaf. Ik wil niet weg. Het is alsof ik een lichaamsdeel amputeer. Ze zullen niet snappen dat ik zomaar verdwijn en zich verraden voelen. Als ik straks de deur achter me dicht trek, kan ik nooit meer terug. Ik heb gehoord dat Engeland goed is. Daar krijg je gemakkelijk een verblijfsvergunning. Daar zoekt Debby me niet. Het kost wel geld, veel geld. Maar ik heb gespaard en Louis gaf me stiekem ook geld. Zonder dat de anderen het zagen. 'Voor jou,' zei hij dan. 'Om iets leuks van te kopen.' Ik wil er mijn vrijheid mee kopen. Het is misschien net genoeg, alles bij elkaar. Ik moet licht reizen, kan niet al mijn kleren meenemen. Zou ik het lijstje om de foto van papa mogen houden? Hij staat er zo mooi in. Ik schrijf geen afscheidsbrief. Ik verdwijn als een dief in de nacht. Ben ik slecht? Pia en Lisette, Amelie, zijn beter voor me geweest dan mijn eigen moeder. Ik moet ze sparen. Ze hebben genoeg problemen. Mijn sores kunnen ze er niet bij hebben. Nee, ik ga niet huilen. Zal ik een paar foto's uit het Niet Vergeten boek scheuren? Als herinnering aan de enige echte familie die ik ooit had? Nee, dat kan niet. Dan raakt Lisette nog meer van streek. Ik neem papa in zijn lijst mee, mijn jas en drie schone onderbroeken. Ik laat

mijn telefoon hier. Nee, ik spoel hem door de wc. Dat is
beter. Alles weg. Iedereen slaapt. De oudste broer is naar
zijn hotel. Hij wilde hier niet overnachten. Ik sluip de kamer van Amelie in en geef haar een kus op
haar voorhoofd, 'Goed zo meisje'. Bij Pia leg ik een cd
van Alpha Blondy voor de deur. En Lisette, Lisette... ik
kan het niet opbrengen naar binnen te gaan. Ik fladder een
kus met mijn hand door de gesloten deur. In de tuin
knuffel ik Champagne. Ze snuift onrustig. Dan klim ik
over het hek, net als Lisette toen de krant lelijke dingen
over haar geschreven had. Ik sluip door de verlaten
straten. Het is koud.

De man uit het AZC is op de afgesproken plek. 'Heb je
het geld?' Ik knik. Hij steekt zijn hand uit. Ik aarzel. 'Hey
sis, come on.' Ik geef hem de bankbiljetten. Hij opent de
kofferbak van zijn auto en gebaart dat ik er in moet
kruipen. Het is er benauwd en het stinkt er naar angst. De
harde hoek van het lijstje met de foto van mijn vader
steekt in mijn buik. We rijden misschien wel drie uur. Er is
een opening, klein en rond, van de kofferbak naar de auto,
zodat ik lucht krijg. Een beetje lucht. Ik ben half in coma
tegen de tijd dat hij de klep weer opent. 'Je bent in
Frankrijk. Daar is de zee,' zegt hij. 'Je zou me naar
Engeland brengen.' Hij maakt een wijds gebaar. 'Over de
zee, sister. Geen zorgen, mijn maat zorgt dat je er komt.'
Koplampen verraden de komst van nog een auto. De
dageraad ontspringt achter me. Mijn blik is gericht naar de
toekomst, naar het Westen waar de zon iedere dag
ondergaat, Engeland. Een man stapt uit de nieuwe auto.
Zij praten. Ik heb nu al heimwee naar huize F&F. Lisette
zal zo wel wakker worden. Thee zetten, ook voor mij, en
ik ben er niet. De mannen gebaren dat ik bij hen moet
komen staan. De nieuwkomer bekijkt me op dezelfde

manier als klanten in de bar dat deden. Ik trek mijn
masker over mijn gezicht en staar onberoerd terug. Weer
moet ik in de kofferbak. Ditmaal van de auto van de
andere man. De rit duurt korter dan de eerste. Hij brengt
me naar de rand van een tentenkamp. 'Vraag naar Suley,'
zegt hij. 'Die geeft je een nummer. Als je aan de beurt
bent, kun je naar de overkant. One chance, one chance
only.' Dan rijdt hij weg. Ik sta in een vlak troosteloos
landschap waar krakkemikkige tenten en uit afval
geïmproviseerde hutjes als puisten op geplakt zijn, terwijl
een waterige zon zich langzaam laat zien en de omgeving
nog troostelozer maakt met haar onbarmhartige licht.
Nee, ik huil niet. Mijn tranen zijn op, vergeven op de
bedden waar molshopen me dwongen hen te plezieren.
Weggezogen als het meisje uit mijn baarmoeder. Lang
geleden. Ik huil niet, nooit meer. Ik ben een oude vrouw
op de dag dat ik 24 word. Vandaag is mijn geboortedag.
Vandaag sterf ik voor de zoveelste maal. En ik vrees dat ik
nooit meer herboren word. Ik benijd Lisette om haar
vermogen te vergeten. Alles is beter dan herinneren.

**pia**

'Maaaaaaaam! Samya is weg.' Amelie staat onder aan de trap. Natte watten in mijn hoofd belemmeren me te denken. Ik heb een kater, maar niet van de drank. 'Nee, natuurlijk niet,' zeg ik terwijl ik naar mijn dochter loop. 'Ze is waarschijnlijk wandelen met Champagne.' 'Champagne staat in de tuin.' 'Dan zit ze misschien bij Lisette.' 'Ook niet.' 'Brood halen,' probeer ik. Amelie wijst naar de voorraad brood in de open broodtrommel. 'Ik droomde vannacht dat ze afscheid kwam nemen. Ze zei 'Goed zo meisje', gaf me een kus en vertrok. Ik loop naar boven en zie een cd van Alpha Blondy op de grond liggen, raap 'm op en kijk in Samya's kamer. Het is erg opgeruimd, maar goed, dat is het altijd. Alleen, daar stond toch de foto van haar vader? Een naar gevoel kruipt van mijn buik naar mijn hart. Ze kan toch niet zomaar vertrekken? Zonder iets te zeggen. 'Ze is mijn zus,' zegt Amelie en begint onbedaarlijk te huilen. 'Ik weet het, schatje. Ik snap het ook niet. Er zal wel een goede verklaring voor zijn.' Maar ik denk: 'Niet nu, Samya, niet zo. Dit hebben we niet verdiend.'

'Is er iets weg?' vraagt mijn broer later. 'Hoezo, iets weg?' 'Nou ja, geld, juwelen. Ik bedoel, je haalt een vreemde in huis. Je vraagt erom.' 'Nee,' kat ik. 'Er is niets weg. Alleen zij. Alleen Samya is weg.' Ma zit er verdoofd bij. Ze draait afwezig aan haar trouwring. 'Louis is ook weg,' zegt ze. 'Net als het leuk begint te worden, gaan ze weg.' Mijn broer wenkt naar me en wil onder vier ogen praten. Ik stuur Amelie op pad met Ma en Champagne. Een preek is het laatste waar ik op zit te wachten en het enige wat in zijn fantasieloze brein opkomt. Ik heb mezelf goed in de nesten gewerkt, vindt hij. Ik heb Ma ontvoerd en zit met een overleden Louis opgescheept. Samya is wel het minste probleem volgens hem. Sterker nog, ik mag blij zijn dat ze vertrokken is, zonder te stelen nog wel, want haar aanwezigheid hier zou mijn zaak geen goed doen. 'Jij denkt altijd dat jij maar raak kunt doen en aan niemand verantwoording hoeft af te leggen,' zegt hij. 'Maar je hebt een kind op te voeden en maakt deel uit van een samenleving, een rechtsstaat.' Hij raakt steeds meer opgewonden. 'Ja, mevrouw, wij leven in een rechtsstaat met regels, waarden en normen. In onze maatschappij hebben we goede oplossingen voor vrouwen zoals Ma. Dat is veiliger. Wat weet jij nou van dementie? (hoge uithaal aan het einde van de zin. Hij is werkelijk emotioneel) Gisteren viel Ma die verpleegster aan. Hopelijk dient ze geen aanklacht in. In ieder geval trek ik mijn handen ervan af.' 'Kom je heel dat eind om me dit te vertellen? Om me de les te lezen, te sommeren Ma op te sluiten en je handen te wassen?' 'Ik heb een brief bij me, mijn advocaat heeft 'm opgesteld en wij hebben hem allemaal ondertekend. Er staat in dat wij hier (hij gebaart met twee handen theatraal om zich heen, opgeblazen wangen rood geaderd) niets mee te maken willen hebben en er niet verantwoordelijk voor willen zijn. Je staat alleen. Als jij weigert Ma naar een verzorgingsflat te brengen, hoef je niet op je familie te rekenen voor hulp. Ik vond het alleen maar netjes om hem zelf te brengen in plaats van aangetekend te versturen.' Hij geeft me de brief, staat op en wil vertrekken. 'Zeg je geen gedag tegen Ma?' 'Doe jij dat maar voor me.'

Zijn onbeschoftheid geeft me energie. Met deze brief in mijn hand heb ik de voogdij over Ma. Ik vermijd om aan Samya te denken en ga douchen. Ik moet natuurlijk naar het ziekenhuis, maar eerst Ma en Amelie recht zetten. Voordat er nog meer ongelukken gebeuren. Ze komen verwaaid terug van de wandeling. Ik zie dat zij ook

proberen om het gemis te ontlopen. Ma lijkt gekrompen en Amelie heeft ineens een grijze haar in haar donkerbruine bos. 'Hoe gaat het met je?' vraag ik mijn moeder. 'Ik wist dat het niet lang kon duren, maar ik hoopte, ik dacht, een beetje meer tijd, al was het maar een week geweest. En nu ook Samya, weet jij waar ze heen is?' 'Nee. Ze heeft niets gezegd. Het is raar, dit past helemaal niet bij haar.' 'Misschien is ze ergens bang voor?' zegt Amelie. Ma en ik kijken elkaar aan. 'Haar telefoon piepte laatst wel.' 'Dat is een sms'je, Oma.' 'Ze keek er snel op met een vreemde uitdrukking op haar gezicht. Ik plaagde nog "Heb je een vriendje?", maar ze reageerde daar niet op.' 'Moeten we aangifte doen van vermissing?' 'Ze is ook bang voor de politie.' 'Beter politie dan vrouwenhandelaren.' 'Laten we nog even wachten.'
Ik breng Amelie naar een vriendinnetje en rijd met Ma naar het ziekenhuis. We stoppen bij een bloemist en kopen een grote bos bloemen voor de verpleegster die Ma aangevallen had. Diep ademhalen en gewoon naar binnen lopen, neem ik mezelf voor. Ma recht haar rug ook. De vrouw accepteert het excuus. 'Ik bedoelde het niet zo,' zegt Ma. 'Het kwam door de stress. Ik houd van Louis. Ik bedoel, ik hield van hem. Het spijt me.'

'Wil hij begraven of gecremeerd worden, weet jij dat?' 'Hij heeft een plek gereserveerd op een natuurbegraafplaats. Hij heeft ook al een kist, of nou ja, een kist... Hoe noemde hij het nou?' Ze pakt haar Niet Vergeten boek uit de tas. 'Een eco-pod. Een gouden, hij heeft een gouden eco-pod. Dat was het. Ken je dat?' Ze laat me foto's zien van een groot gouden zaad met aan de binnenkant veren. Organisch en zacht, je wilt er zo in gaan liggen. Er staat een beschrijving bij. Het ding komt uit Engeland en is gemaakt van papierpulp, bekleed met bladgoud. 'Hij heeft het al? Waar ligt-ie?' 'Op de begraafplaats, denk ik.' 'Wist jij dat hij zo eco was?' 'Hij vindt het vooral mooi, denk ik. Ik ben ooit met hem op de plek geweest waar hij begraven wordt. Prachtig uitzicht.' 'Vanuit het graf? Dan moet hij z'n bril op.'

Louis ziet er uit alsof hij ieder moment op kan staan. 'Gefopt,' zou hij dan zeggen. Ma stopt een verfrommeld briefje in de zak van zijn colbert. Heel zacht, behoedzaam plaatst ze haar linkerhand naast zijn schouder. De andere hand leunt rechts naast het hoofdkussen. Ze tilt haar been op en zit nu gebogen over zijn lijk half op het bed. Met een kleine krachtinspanning en verrassende lenigheid voor een vrouw van haar leeftijd tilt ze haar torso over hem heen. De ellebogen buigen door. Haar buik raakt de zijne. Ze legt haar hoofd tussen zijn schouder en hoofd, spreidt haar armen als een crucifix en blijft heel stil liggen. Dan begint ze te praten, te neuriën, beweegt haar armen op de maat. Het lijkt op de vlucht van een Jan van Gent, vleugels wijd open zeilend door de wolken. Haar wang tegen de zijne. Ze draagt hem mee, samen vliegen ze weg. Onbereikbaar voor mij. Ik verlaat de ruimte.

∽✺∽

## samya

Ik hoef niemand te vragen waar ik Suley kan vinden. Zijn golfplaten paleis staat aan de achterkant van de vluchtelingenbelt. Modderige paden leiden me er vanzelf heen. Moeders met kinderen op hun rug gebonden in doeken, mannen met lege blikken en kleine kinderen die ruzie maken in allerlei talen en elkaar bijzonder goed lijken te begrijpen, staan in de rij. Er hangt een half vergaan gordijn voor de ingang. Binnen liggen restanten van vloerbedekking als een vals mozaïek vloekend op de vloer onder een koperen kroonluchter zonder lampen. Er staat een manke tv-stoel met onbestemde vlekken op de kussens. Daarop houdt de sultan der uitzichtlozen audiëntie. Aan zijn voeten een zwerfhond die hem met zijn leven bewaakt. Zijn hofhouding bestaat uit een Congolees met één oog, een breedgeschouderde Azeri drieling, een harige Afghaan en een oneven legertje jongetjes tussen de tien en dertien jaar. De Congolees laat me binnen. Ik moet mijn schoenen uitdoen en mijn ogen naar de grond gericht houden. Zachtjes stamel ik mijn naam. De Congolees port in mijn zij: 'Harder!' 'Waar zitten jouw ogen? Zijn ze open of niet? Dan kun je zien dat ik een druk man ben. Iedereen kijkt naar mij, vraagt mij. En ik? Wat krijg ik?' vraagt de sjeik der illegalen opgewonden. 'Ik heb betaald,' zeg ik. 'Niet aan mij.' 'Ik heb al mijn geld gegeven.' 'Harder,' port de Congolees. 'Alles.' De muffe lucht uit de oude kleden wordt pregnanter en de tandeloze Koerd likt met zijn tong langs zijn lippen. Iemand brengt hem een gebit, dat hij krakend in zijn mond stopt. Ineens is het me genoeg. Ik ben geen oud vuil, geen doemetmewatjewil, buitmeuitzoveeljekan lappenpop. 'Mijn naam is Samya. Ik heb betaald voor een reis naar Engeland. Hoe jullie het met elkaar regelen moet je zelf weten. Ik laat me niet

langer uitbuiten. Je kunt kiezen: je helpt me of je vermoordt me. Maar ik ga niet meer op mijn rug liggen, voor jou of wie ook.'
Het is nu doodstil in de tent. Zelfs de hond bijt niet naar vlooien. Mijn hoofd rekt zich tot aan het golfplaten dak. Iemand laat een stinkende scheet. De Koerd slist door de gaten in zijn valse gebit. 'Morgen gaat er een boot, dame met je grote mond. Als je je adem lang genoeg in kunt houden, mag je mee. Verder kan ik je niet helpen.'

Buiten heeft de rij zich verplaatst naar een bus met een luifel waaronder mensen staan die eten uitdelen. 'Hey, jou ken ik niet,' zegt een van de vrouwen. Misschien stuurt ze me weg. Nee, ze geeft me een deken uit een grote doos achter haar. 'Heb je honger?' Ik krijg soep en brood. Een meisje komt naast me zitten en vraagt of ik bij haar in de tent wil. Hij is lek, dat wel. Ze laat me een tekening zien van een drijvend massagraf en lacht troosteloos. Er zijn ergere dingen dan een lekkende tent.
's Nachts kruipt ongedierte laag over de modderige paden op zoek naar zacht vrouwenvlees. Mijn tentgenote slaapt met een mes onder haar kussen. In een stok kerft ze streepjes: 'De mannen die ik weggejaagd heb. Sommigen met een handtekening,' lacht ze. 'Mijn vader heeft me geleerd te steken en werpen en raken als ik dat wil.'

Dagen in het kamp beginnen even grauw als ze eindigen. De mensen stinken naar angst en wanhoop, schimmel van het weer in hun huiden. Af en toe is er een razzia, Franse politie pakt een paar van ons op en de rest verkast een honderd meter. Iedereen berust en kijkt naar Suley voor een beter leven. Zijn adem stinkt naar de hoop van anderen. Hij ontleent er macht aan en betaalt er zijn legertje mee. De boot die hij me beloofde, kwam niet, ging niet of bestond niet. In ieder geval ik zat er niet op met ingehouden adem. Ik begon dezelfde geur te wasemen als de rest en wist dat het de lijkengeur van de hopelozen was. Onafwasbaar. Dus besloot ik zelf te gaan kijken bij de haven.

Vrachtwagens staan klaar om boten op te rijden. Ze zijn potdicht verzegeld en worden gecontroleerd door douane met honden. Er onder gaan hangen, lijkt me geen goed plan. Er in kruipen is zo goed als onmogelijk. Dan zie ik een chauffeur met een T-shirt gepropt in zijn broek, zijn buik accentuerend. Ik ken hem.., en graaf in mijn geheugen. Hij ziet mij niet, verborgen in de bosjes rond de parkeerplaats. Ik loop het asfalt op naar het restaurant voor de routiniers. Binnen ruikt het naar frites en schnitzels. Franse hoertjes proberen wat bij te verdienen, schraal uitkomend in het felle TL licht. Zodra hij mij ziet, zweemt een vlaag van herkenning over zijn gezicht, dat hij daarna afwendt. Hij was een vaste klant van mij uit de bar. Ik loop recht op hem af en ga aan zijn vierkante tafeltje zitten. 'Hoi!' Hij kijkt niet op, propt de ene friet na de andere in zijn mond tot zijn bord leeg is. 'Hoi!' Nu moet hij wel opkijken. 'Ik ken je niet. Ga weg.' 'Ik ben minderjarig. Ik kan je aangeven.' 'Wat wil je?' 'Naar Engeland.' 'Dat willen jullie godverdomme allemaal. Wat kan ik? Wie ben ik? Ik kan jou niet meenemen. Dat kost me de kop.' Ik kijk hem schuin aan. 'Ik ga aangifte doen als je me niet helpt.' 'Ze hebben honden.' 'Koop een worst en leidt ze af.' 'Zo werkt het niet.' 'Hoe dan wel?' 'Ik ben je niets schuldig. Ik betaalde keurig en je baas zei dat je meerderjarig was.' 'Mijn baas zei dat ik maagd was.' 'Waarom zou ik je helpen?' 'Omdat je anders de gevangenis in gaat.' Hij kijkt me stompzinnig aan, terwijl hij zich afvraagt hoe hij zonder scene van me af komt. Ik praat snel door. 'Luister, ik kruip in jouw cabine. Daar zoeken ze niet.' 'Tuurlijk wel, trut.' 'Je hebt een dubbele wand.' 'Hoe weet jij......?' 'Je praat teveel als je dronken bent.' 'Het is te smal voor mensen.' 'Ik kan afvallen. Geef me twee weken.'

Twee weken later, wacht ik hem op in dezelfde kantine. Ik ben bang dat hij niet komt en zit zenuwachtig te draaien op de rode plastic stoel. Ik ben natuurlijk veel te vroeg. Heb niets anders te doen dan dit: ontsnappen aan het vaste land. De afgelopen weken heb ik alleen maar aan Lisette, Pia en Amelie gedacht. En aan de dreigementen van Debby. Zou ze het huis in brand steken, ook als ik weg ben? Iedere dag wil ik bellen, iedere dag beheers ik me. Eerst naar Engeland. Weg hier. De trucker komt binnen. Hij bestelt een hamburger en eet aan de bar. Ik loop naar buiten en klim in zijn auto. Hij komt na een half uur en sluit me op tussen de wanden. 'Geen zucht, denk erom,' waarschuwt hij. Dan start de motor en we rijden weg.

## pia

Wie ben ik? Ik krijg pas een naam halverwege dit verhaal: Pia. Mijn volle naam is Maria. Zegt dat niet genoeg? Ik ben genoemd naar de maagd die de moeder van Christus was - een grotere verwachting kan een ouder niet uitspreken. Omdat ik niet voldeed, niet kon voldoen, zijn ze me Pia gaan noemen. Pia is de onvolmaakte Maria, de afkorting in pafferige klanken. Als ik in de spiegel kijk, zie ik een donkerharige vrouw met fijne kraalsnoertjes om grijze ogen, die zonder make-up nogal flets in het gezicht staan. Smalle neus en lijntjes mond. Niet lelijk, maar ook niet mooi of zelfs maar opvallend. Ieders buurmeisje. Tot voor kort kleedde ik me ook in bedekte termen, nooit uitgesproken. Dat veranderde toen ik een standpunt innam. Een standpunt over Ma. Het lijkt alsof het nemen van een standpunt je van binnen en van buiten verandert. Ik koos fleurige blouses te dragen en daarna zwierige rokken. Ik kleurde mijn haar waar grijze lokken doordrongen. Het ging vrij onbewust en gradueel. Maar nu ik hier sta, voor de spiegel van de wc in het ziekenhuis, valt me op dat ik een ander ben dan drie jaar geleden. Mijn naam is nog steeds Pia, maar ik sta recht en mijn kin is spitser en zelfbewuster geworden. Nu weet ik: Ik was geboren voor het geluk, verloor het door mijn aanpassingsvermogen, nu komt de kracht terug als tegenstem en het gevoel te leven. Nu Samya verdwenen is en Louis dood. Nu mijn broers me officieel ontzusd hebben. Koud water stroomt wassend door mijn handen. Ik ben niet langer het gedweeë meisje. Ik ben een vrouw met een mening geworden. Min of meer door de omstandigheden. Misschien was ik anders wel op Ma gaan lijken, bitter over een leven van gemiste kansen. Ik roestte vast in veilige patronen, overtuigde mezelf ervan dat het op die manier het beste was. Als Ma niet dement was geworden, was ik nu nog gewoon een nieuwslezeres die eruit ziet als het meisje van de overkant. Waarom reageer ik anders dan mijn broers? Zij vinden me verwend en onverantwoordelijk. Zelf zie ik dat niet zo. Wat kan ik anders doen dan me verzetten? Ik heb me te lang niet verzet, terwijl ik zag hoe Ma verschrompelde in haar kamer in het instituut, op de stoel met kussens die haar figuur uittekenden. Ik liep mee, las propaganda voor als nieuws....'het is mijn werk'. Ik was te laf om op te stappen, te braaf om Ma te redden. Dat heeft ze zelf gedaan en daarmee heeft ze mij gevormd, meer dan met de potten thee na schooltijd en de zelfgebakken taarten op verjaardagen. Geborgenheid wordt overschat.

Om de hoek staat een koffie automaat waar ik een cappuccino uit tap, wachtend tot Ma uitgevlogen is met Louis. Ik zal voor haar moeten zorgen tot ze overlijdt. Kan nog lachen worden. Mijn saaie leven heeft weer kleur. Ma komt naar buiten en ziet er vredig uit. 'Kom,' zegt ze. 'We hebben een begrafenis te regelen.' We rijden naar het appartement van Louis. Een vrouw die zich voorstelt als Yvonne, de ex, zit aan tafel te roken. Ze ziet er ouder uit dan op tv, waar ze in afgezaagde soapseries speelt. Onder de telefoon ligt een notitieblok met namen en adressen. Yvonne kent een aantal mensen. Ze weet meer van het leven van Louis dan Ma, die steeds smaller wordt. Tot het afscheid zelf ter sprake komt. 'Ik wil een woordje doen,' zegt Ma. 'Ik heb ook een tekst voor de kaart. Die hebben Louis en ik samen gemaakt.' 'We moeten een persbericht schrijven,' zegt Yvonne. 'Waarom, voor wie?' 'De bladen zullen er over willen schrijven.' 'Jullie zijn gescheiden,' zeg ik. 'Louis is met Ma getrouwd. Bij het huwelijk wilde hij ook geen roddelpers.' Haar ogen krijgen iets katachtigs. 'Je wilt de erfenis en mij ook van mijn brood beroven?' 'Van je brood?' 'Jij, als geen ander, moet weten hoe belangrijk de pers is voor mensen zoals ik.' De bel gaat. 'Oh, daar zul je ze hebben.' 'Wie?' Ze loopt naar de deur, onderweg haar haren schikkend in een spiegel. 'Ach schatten!' roept ze met iets te schelle stem. 'Wat ben ik blij dat jullie er zijn. Mijn arme man. Hij was zo in de war door zijn hartaanval dat hij zich van me liet scheiden. Maar ik ken mijn Lowieke. Hij zou nooit bij haar (ze wijst naar Ma) gebleven zijn. Zo'n droog leven past hem niet. En nu zit ze hier en wil ze de begrafenis regelen.' Ik herken de cameraman. We maakten wel eens samen reportages.

♫

Maarten en Pia zien elkaar aan. Het duurt misschien een seconde, dan kijkt zij weg. Ze concentreert zich op de situatie. Hij oogt als een jong volwassen reu met wilde haren en open blik. Ze voelt dat ze macht over hem heeft. Hier en nu. Het commando volgt intuïtief: 'Maarten, zet die camera uit, wil je.'

♫

Yvonne werpt een blik op me, terwijl ze Maarten bij zijn schouders pakt en jammerlijk uithaalt. 'Ohhh,' roept ze. 'Mijn man overlijdt en ik krijg niet eens de kans om over hem te treuren. Een demente bejaarde en haar pathetische dochter proberen me te belemmeren zijn uitvaart in stijl te regelen.' Ik pak de microfoon uit de handen van de interviewer die achter Maarten binnen is gekomen en begin alsof het een nieuwsitem betreft. Het groene lampje van de camera flitst aan, de lens op mij gericht. Ik schets de situatie: hysterische ex-vrouw komt haar gram halen en wil nog een slaatje uit de dood slaan. Yvonne, geraffineerd opgemaakt - rode potloodlijntjes rond haar ogen getekend, waardoor het lijkt of ze voortdurend huilt - kijkt me geschokt aan. Ik zeg mijn naam luid en duidelijk. Maarten zet zijn camera uit. Begraven in kleine kring is niet meer mogelijk na de uitzending, die uiteindelijk natuurlijk toch Yvonne haar zin gaf. Ze haalt de nationale pers en noemt dat free publicity, onbetaaaalbaar.

Champagne is eveneens op weg naar de cover van menig magazine. Het ezeltje trekt rustig de eco pod met Louis er in achter zich aan naar de plek in het bos met het mooie uitzicht. Ma zit op haar rug. Amelie en ik lopen naast Louis. Een Roma violist, die Louis kent uit het park, volgt ons en speelt. We doen of we de fotografen om ons heen niet zien en de vragen niet horen. Yvonne geeft interviews op het parkeerterrein. Ze heeft Louis niet opgezocht in het crematorium, wel een paginagrote advertentie in de krant geplaatst met een foto van hen beiden bronzend op een immens jacht.

Na de plechtigheid voor Louis, waar Ma, Amelie en ik en achter bomen vandaan flitsende fotografen, als enigen bij zijn, en Ma heel schattig een korte toespraak houdt, haar ogen op de eco pod gericht. Daarna, neem ik Champagne bij de teugel en lopen we in de richting van het parkeerterrein waar een paardentrailer aan mijn kleine auto gekoppeld staat. De taxi is alleen voor zakelijk gebruik. Yvonne, gekleed in zwart zijde dat aan de randen is afgewerkt met dramatisch rood, leunt op de schouder van een iets te gebruinde jongen die half haar leeftijd lijkt. Een van de cameramannen is Maarten. 'Hoe gaat het met u?' vraagt hij lief aan Ma, maar hij kijkt mij aan. 'Geen camera,' zeg ik. 'Hij staat af.' Demonstratief legt hij het gevaarte naast zich, daarbij zijn armen los schuddend. Alle ogen richten zich op ons. Enkelen zetten stappen onze kant op. Microfoons wijzen naar ons, vragen vuren, lampen flitsen. Champagne balkt, rukt zich los en zet het op een ezelsgalop. Ze loopt recht op Yvonne af. Die gilt, wankelend op haar stelthakken en grijpt de gebruinde borstkas bij zijn revers. Daarvan schrikt de ezel nog meer. Ze steigert zowaar. Ze kan nergens heen. Draait rondjes met haar oren in haar nek. Haar staart slaat een fotograaf om zijn oren. Die begint te vloeken. Zijn collega's schieten plaatjes en duiken lachend weg. Alleen Ma blijft kalm. Ze loopt naar Champagne en praat tegen het beest of het een kind is. Ze krijgt zowaar de teugel te pakken. Champagne briest. Ezelinnensnot vliegt rond. Een klodder op het zorgvuldig opgemaakte, nu griezelende gezicht van Yvonne. Ma heeft alleen aandacht voor haar ezel. Ze leidt haar in de trailer en gaat er zelf naast zitten niet van plan nog uit de trailer te komen voordat we thuis zijn. Ze lacht schuchter en draait aan haar trouwring, maar beweegt niet. Benen gekruist als Boeddha. Er rest Amelie en mij niets anders dan erbij te kruipen, in kleermakerszit. Maarten biedt koffie aan uit een thermoskan. De pers verdringt zich voor de smalle opening. Ma staat op – wat zit er in die koffie? - 'Mijn man is begraven. En terwijl wormen zich een weg eten naar zijn nog verse lichaam, staat zijn geest naast mij en slaat me gade. Ik voel zijn laatste ademtocht nog op mijn schouders en hoor zijn stem. Dat zal nooit meer veranderen. Alles waar je van houdt, blijft bestaan.' Ze ademt als een diepzeeduiker. Van waar ik zit, moet ik mijn nek strekken om Ma's gezicht te zien, langs haar kuiten met adertjes, over de knokige knieën, het heuveltje van haar beetje buik, de ingevallen borsten. Ik kijk van onder tegen het losse vel van haar kin waarboven de neusgaten, nog wat sprieten haar en dan het dak van het mobiele ezelhok. 'Ze heeft talent,' fluistert Maarten.

Ook hij torent boven me uit.

De uitzending leidt tot Kamervragen. Het gaat er vooral om hoe het mogelijk is dat een demente bejaarde erft van een van 's lands meest in het oog lopende miljonairs. Er gaan stemmen op om dementen uit te sluiten van het erfrecht. Wij zitten dan al weer droog en breed in ons huurhuisje en kunnen voor het eerst in jaren zonder enige moeite de huur betalen. Van Ma's erfenis.

**lisette**

Daar ga je dan, mijn lief. Ik heb je lichaam aan aaseters gegeven. Insecten waar ik van gruwel, bereiden je als maaltijd. Ze spannen samen met de aarde. Ik hoor ze knabbelen. Door je papieren omhulsel trekken ze op weg naar je vlees. Je had best wel wat vlees. Daar kunnen ze dagen op teren. Ze zullen je botten kaal knagen en op een dag graaft een hond je op. Trots op zijn vondst rent hij naar zijn baasje. Dan is je lijf weg. Helemaal weg. Recycled in moderne bewoording. Ik zal je niet vergeten.

De andere aaseters, die rondom je zwierven met flitsende camera's en luidruchtige microfoons, die deren jou niet langer. Mij kan het ook niks schelen. Ze doen maar, ze schrijven maar, ze filmen maar wat ze kunnen, ze weten niet wat ze doen. In zekere zin zijn jij en ik beter af. Wij zijn onkwetsbaar. Zij nog lang niet. Ze moeten eerst nog jaren op lege verhalen jagen, voordat ze de kern ontdekken. De kern is vrijheid. Vrijheid die bevochten moet worden, voordat je hem herkent en vol beleeft. Dat heb je mij gegeven, en mijn dochter. Eindelijk herken ik haar weer. Lang dacht ik dat zij niet mijn dochter was. Niet mijn dochter kon zijn. Omdat ze zo onwaarachtig leek. Nu weet ik wie ze is. Pia is bijna weer echt. Maar ze is wel mager geworden.

Ik praat tegen jou alsof je hier bent, terwijl ik weet dat het niet zo is. Het is dus geen demente praat. Ik maak onderscheid tussen echt en nep, en onderscheid tussen deze en gene wereld. Jij en mijn moeder zijn aan gene zijde. Ja, ik weet het allemaal. Het kost me moeite om dat te weten. Soms is de wand tussen heden en verleden in mijn brein van dun Japans rijstpapier. Ik kan switchen, vrij. En ineens, zoals een alcoholist dronken wordt zonder het in de gaten te hebben, ben ik weg. Ik weet het ergens wel. Ik kan dan beter in bed gaan liggen, alleen een

duiveltje in mijn brein zegt me door te gaan.
Onweerstaanbaar. Verzet om het verzet. In dat stadium
heb ik nog iets in te brengen. Een stap verder, het
rijstpapier scheurt en de schaduwwerkelijkheid neemt een
loopje met me. Ik zit op het sleeptouw van hersenspinsels
die een eigen leven leiden. Moeilijk uit te leggen. Alleen
aan jou probeer ik het. Jij die er niet meer bent, dat weet ik
heus nog.

Er gebeurde weer zoiets vreemds. We komen thuis van
jouw begrafenis. Pia smeekte me om in de auto te gaan en
niet bij Champagne in de trailer te blijven zitten. Ik heb
het maar gedaan om haar te plezieren. Maar ik weet zeker
dat Samya het met me eens was geweest. Ons ezelbeest
was van streek, stond te stampen in het kleine hok op
wielen dat we gehuurd hadden om haar mee te kunnen
nemen. De auto hopte alsof we voortdurend over
drempels reden. Pia's knoken rondom het stuur werden
wit en ze had spijt dat ze haar taxi niet meegenomen had.
'De Mercedes is zwaarder. Die kan dit wel aan,' zei ze met
lippen net zo wit als de knoken van haar handen. Ik heb
Champagne naar haar eigen schuur gebracht en ben lang
bij haar gebleven. Tot ze rustig was. Tot ik enorm moest
poepen. Sorry dat ik het zo zeg, maar ik moest ineens
enorm poepen. Ik rende naar de wc, handen tussen mijn
benen om het te stoppen. Ik doe niet meer in mijn broek.
Dat niet meer, nooit meer. Dat wil ik niet meer. Dus ik
rende op spillebenen alle deuren klapperend achter me.
Eindelijk zat ik. Net op tijd. Alles okay. Ik was blij. Toen
trok ik door. De drollen namen wraak. Ze kwamen
massaal terug. Hoe meer ik doortrok, des te meer poep
verzamelde zich protesterend in de pot. Een
overmannende vloed, hoog optrekkend. Ze droegen een
boodschap die drollen, steil naar boven als een aanbieding

aan een vorst; een parelmoeren telefoon, plat als de portemonnee van een bedelaar en schitterend als een oesterwerk. Ik stond te gillen omdat ze maar niet wilden verdwijnen. Pia natuurlijk meteen in de houding. Op zo'n moment mis ik Samya. Zij begrijpt me van nature. Niet dat Pia het niet goed bedoelt. Het is een schatje, maar ze is het contact kwijt. Weet je wel, met de essentie der dingen. Ze snapt het gewoon niet. Nog niet. Ze is er bijna, wat ik al zei, ze is bijna terug bij zichzelf. En nu toch stond ze meteen achter me, dat wel. En stelde me gerust. Dat ook. 'Ma, de wc is gewoon verstopt,' zei ze. Dat zei ze. Toen keek ze. Ze zag de vorstelijke bedelaarsbuidel en gaf een gil. Ja, mijn Pia gilde. Ze stroopte haar mouw op en pakte het ding. Ze waste het niet af, maar haalde het uit elkaar en vergat de drijvende drollen. Ze legde het in stukjes op de verwarming. 'Ma,' zei ze, 'dit is de telefoon van Samya. Misschien komen we nu meer te weten.' En ze gaf me een kus. Op mijn voorhoofd alsof ik een klein kind ben. Toen ging ze zitten en keek het ding droog. 'Ik ga naar bed,' zei ik. 'Welterusten.' Maar ik zit op mijn kamer met het licht uit en praat tegen jou, mijn halve nacht echtgenoot.

Buiten stroomt de regen langs lantaarnpalen. Een man neemt een verlichte douche. Hij gaat onder de straatlamp staan met opgeheven hoofd. Dan verdwijnt hij vlug in de duisternis, alsof hij bang is dat de gas- en waterrekening te hoog wordt bij langdurig gebruik. Net zoals Amelie van Pia maar even mag douchen. De doucher intrigeert me. Ik ga dichter bij het raam zitten en kijk naar buiten. Hé! Hij is niet alleen. Er zijn er nog drie. Maar de anderen douchen niet, ze schuilen in regenjassen met capuchons. Beneden klinkt de vertrouwde ringtone van Samya's telefoon. Die doet het dus weer. Opgerezen uit den drollen. Mooi. Maar ik ga nu slapen. Ik neem je in mijn armen en dromen. Ik laat je niet meer gaan, ook al ben je dood en begraven.

**pia**

De dagen na zijn dood komen oude vrienden van Louis
langs. Ze vertellen over vroeger, over het soort man dat
hij was. Rond zijn vijftigste heeft hij zich uit laten kopen.
Hij verkocht zijn kunsthandel onder de voorwaarde dat hij
nooit meer iets in de kunst zou doen. Daarmee goot hij de
jus uit zijn leven en verloor het vermogen te dansen. Hij
werd de knorrige oude man die in mijn taxi stapte.

Het is net of je op een gegeven moment, als je meer
verleden dan toekomst hebt, het zwaartepunt legt op wat
voorbij is en de toekomst niet meer stuurt. De weg die
voor je ligt, wijst steevast in de richting van de dood. Je
kunt niet meer bijbuigen of omdraaien. Hoe meer je dat
probeert, des te zieliger het wordt. Hoe word je oud? Ma
koos voor dementie. Wat kies ik? Hoe krijgen die anderen
het voor elkaar om zorgeloos op terrassen te zitten?
Voelen ze dan niet ook dat ze iets moeten doen. Maar wat
dan? Wat kun je doen om de traagheid van de dagen te
doorbreken en invulling te geven? Als je daar op mijn
leeftijd nog niet achter bent, kom je er nooit meer achter.
Je bent niet langer een belofte aan jezelf. Je bent je eigen
vleesgeworden nachtmerrie. Steeds herinner je jezelf aan je
lege bestaan. Wat is nodig om het te vullen en juichend op
te staan over weer een nieuwe dag. Hoe genieten? Hoe om
te gaan met het half lege glas. Dat niet meer
bijgeschonken wordt. Wat als ik doodga en niets van mijn
leven heb gemaakt? Wat is dat eigenlijk, iets van je leven
maken?
Ik ben bang voor de dood. Daarom kan het maar beter
snel gebeurd zijn. Dan ben ik er vanaf. Net als wanneer je
een toespraak moet houden met bibberende knieën voor
een onwillig publiek. Je laat de kans voorbijgaan om iets
van belang te zeggen, omdat je wilt dat het zo snel

mogelijk over is en je van de houten verhoging af mag stappen. Je durft jezelf niet te relativeren, omdat anderen het dan misschien ook gaan doen. Je kijkt niet met open blik de zaal in, maar mompelt onverstaanbaar gemeenplaatsen. Je leeft niet. Je gaat in je kist liggen en wacht. Op het onvermijdelijke. In de hoop en even grote vrees dat het snel voorbij is.

Ik breek in de telefoon van Samya. De sms box zit vol. Ik snap eindelijk waarom ze weg is. Ik geef haar op als vermist. De politie doet laconiek. 'Die meisjes vinden we haast nooit. Komt u morgen even met de telefoon naar het bureau.'
Het regent keihard en ik wil nat worden. Iets voelen wat concreet en echt is, iets wat ik kan aanraken om het onbestemde gezoem uit mijn buik op te laten houden. Ik haal Champagne uit haar hok, modderige hoeven op de planken vloer van de kamer, een spoor tot aan de voordeur. We lopen het gebruikelijke rondje. Ik zie niets ongewoons, maar als ik terugkom, staat de voordeur wagenwijd open. Regen plenst naar binnen. De deurmat heeft veel weg van een dweil. 'Oh nee Ma, niet weer! Niet weer weglopen.' Naast de modderige sporen van Champagne staan grote voetstappen. Ik ren naar boven, de ezel laat ik in de gang staan. 'Ma! O god, Ma!' Mijn moeder zit vastgebonden aan haar bed. Ze heeft een zakdoek in haar mond. Ze kijkt wild. Wat de hel? Wat is hier gebeurd?? Ik trek de zakdoek weg, haar gebit komt mee. Ze murmelt zonder tanden. Het strakke touw om haar polsen. Ook hier modder op de grond.

De politie komt nu wel. Ze zoeken vingerafdrukken en haartjes en meten moddervlekken. 'Drie,' zegt Ma, 'drie mannen. Twee blank, een zwart. Ze vroegen naar Samya.

Ze zeiden dat Samya hen veel geld schuldig is. Ze zijn gekomen om het te halen. Als ik niet zeg waar ze is, komen ze terug. Oh, ik mag niets zeggen. Geen politie....' Ze zwijgt, haar bovenlichaam wiegt op en neer. Van voor naar achter. Ze is een bang oud mensje dat zichzelf probeert te troosten. 'U krijgt bescherming,' zegt de politie. 'Help ons hen te vinden. Hoe zagen ze eruit?' De straat is afgezet en buren worden ondervraagd. Ma en ik stappen in een politieauto. Ze brengen ons naar een hotel. Morgen moet Ma foto's kijken op het bureau. Ondertussen lezen onbekenden haar Niet Vergeten boek.

Angst is een smerig beest. Ze zuigt zich aan je vast, voedt zich aan jou, eerst in de nacht, langzaam infiltreert de parasiet tot die ook in het licht de weg weet in het lichaam. Jeukende huid, krabben helpt niet. Is een schimmel plant of dier? De agent voor de deur van de hotelkamer geeft geen veilig gevoel. Hij is de doorlopende herinnering dat dit geen all-inclusive uit vrije wil is. Amelie wordt gebracht. Ze logeerde bij een vriendin, zodat ik me op Ma kon richten na de begrafenis van Louis. Ze kruipt als een klein kind op mijn schoot en stelt vragen die ik niet kan en wil beantwoorden. Grijsblauwe schaduwen sluipen door de kamer, hangen aan het plafond en dansen als pierlala's achter mijn netvlies. Koplampen van passerende auto's over het reliëf behang. Ik begin op Ma te lijken. Hoor fluisterstemmen die er niet zijn. Ik knijp mijn meisje vast in mijn armen en wieg haar en mezelf. 'Alles komt goed.' Mijn stem klinkt geruststellend. Valse hoop. Een van de schimmen valt over me heen. Het gewicht van de angst drukt me achterover op het bed. Toch val ik in slaap.

## lisette

De mannen liepen dwars door de deur naar binnen. Hun profielzolen stampten door het huis. Ik hoorde het wel. Ik dacht dat het dieven waren, stopte mijn trouwring en mijn Niet Vergeten boek onder een losse tapijttegel onder het bed. Ik stond net weer recht op toen ze mijn kamer binnenkwamen. Ik was niet bang. Eerder boos. Gaf de voorste een klap in zijn gezicht. Niemand heeft het recht ons huis zo binnen te stormen. Hij lachte naar zijn maten. 'Oma heeft pit.' Toen draaide hij mijn pols om. Dat deed pijn. En stopte die smerige zakdoek in mijn mond. 'Nu gaan we eerst even luisteren, mevrouwtje. Als je de goede antwoorden geeft, win je de prijs en mag je blijven leven. Vraag één: Waar is die zwarte hoer?' Ondertussen bond zijn maat me vast aan het bed. Hij haalde de zakdoek uit mijn mond. 'Antwoord mijn vriend,' beval hij. Ik haalde goed adem. Toen deed ik het voor de eerste keer bewust, ik vergat en reisde door de tijd, terug naar mijn moeder. Ik knipte de knopen in mijn geheugen door en verstopte herinneringen. Ik zag het mezelf doen.

Toen ik antwoordde, was ik twaalf jaar oud. Ze moeten het in mijn ogen hebben gezien. 'Dat wijf is gek, kijk dan,' zei de derde man die tot dan toe zijn mond had gehouden. Een klein wezen in mijn hoofd trok de ene draad na de andere los, in razend tempo. 'Moeder, ik zie wit,' sprak een stem. 'Alles is wit,' zei ik tegen de mannen. De een vloekte. De andere stopte de zakdoek terug in mijn mond. Ze doorzochten het hele huis, maar vonden niemand. Een telefoon ging. 'Jongens, we moeten wegwezen.' De mannen verdwenen net zo snel als ze gekomen waren. Mij vastgebonden achterlatend. Zo vond Pia me. Het wezentje in mijn hoofd begon weer rond te kruipen en knopen te leggen. Ik keek geconcentreerd toe hoe ze dat deed, de rode jurk van Amelie kreeg weer kleur en ze fietste voor de eerste keer zelf naar school. In het verleden! Een verleden dat ik kon plaatsen. Krantenartikelen, mijn huwelijk met Louis, zijn begrafenis, de verdwijning van Samya, langzaam viel alles weer op z'n plaats. Ik herinnerde me hoe ik de ring en het boek verstopte en groef ze op vanonder het bed. Toen de politie kwam, kon ik hun vragen beantwoorden zonder in de war te raken.

Nu lig ik in een vreemd bed. Even weet ik niet waar ik ben, maar dan zie ik Pia en Amelie naast me liggen en ik herinner het me weer. Dit is niet prettig. Ik maak me zorgen, over Samya en om mijn dochter en kleindochter. Het volle besef van hier en nu en toen en daar brengt een onbestemde angst met zich mee. Niet de angst die desoriëntatie oproept, maar angst die voortkomt uit reële dreiging. Ik overweeg of ik het breinwezen weer zal oproepen, ditmaal met een gasbrander en gifspuit, om de stekelige bramen in mijn hoofd voorgoed te vernietigen. Nooit meer weten, voor eeuwig jong en onaangeraakt. Pia wordt wakker en kijkt me verbrokkeld aan. 'Ma? Ma waar ben je? Wat doe je? Laat me niet in de steek, Ma, niet nu.' Ik stuur het wezen terug naar een hoek in mijn brein. Ik moet verantwoordelijkheid nemen. Voor mijn dochter. 'Ik ben hier. Wees maar niet bang. We komen er wel uit. Samen.' De beslissing is genomen: Ik zal leven. Wat er ook van komt. Ik ben een oude vrouw van 84 en zal nooit meer jong worden. Roomservice brengt ontbijt. Onze bewaker drinkt een kop koffie mee. Dan gaan we naar het politie bureau en bekijk ik honderden foto's. Ik herken geen van de portretten. Ze hebben Champagne naar een boer gebracht. Ze graast lustig tussen soortgenoten in een weiland. Een agente rijdt er met Amelie naar toe. Pia en ik zijn de hele dag zoet in het warme politiebureau. Mijn hoofd suist van de benauwde lucht. Wij willen naar huis. Er ontspint zich een discussie tussen de beambten over veiligheid. Pia weigert toe te geven. 'Hoe lang denken jullie ons in hotels onder te brengen? Met bewaking voor de deur. Die lui zijn geweest en hebben niets en niemand gevonden. Wij hebben er niets mee te maken. Ze zochten Samya. Ik ga niet op de vlucht voor een stelletje criminelen.' Ze staat groot als een reuzin. 'Nee, we pakken de bus. Ik hoef niet in een politiewagen thuis gebracht te worden.' Dus gaan we met de bus. Amelie vertelt honderduit over Champagne. 'Ze heeft vriendjes en een groot weiland daar. Maar ze kwam meteen naar me toe, hoor. Ze stak haar kop onder mijn oksel en schraapte met haar hoef. Je weet wel, dat doet ze altijd als ze blij is je te zien. Wanneer komt ze thuis?' 'Daar bel ik morgen wel over,' zegt Pia. 'Nu gaan we uit eten. Kom we stappen hier uit. Om de hoek is een leuk restaurant.'

Als we twee uur later onze straat inlopen, worden we verrast door een auto van de televisie die voor de voordeur geparkeerd staat. Cameraman Maarten en dezelfde interviewer die Yvonne had uitgenodigd in het appartement van Louis, staan met hun ruggen naar ons toe en interviewen een van de buren. Pia loopt recht op hen af. 'Als jullie nou eens ophouden te doen alsof wij wereldnieuws zijn,' zegt ze. 'Hoe voel je je?' vraagt de interviewer. 'Heeft de politie iets gevonden? Waar is de zwarte vrouw?' 'Ik voel me uitstekend. Ben net uit eten geweest met mijn moeder en dochter. Gisterennacht is er ingebroken, dat is nooit leuk, maar ze hebben niets gestolen. Wat die zwarte vrouw betreft, daar hebben we allang geen contact meer mee. Ze is verdwenen.' 'Weet je waarheen?' 'Ik zeg al, we hebben geen contact meer. Er is hier geen nieuws te halen.' Ze knipoogt naar mij, neemt

Amelie bij de hand en we lopen naar binnen. 'Pfffff.' Pia leunt met haar rug tegen de voordeur. 'Als ze dit uitzenden, komen die klootzakken waarschijnlijk niet meer.' De bel gaat. Het is die Maarten.

**pia**
Maarten komt als vriend, zegt hij. Ik heb geen zin in hem.
Hij is een vastbijter, doorzetter, ezelskop, dik ijs dat
weigert te smelten in de zon. 'Weet je echt niet waar ze is?'
vraagt hij. Zijn benen zijn te lang voor onze bank. Hij zit
ongemakkelijk recht tussen de kussens, de stelten wijd
gespreid waardoor ze nog langer lijken. Ik leun quasi
nonchalant naar achter. Ben ik verantwoordelijk voor
Samya? Is het mijn plicht om haar te zoeken? 'Maak je je
zorgen?' Ik zeg 'ja', en denk aan mijn broer die zei dat haar
vertrek een probleem oploste. 'Het liefst ga ik in bed
liggen met een deken over mijn hoofd.' 'Je hebt het over
je zelf afgeroepen.' 'Dat zegt iedereen steeds. Alsof ik een
masterplan heb bedacht om in een zo ingewikkeld
mogelijke situatie te raken.' 'De wet zegt dat ze terug
moet.' Hij haalt zijn schouders op en maakt een wat-kun-
je-meer-doen? gebaar. 'Het lijkt me toch overduidelijk dat
de bad guys nog achter haar aan zitten.' 'Er zijn zoveel
meisjes als Samya, wou je die soms allemaal gaan redden?
Allemaal hier naar toe halen? Ze worden nota bene
verkocht door hun eigen families. Het gaat hen er alleen
maar om er economisch beter van te worden.' 'Waar
bemoei jij je mee?' 'Nee, waar bemoei jij je mee! Je
intervenieert zonder te weten wat je doet. Steekt je kop in
een wespennest, maar kent de spelregels niet.' Waar heeft
die man het over? Spelregels in wespennesten??

Ik denk aan Samya, zoals ze de eerste keer voor de deur
stond. Een smal verlegen meisje op zoek naar de foto van
haar vader. Het enige wat ze nog had van thuis. Een
meisje wier bestemming gestolen was. 'Ik heb een
geweten!' 'Jij bent zo verrekte naïef. Je kunt dit niet
winnen.' 'Dus moet ik op mijn handen gaan zitten?'
Demonstratief leg ik mijn handen onder mijn kont. 'Trek

niet zo'n pruillip, alsof je een meisje van tien bent dat haar zin niet krijgt.' Maarten kijkt me walgend aan. 'Wat kom je eigenlijk doen? Me de les lezen?' 'Daar ben je allergisch voor, niet waar? De prinses bepaalt zelf wat ze doet en accepteert geen kritiek.' 'Ga maar weg.' 'Nee,' zegt hij. 'Ik heb me voorgenomen om je te vertellen wat ik ervan denk. Ik ga niet langer toezien hoe jij je dochter en moeder meesleurt in je windmolengevechten.' 'Dus de toeschouwers hebben gelijk, vind jij. De mensen die kijken en niet willen zien. Die zich verschuilen achter regelgeving. Vijftig procent plus één bepaalt wat geoorloofd is en wat niet. En als je dan ziet hoe ze aan die meerderheid komen..... manipulatie en volksmennerij.'

Ik zit nog steeds op mijn handen, die beginnen te tintelen. Maarten slaat geagiteerd zijn langere been over het iets kortere. 'Je haalt er veel te veel bij.' Hij is slecht geschoren. Ik bestudeer de stoppels op zijn kin. Nu is het buigen of barsten. Ik weiger te buigen. Maar hij zegt: 'Luister, ik wil geen ruzie met je maken. Dit is te groot voor jou. Ik maak me zorgen.' Hij probeert zijn arm om me heen te slaan. Ik weer hem af. 'Je wordt mager en bleek en isoleert je van de samenleving. Daar help je ook Samya niet mee.' 'Wat is verantwoordelijkheid?' vraag ik hem. 'Je eigen hachje redden en dat van je bloedverwanten? Ik heb Samya min of meer geadopteerd. Als het Amelie was geweest, zat ik hier niet, dan was ik gaan zoeken, al moest ik ervoor naar Nigeria. Niemand doet dat voor Samya. Ben ik laf omdat ook ik dat niet doe? Breek ik een belofte? Ik weet dat ze dik in de penarie zit.' Nu accepteer ik wel dat hij zijn arm om me heen slaat. 'Je bent niet laf,' zegt hij. 'Alleen eigenwijs en veel te wantrouwig naar de autoriteiten. Het zijn echt niet allemaal rechts extremisten bij de politie. Mijn tweelingbroer zit in een speciaal team om vrouwenhandelaren op te sporen. Hij denkt dat Samya probeert het land uit te komen en een nieuw leven op te bouwen, ergens waar niemand haar kent of zoekt.' 'Waar?' 'Veel mensen proberen naar Engeland te komen, omdat ze denken daar gemakkelijker een verblijfsvergunning te krijgen. Bovendien is het overzee, dat voelt verder weg. Als je haar echt wilt zoeken, help ik je, maar doe het dan goed en breng jezelf en anderen niet onnodig in gevaar.' 'Engeland...'

## samya

De trucker bevrijdde me uit de tussenwand op Engels grondgebied. 'Vergeet hoe je hier bent gekomen,' zei hij. - Keek of hij ergens spijt van had- 'Die kant op lopen, dan kom je bij een station.' - Stopte me een paar bankbiljetten toe - 'Het ga je goed.' Toen stapte hij in zijn vrachtwagen en reed weg. Geen Debby hier. Geen verleden. Het Engeland waar hij me achterliet, is net zo plat als Nederland, net zo grijs of misschien zelfs grijzer. Met zijn geld kan ik net de treinkaart betalen, enkele reis hoofdstad. Een stad die, dat zie je al vanuit de trein, een stuk minder grijs is dan de rest van het land. Ik val hier niet op. Ik heb geleerd me te bewegen alsof ik thuis ben. Politie en criminelen ruiken vreemdelingen op meters afstand. De taal is gemakkelijk. Van mijn accent kijkt niemand op. Er zijn zoveel Afrikanen. De gewoonten zijn moeilijker. Net nog liep ik bijna onder een auto. Die kwam van de verkeerde kant. Dat komen ze allemaal en Londen is een verkeersdrukke stad. Er is een groot park. Daar vind ik vannacht wel een vriendelijke struik om me warm te houden. Nee, ik denk niet door. Stop! Er gebeurt niets. Ik zorg gewoon dat niemand me ziet. Honger? Hoe kan dat nou, dat heb ik niet. Ik heb genoeg vet op mijn botten om dagen lang zonder eten te kunnen. Bovendien zijn hier vuilnisbakken met etensresten. Nee, dat gaat heus wel lukken. Ik moet gewoon niet verder denken dan het nu. Niet gaan sluipen, rechtop lopen, alsof je het volste recht hebt hier te zijn. Langs die Bobby. Vriendelijk lachen, maar niet te vriendelijk. Gewoon geen aandacht trekken. Hoor ik mijn naam? Dat kan niet. Ik ken hier niemand. Niemand kent mij. Doorlopen... Van wie is die stem toch? Een hand op mijn schouder. Ik moet me omdraaien. 'Je bent het, jawel je bent het!' Opgetogen springt het meisje om me heen. Het is de Poolse uit de bar, die me opving na de eerste molshoop. Kan ik haar vertrouwen? Wat doet ze hier? Zij is eerst. 'Wat doe jij hier?' Ze redt me door meteen door te praten. 'Ik woon nu in Londen. Ik ben getrouwd!' Ze laat haar ring zien met een klein diamantje. Dan fluistert ze. 'Een Engelse klant. Hij kwam steeds vaker. Altijd koos hij mij. Hij begon tegen me te praten. Op een dag heb ik met hem afgesproken en we zijn gevlucht. Oh, wat ben ik blij om je te zien. Na die razzia wisten we niet wat er met je gebeurd was.' Ze kijkt me verwachtingsvol aan. En ik kijk terug. Naar haar Poolse rondingen en rozerode wangen. Ze draagt bont en kant op hoge hakken die enkellaarsjes blijken te zijn, waarboven een zilveren enkelbandje zachtjes glimt. 'Kom, heb je even tijd? Dan drinken we koffie.' Ze sleept me mee naar een Starbucks.

'Ik trakteer. Wil je er iets bij?' Verlegen kies ik een chocolade muffin. We zitten aan het metalen tafeltje met de afbeelding van een koffiemeisje op het blad. Ik probeer niet te schrokken. Zytka, ineens herinner ik me haar naam, kijkt me begripvol aan. 'De Engelsen noemen me Rose. Ze vinden Zytka te moeilijk,' zegt ze. 'Je hebt honger, hè? Ik haal een sandwich voor je, dat is beter dan zo'n muffin.' Ze komt terug met een dik belegde bacon & egg en nog een grote chocolademelk. Ze heeft me door. Dan kan ik het net zo goed vertellen. Ik begin te praten en hou niet meer op. Twee uur later, en drie chocomel, weet Zytka, nu Rose, alles van me. 'Je komt met mij mee. Mijn man is niet thuis. Hij werkt op een booreiland en blijft weken weg. Ik ben dus maar alleen.'

We lopen naar zo'n typisch Londense straat met eens witte huizen met rondhoekige erkers die er van buiten statig en imposant uitzien. Binnen is het klein, want het huis is opgedeeld in appartementen, en oud, maar wel gezellig. Zytka woont op de benedenverdieping met openslaande deuren naar een kleine binnenplaats die volgegoten is met beton. Er staat een grote boom in het midden, waar het beton zich heeft teruggetrokken en een cirkel van zwart zand afsteekt tegen het grijs. Zytka wijst me de badkamer en verdwijnt in de volle keuken, vier muren kastjes met een fornuis ertussen gepropt, oven ingebouwd eronder, en drie lichtblauwe kastdeuren. Verder staat er een enorme koelkast die te groot is voor de ruimte, een aanrecht dat blinkt en waarboven messen hangen, keurig op grootte gerangschikt, in de hoek een magnetron, alles verlicht door een glimmende messing hanglamp met peertjes in de vorm van kaarsvlammen. Ik blijf verbaasd achter in de kamer, het hart van de woning, waar de hal, keuken, tuin, bad- en slaapkamer op uitkomen. Beeldjes van geslepen glas en pastelkleurig porselein in de vorm van paarden en danseressen verdringen zich op het eiken dressoir, dat met de poten diep in het hoogpolige, witte met gouddraden er doorheen geweven tapijt zakt. Ook hier messing lampen die dagelijks gepoetst worden. De grote bank met rozendesign moet opzij geschoven worden om in de slaapkamer van Zytka en haar Engelsman te komen. Ze heeft geen extra ruimte, dus we slapen samen in één bed. Ik ben een beetje misselijk van het vele eten, ga op de wc met roze bril zitten en lees exotische namen op de verjaardagskalender. De douche is warm en Zytka heeft me haar badjas van dikke badstof gegeven. Behaaglijk nestel ik me in de rozenbank en drink de thee die ze voor me gezet heeft. Londen is zo slecht nog niet. 'Dus jij werkt niet meer?' 'Niet zo, nee, maar ik maak schoon op de ambassade en volg een opleiding als schoonheidsspecialiste. 's Ochtends leren, 's avonds poetsen. Vandaag ben ik vrij. Ik verveelde me dus ging ik de stad in. Zal ik je nagels voor je doen?' We zitten als zusjes naast elkaar op de bank, terwijl Zytka haar manicuredriften op me loslaat en de televisie luidruchtig dezelfde programma's rondbazuint die in Nederland de ether vullen en die we met argusogen volgen, meelevend met de soaplevens die ons eigen leven doen vergeten. Na gelachen, gehuild en gemanicuurd te hebben, gaan we naar bed. Wat een luxe om in een gewoon bed liggen, onder dekbedden van eendenveren met mijn hoofd op een kussen, schoon gewassen en zonder messentrekkerij. De foto van mijn vader heb ik naast me op het nachtkastje gezet. Hij kijkt ook tevreden.

Zytka probeert stil op te staan, vroeg in de ochtend, maar ik word toch wakker. 'Ik moet naar school, blijf jij maar lekker liggen. In de keuken is eten. Rond twaalven ben ik terug. Dan gaan we iets leuks doen.' Weg is ze. Zij moet verpleegkundige worden, geen schoonheidspecialiste. Ik droom van roze uniformen geweven uit theeblaadjes, gezichtsmaskers van ezelinnenmelk en zachte stemmen. Een jongen roetsjt door de boomtakken naar beneden en komt met zachte voeten neer op het beton. Hij heeft wyberoren en een kromme neus die hij plat drukt tegen het raam van de tuindeur. Zijn inktvisvingers laten bruine vlekken achter op het schone glas. Hij ziet me liggen door de open deur achter de scheefstaande rozenbank, steekt zijn scherpe oranje tong uit en boort met de punt een rond gaatje in de ruit. Uit zijn zak haalt hij een ballon die hij door het gaatje wurmt en vervolgens opblaast. De gummi rekt uit tot een grote bal die langzaam de kamer vult. Dan klapt de ballon met een enorme knal. De jongen lacht hard en puntig, klapt zijn vleugels uit en vliegt steil omhoog. Hij ziet de boomtak niet. Stoot er met zijn hoofd tegen aan en valt op de grond waar hij blijft liggen. Ik loop naar hem toe om te kijken hoe het met hem is. Beweeg de lucht door de deur de openen. Hij zweeft weg als een blad. Tot hoog in de lucht. Dan verdwijnt hij uit het zicht. 'Dat is de huisgeest van de bovenbuurman,' zegt Zytka laconiek. 'Hij doet dat wel vaker.' Zuchtend ruimt ze de ballonrestanten op en hangt ze in een plastic zak aan de boom. 'Je mag niets van hem aannemen, dan ben je zijn slaaf,' verklaart ze. Ik zie nog een sliertje gummi liggen en stop dat er gauw bij.

Ik word wakker als de deur open gaat en Zytka neuriënd binnenkomt. 'Kom lazy lady, we gaan lol maken.' Ze heeft een fles wodka in een papieren zak en een rood doosje in haar handen. 'Uit Nederland,' lacht ze geheimzinnig een joggingbroek mijn kant op gooiend. 'Trek aan, we gaan op het terras zitten.' De boom verliest een blad als ik even later naast haar op de plastic tuinstoel met gebloemde kussens neerplof. Zytka is druk bezig de pillen uit het rode doosje te breken en druncht de inhoud ervan in een glas. 'Wat is dat?' 'Niks bijzonders, gewoon hoesttabletten.' 'Ben je verkouden?' 'Misschien wel.' 'Probeer maar,' zegt ze even later en houdt me een glas wodka voor waar ze de poeder uit de pillen in gemengd heeft. 'Ik lust geen wodka.' Mijn privé verpleegster heeft geen medelijden. Medicijnen neem je niet omdat ze lekker zijn. 'Je gaat je er beter door voelen. Drink.' Eerst voel ik niets. Dan stijgt de alcohol in mijn bloed. Ik sluit mijn ogen. Het poeder begint te werken. Een regenboog danst van rood naar groen, langs bruine, paarse, oranje, gele, blauwe wolken gekleurd met een glad geslepen potlood uit de dun metalen doos Caran d'Ache van Amelie waar ik minuten lang bewonderend naar kon kijken. De wolken vlieden over en door elkaar heen zonder begin of einde en vermengen zich met de tonen van een viool waar de jongen met de puntoren en oranje tong zonder strijkstok op speelt, terwijl hij over de regenboog buitelt. Ik wil opstaan en meedansen, maar mijn lichaam beweegt niet. Mijn armen liggen op de leuning van de stoel en mijn voeten staan straf op een voetenbankje. Toch vlieg ik. Ik ben uit mezelf getreden, net als ik deed wanneer ik moest werken, alleen nu is het prettig. 'Je hebt gelijk. Ik voel me beter.' Mijn tong is zo dik dat de woorden bijna geen ruimte vinden om zich in mijn mond te vormen. Ik besluit maar niets meer te zeggen. Zytka heeft het toch te druk. Ze voert een geanimeerd gesprek met wezens die ik niet zie over het nut van een moestuin op Mars. Ze lacht en houdt hoog bij laag vol dat paprika's niet giftig zijn, ook de rode niet.

Haar bewegingen zijn net zo traag als de mijne. Ze beweegt haar hand alsof iemand anders het doet. Eigenlijk lijkt ze op een heftruck, zo'n kleintje dat in magazijnen gebruikt wordt en met korte schokjes van voor naar achter tussen de rekken met goederen rijdt, af en toe een pallet tillend, recht omhoog tot aan een plank, even pauze, stukje naar voren, kleine klik, pallet staat, de metalen arm trekt zich er onder uit, zakt recht naar beneden en rijdt blokkend terug naar het begin van de goederengang om weer een pallet strandballen op te pakken. De strandballen hebben de kleuren van de wolken en stuiteren over het zilveren beton van de kleine binnenplaats, waar de musicerende huisgeest van de bovenbuurman nu in kleermakerszit op een dwarsfluit gouden bellen blaast die hoog klinkend kapot knappen tegen de boomtakken.

De kleuren en klanken verdwijnen. Ik wil opstaan. Mijn lichaam blijft zitten. Ik probeer naar de boom te kijken, maar het lukt me niet om te focussen. Tegelijkertijd zie ik hoe ik mijn hand hef op dezelfde mechanische manier als Zytka, maar dan nog trager. Mijn mond beweegt in slow motion en stuit iets onverstaanbaars uit. Ik ben opgesloten in dit lichaam dat koortsig heet wordt en waarbinnen het hart een techno dj nadoet die zijn eigen feestje geeft in beangstigend bastempo. Het klopt tegen mijn ribben die vervaarlijk kraken en waarschijnlijk zo breken. Ik ga dood. Een kreet verlaat mijn mond in slow motion. Zytka trekt me uit de stoel en heftruckt me naar bed.

**lisette**

Ik grijp mijn bewustzijn net op tijd bij de kladden. Hier blijven, onder ogen zien, herinneren. De mist blijft hangen in mijn hoofd. Er zitten dingen onder die ik niet te pakken kan krijgen. Ik probeer de paaltjes langs de weg te tellen, maar we rijden wel erg hard en ik raak steeds de tel kwijt. Dan vertaal ik nummerborden van andere auto's in het Engels. Soms mompel ik bijna hardop, maar Pia doet of ze het niet hoort. We zitten samen in de auto onderweg naar Calais. Daar pakken we de boot naar Engeland. Het is de meest logische route die Samya genomen kan hebben. Amelie is weer eens ondergebracht bij een vriendin. Ik was er op tegen, maar Pia liet zich niet vermurwen. Zij is te klein om alleen te blijven en ik ben te dement om op te passen. Daar kwam het ongeveer op neer. Van opzij ziet mijn dochter er uit als een Griekse godin met rechte neus en klassieke jukbeenderen. Schouders recht en twee handen aan het stuur. Ze rijdt onrustig en claxonneert als iemand niet snel genoeg opzij gaat. 'We hebben geen haast,' probeer ik. 'We hadden twee weken geleden al moeten gaan zoeken,' antwoordt ze kwaad. Er valt niet te argumenteren als ze in zo'n bui is, dus ik ga maar weer nummerborden vertalen: ninety-eight oh nee, eighty-nine. Ik vergis me altijd in de volgorde van de tientallen bij die Engelsen. 'Dat nummerbord ken ik,' zeg ik tegen mijn dochter. 'Welk?' 'Dat daar van die blauwe auto. Ik heb het al een paar keer vertaald, sinds we vanochtend vertrokken.' Ze kijkt me schattend aan. 'Echt!' 'Okay, dan halen we hem in. Kijk eens of je de bestuurder herkent.' Ze geeft gas. 'Het ging te snel. Ik kon hem niet zien.' Pia laat het pedaal los en we minderen vaart. Nu moet hij ons inhalen. De auto blijft voor ons rijden. Bij een benzinepomp geeft Pia op het laatste moment richting aan en verdwijnt op de afslag. De auto rijdt door. 'Weet je het kenteken nog?' Ik laat mijn Niet Vergeten boek zien: 89-wdh-89. We halen koffie en een broodje en draaien de snelweg weer op. 'Let op,' zegt ze, 'of je die auto weer ziet.' Ik kijk alert om me heen, een half uur lang, niets. Dan soes ik in slaap, de cadans van de warme auto geruststellend in mijn oren. 'Ma, kijk!' Pia stoot me aan. 'Daar is-ie weer. Nou ja, het kan ook toeval zijn.' Ze gelooft zelf niet wat ze zegt. De blauwe wagen komt weer rond ons rijden. 'Denk je dat we gevolgd worden? Door wie dan?' 'Ik weet het niet, misschien die lui die Samya zoeken?' 'Ik ben blij dat ik met je mee ben gegaan,' zeg ik. Ze kijkt me aan. 'Ben je bang?' 'Nee, niet voor mezelf. Ik ben een oude vrouw.'

We passeren nogmaals en nu zie ik de bestuurder wel. Luid en duidelijk. Hij kijkt me strak aan. Hij is ook niet bang. Naast hem zit een zwarte vrouw. 'Bel Maarten en vraag of hij het kenteken doorgeeft aan zijn broer.' Pia kijkt een stuk vrolijker. Maarten vloekt. 'We zitten tussen Antwerpen en Gent. Ja een blauwe auto. Donker, donkerblauw. Het merk?' 'BMW', zegt Pia. Ze zet een cd van Alpha Blondy op en zingt hard mee. Ze lijkt in niets op mij, zo rationeel. Ze is sterk. Ze voelt zich verantwoordelijk voor Samya, voor mij, voor Amelie. Ze komt niet toe aan haar eigen leven. De levens van anderen bepalen haar agenda. Pia zet haar eigen ambities opzij voor onze vrijheid. Misschien zingt ze daarom zo hard. De criminelen in de blauwe auto bewijzen dat ze de goede keuze heeft gemaakt door zich verantwoordelijk te voelen. Zonder haar zouden wij gevangenen zijn. Noodzaak maakt het gemakkelijker om je ambities opzij te zetten. Ze stelt zichzelf gerust met de gedachte dat dit eens voorbij zal zijn en ze haar eigen leven terug krijgt. En niet zomaar terug, maar rijker: ze heeft gedaan wat ze moest doen. We komen bij de Franse grens. Er staat een lange rij auto's. Douanes vragen paspoorten en kijken bestuurders nadrukkelijk aan en doorprangen dan met hun blik de bijrijders. De blauwe BMW maakt een plotse beweging naar de ruststrook. 'Goed zo Maarten,' grinnikt Pia.

**samya**

Ik weet niet hoe lang ik daar heb gelegen. Als ik wakker word, is Zytka verdwenen. Ik ben niet dood. Leven doe ik ook niet. Dit moet de hel zijn. Kan Debby me hier bereiken, met haar priester? Of is het de straf van God? Wat heeft Zytka me gegeven? Hoestpastilles? Kan dat? De wodka? De dj in mijn borst danst nog steeds waanzinnig op de snelle beat. Ik neem met trage beweging een slok uit de fles water die naast me staat. Ik moet hier weg. Onzekere pas, nog een, deurpost. Boemtakketakketakboem klettert mijn hart. Zweet plakt het shirt aan mijn rug en armen. Onzekere pas. Ik val over de bank. Een beweging bij de deur. Zytka staat in drievoud naar me te kijken. Alle drie bewegen synchroon in mijn richting, een bosje rozen. 'Gelukkig, je bent bijgekomen! Wat een heftige trip had jij.' Ik probeer mijn oren dicht te houden voor de echoënde stem van de drie Poolsen. 'Ik moet weg. Debby heeft me gevonden. Ik ga dood.' 'Kom, je gaat niet dood. Je moet veel water drinken en wachten tot het over is. Tough it out, girl.' Ze legt me terug in bed. 'Probeer te slapen.' 'Blijf je bij me? Ik doe dit nooit meer. Oh, laat me leven...' Zytka lacht. 'Aansteller. Je hebt gewoon een kater. Je reageert heftig op die pillen. Morgen ziet de wereld er anders uit.'

Ze krijgt gelijk. De volgende dag ziet de wereld er anders uit. Heel anders. Ik sta, eindelijk weer als mezelf, te douchen wanneer een luidruchtige man het appartement binnen komt. Hij trekt de deur van de badkamer met een ruk open. Zijn onderkaak valt en blijft hangen. Ik gil. Zytka in de slaapkamer lacht. 'Samya, dit is Jeff. Baby, dit is een vriendin van me uit Nederland. Ze logeert een paar dagen bij ons.' Jeff is een grote lelijke man met lachje dat twijfel laat of hij cynisch of verlegen is. Zijn ruwe handen zijn voortdurend in beweging. Hij strijkt om de minuut zijn haren naar achter, waardoor zijn gezicht nog ronder lijkt. Als de handen niet met de haren bezig zijn, pakt hij Zytka bij haar borsten of bil. Hij drinkt bier uit blik met flinke slokken, vermorzelt het blikje als het leeg is en werpt het vanaf de bank op de keukenvloer, terwijl hij naar een sportkanaal op tv kijkt. Zytka fladdert om hem heen, druk doende hem te behagen. Ik ben duidelijk te veel. Zachtjes sluit ik de voordeur achter me en ga op in de migrantenbuurt van Londen. De foto van papa laat ik achter op het nachtkastje van Zytka en haar Engelsman. Een spoor, maar voor wie?

Het Londen van de buitenlanders oogt heel anders dan het Londen van de Engelsen waar toeristen op af komen. Het is er minstens even druk, dat wel. En meer beweging. Mensen hippen rond, kwetteren als zebravinkjes, kopen en verkopen eten, sjaals en goedkope schoenen. Behalve de breed uitgezette architectuur en de taal is het hier weinig Brits, en zelfs die taal wordt regelmatig overstemd door uitheemse klanken.

## pia

Het is zo onwezenlijk om achtervolgd te worden, dat ik mijn best moet doen om het te geloven en als ik het dan bijna besef, duiken mijn hersenen weg, omdat angst verlamt en verlamming wel het laatste is wat ik kan gebruiken. Ik zet muziek op en druk het gaspedaal van de auto ver in. Harde opzwepende muziek geeft me een dapper gevoel. Alpha Blondy zingt over opstand tegen onderdrukking. Bovendien lijkt het er op dat we onze achtervolgers hebben afgeschud. Ma kijkt me aan met de blik van een overwinnaar. Maarten belt. Ma neemt mijn telefoon op. 'Nee, ze zijn weg,' zegt ze. Dan belt zijn broer. Hij vraagt uitvoerige beschrijvingen, van de auto die ons volgde, van de ingezetenen en waar ze zijn afgeslagen. 'Hij gelooft niet dat ze hebben opgegeven. We moeten goed opletten of we niet ook door een andere wagen gevolgd worden. Hij vindt dat we terug naar huis moeten gaan. We gedragen ons onverantwoordelijk, zegt hij.' Ma praat monotoon en is nauwelijks verstaanbaar. 'Wat vind jij?' vraag ik haar. 'We zijn al bijna in Calais. Laten we nu maar doorzetten.' 'Maar stel je voor dat we hen naar Samya leiden.' 'Wil je opgeven?' - Scherpe uithaal op het vraagteken – Geen twijfel mogelijk. Zij wil doorgaan met de missie. Ze zal ermee doorgaan, ongeacht wat ik doe. Ik ken mijn moeder, nu wel, nu weer. Halsstarrig als het moet voor wat ze beschouwt als de goede zaak. Ze wil leven dus, niet meer warrig wegduiken in vergetelheid. En ik ook, ik ben ook wakker. We hebben gekozen en kunnen geen van beiden nog terug. Ik parkeer in het centrum van Calais en we nemen het eerste hotel dat we zien. 'Nu shoppen,' zeg ik tegen Ma. Ze fronst haar wenkbrauwen. 'We zijn toerist. We gaan lekker eten en drinken en een beetje rond wandelen, tot we zeker weten dat niemand ons in de gaten houdt.'

Ma wordt vrolijk na haar eerste glas wijn. Ze begint te zingen op het verwarmde terras, een oud lied, maar het klinkt niet slecht. Voorbijgangers stoppen om te luisteren. Ma gaat staan en spreidt haar handen hoog, een ware operazangeres maakt de longen vrij. Een jongen in het publiek haalt zijn djembé uit de tas en begeleidt haar met een beat. De ober vindt het maar niets en wil de mensen van zijn terras jagen. 'Een rondje voor iedereen,' roept Ma en zwaait op de maat van de trommel met een briefje van honderd. De Fransman lacht zuinig en neemt de bestelling op. Nu blijven nog meer mensen staan en Ma gebaart dat hij ze allemaal van drank moet voorzien. Meer omstanders gaan zingen, klappen en op tafels roffelen. Een groepje Roma trekt de violen open, terwijl een klein meisje met de pet rond gaat. Het verkeer raakt verstopt omdat mensen op straat staan te dansen. En Ma schenkt maar bij. Zelfs de ober krijgt een lach op zijn gezicht. Mijn telefoon gaat. 'Fijn zoals jullie overal de aandacht weten te trekken,' zegt de broer van Maarten en hij hangt op. Een politie wagen stopt en agenten verspreiden druk gebarend de flash mob van Ma.

De jongen met de djembé komt aan onze tafel zitten. We bestellen mosselen en beloven gedwee dat er niet meer gezongen wordt, maar de ober is nu wel een vriendje en knipoogt steeds naar Ma als hij voorbij loopt met een dienblad. De percussionist blijkt een Nederlandse moeder te hebben. Hij praat met zacht accent en Franse tonen over zijn bandje en de muzieklessen die hij aan kinderen geeft. 'Alleen, daarom zitten we niet hier,' zegt hij dan. 'U en ik weten dat U niet in Calais bent om muziek te maken. Mijn superieuren zijn niet blij.' Hij zwijgt en kijkt Ma en mij om beurten aan. Ik slik langzaam een mossel door. Ma neemt een grote slok. Dan praat hij verder. 'U loopt door

een belangrijke operatie heen en brengt deze in gevaar.
Hoe zeg je dat in het Nederlands? Olifanten die dansen in
een porseleinkast?' 'Wat heeft dat met Samya te maken?'
vraagt Ma. 'De politie heeft niets gevonden, haar
verblijfsvergunning is ingetrokken en ze loopt gevaar. Wij
zijn de enigen die zich iets van haar aantrekken.' 'Tussen
ons: Jay heeft gepraat en we hebben nieuwe
aanknopingspunten. Het gaat over veel meer vrouwen en
veel meer dan dat. We kunnen de operatie niet in gevaar
brengen voor een enkel meisje.' 'Mooi is dat!' Ma trekt
met haar neus. Een signaal dat ze boos wordt. 'Jullie willen
succes behalen over de ruggen van de slachtoffers.' 'Mais,
Madame.. natuuurlijk niet – hoog uithalend op de uu.
Maar we kunnen niet toestaan dat het redden van
seulement één meisje het oprollen van een organisatie
criminelle belemmert.'
De Franse woorden waar hij zijn zinnen mee doorspekt,
geven me hoop: hij voelt zich aangesproken. Ik laat een
foto zien. 'Dit is Samya. Misschien betekent ze niets voor
jou, maar voor ons doet ze er toe.' Hij glimlacht bij zoveel
sentimentaliteit en opent een album op zijn telefoon. 'Dit
zijn tientallen Samya's. Kijk goed naar hun gezichten. Zij
hebben geen zingende oma's die reddingsoperaties
optuigen.' 'Wat wil je van ons?' vraag ik hem. 'Het liefst
zie ik jullie onmiddellijk keren, terug naar Olland.' Ma
trekt weer met haar neus en ik frons mijn wenkbrauwen.
'Bien,' geeft hij toe, 'dan moeten we stevige afspraken
maken.' 'Zoals?' Ma klinkt scherp. 'Jullie gaan niet op
eigen houtje rondneuzen en vragen stellen. Geen aandacht
trekken. Niet naar het vluchtelingenkamp en je houdt
contact met mij. Als je iets vreemds opmerkt, meteen
melden.' 'Nou,' zegt Ma. 'Aan de overkant van de weg
staat een man al een kwartier lang te doen of hij op
iemand wacht, maar hij kijkt steeds naar ons.'

De Franse agent zit met zijn rug naar de straat. Hij staat op en geeft me zijn telefoon. 'Maak jij een foto van uw moeder en mij?' Ik knip, terwijl hij over mijn schouder heen naar de overkant van de straat tuurt. 'Okay, nu een met jouw telefoon. Geef de mijne maar terug.' Ik geef hem zijn gsm en pak de mijne om nog een paar kiekjes te knippen. Hij doet hetzelfde met zijn telefoon, maar fotografeert niet mij. Hij houdt het toestel tot boven mijn hoofd. 'Kun jij zover inzoomen?' 'Bond heeft Q. Wij hebben een technische afdeling,' zegt hij met zijn nog steeds charmante accent. 'Kent u hem?' vraagt hij Ma als hij weer tegenover haar zit en de foto toont. 'Hij bestuurde de auto die ons volgde, een blauwe BMW.'

## lisette

'Luister, Pia, ik ben het wel met die Fransman eens, niet alle Samya's hebben zingende oma's die hen zoeken. We moeten fundamenteel iets veranderen.' 'Ja Ma, ik zie de krantenkoppen al.' 'Niet zo cynisch.' 'Ik ga slapen, Ma.' Mijn dochter draait zich om en begint meteen te snurken. Ik ben te opgewonden om te kunnen slapen. Stil verlaat ik de kamer en vraag aan de receptionist van het hotel om een taxi te bellen. De chauffeur kijkt me aan of ik gek ben. 'Naar het vluchtelingenkamp, midden in de nacht?' Langs de weg loopt een katachtig beest met groene ogen die spookachtig oplichten in de koplampen van de auto. De taxichauffeur begrijpt mijn vraag, of hier lynxen leven, niet. De rest van de weg zwijgen we, tot donkere contouren oprijzen in de pikdonkere nacht. 'Daar is het.' De man wijst. 'Ik ga niet verder.' 'Kunt u hier op me wachten?' Hij maakt een wanhopig gebaar dat ik als bevestiging opvat. Zodra ik uitstap, keert de auto en rijdt in volle vaart weg.

Om me heen ligt het trieste landschap van Noord Frankrijk nog duister gehuld. De smalle asfaltweg onder mijn voeten leidt recht naar de stad der wanhopigen, waar behalve enkele rondkruipende schaduwen, niemand lijkt te bewegen. Dichterbij gekomen hoor ik de onrustige dromen en lichamen die op dunne matrassen en kartonnen schuren.

Natuurlijk miezert het. In zo'n omgeving hoort het te miezeren, langzame nevelachtige regen die met doorzettingsvermogen tot op de botten doorweekt. Ik struikel bijna over wat een kampvuurtje moet zijn geweest. Schop tegen afval dat zwerft zoals de mensen die het achtergelaten hebben. Ik nader het eerste bouwsel, strek mijn hand uit om het aan te raken. Dan knalt licht aan in zo'n hoeveelheid dat het niet zou misstaan bij een filmpremière. Een zware stem roept iets door een megafoon. Ineens rennen overal mensen. Ik sta stil in de draaiende wereld, ben het oog van de storm. Niet voor lang. Het gedrang botst tegen me aan, duwt me, tolt me rond in ongecontroleerde pirouettes. Kinderen huilen, moeders krijsen, mannen vloeken. Mensen worden in bussen geduwd. Ik zie hoe een vrouw haar dochtertje uit het oog verliest en spartelend meegevoerd wordt door een marechaussee. Even later is het kind ook uit mijn blikveld verdwenen. Opeens pakken sterke handen mijn pols en sleuren me mee de overvolle arrestantenbus in. Achter me klapt de deur dicht en we rijden in volle vaart over de asfaltweg. Sommigen lamenteren. Anderen kijken leeg voor zich uit. Een meisje naast me zit op haar hurken met haar armen om haar knieën geslagen en wiegt zichzelf zacht neuriënd. Bij iedere hobbel in de weg, elke bocht, lijkt ze haar evenwicht te verliezen. Dan spannen haar armspieren zich nog strakker om de benen, ze zwaait wat verder door en komt weer in balans op haar voeten, onverstoorbaar door neuriënd. 'Ken jij Samya?' 'Ja', antwoordt ze wat ons geen van beiden verbaast. 'Waar is ze?' 'In Engeland.' 'Goed.' 'Ja.' We worden uit de wagen gejast op een met prikkeldraad afgezet terrein, vlak voor een groot gebouw, waarvan de tralies niets te raden overlaten.

Ze pakken mijn paspoort af en kijken vol verbazing van mij naar het document en weer terug. Ik zeg niets. Mijn vingerafdrukken worden genomen. Ze horen bij het legitimatiebewijs. In druk Frans stelt een agent vragen. Ik versta het niet en doe ook niet mijn best om het te begrijpen. Ik weet waar Samya is. De anderen gaan de cellen in. Ik krijg koffie in een soort wachtkamer. Langzaam droogt de regen in mijn kleren op. Tegen de tijd dat Pia er is, ben ik opgewarmd. Mijn dochter staat met piekharen, onopgemaakt voor me in de kale wachtruimte met gelige stoelen. Stoelen die al vaal waren toen ze nieuw uit de fabriek hierheen gebracht werden. Het was het idee van de vrouw van de commandant. Ze volgde een cursus binnenhuisarchitectuur - 'de psychologische werking van vorm en kleur in besloten ruimtes' - voor correctie instituten, waar ze leerde dat het meubilair niet te uitbundig mocht zijn, wel licht en tijdloos. De vrouw van de commandant hield een aardige zakcent en een paar overgeschoten gele stoelen ('je kunt ze stapelen, altijd handig als er veel gasten zijn') over aan het project. Van de cash gingen ze samen een lang weekend weg, de commandant en zijn vrouw, om aan hun huwelijk te werken, wat overigens vergeefse moeite was, want de vrouw ging er een jaar later vandoor met de fabrikant van de stoelen en richt nu voor haar nieuwe man andere correctie instituten in met de vervolgserie van deze zitmeubelen, ditmaal in de kleur beige, die niet zo veel verschilt van het vale geel hier.

Pia ziet er niet tijdloos uit. Haar gezicht, dat het geel van de serie zetels weerspiegelt, tekent. Voor het eerst besef ik dat ook zij ouder wordt. 'Ik weet waar Samya is,' fluister ik. Ze kijkt me aan alsof ze nog moet besluiten of ze in lachen of in huilen uitbarst. Jonge cadetten marcheren in looppas voor het raam, de maat aangevend met gezang. Een van hen maakt voortdurend een huppelpasje om zijn vrienden bij te houden. Pia besluit te lachen. De huppelende cadet draait zich beledigd om naar mijn schaterende dochter.

## pia

Tranen rollen over mijn wangen. Ik weet zelf niet of ik
lach of huil. Ma kijkt me triomfantelijk aan. Trots dat ze
nieuws over Samya heeft. Ze ziet er jonger uit dan ik me
voel. Hoe krijgt ze dat toch voor elkaar, oud zijn en jong
blijven? Het lijkt of ze nooit nadenkt voordat ze iets doet
en toch doet ze steeds het goede. De meest waanzinnige
kronkels van haar leveren altijd iets op. Haar intuïtie laat
haar nooit in de steek. Haar onschuld redt haar uit elke
situatie. Ze heeft een raadselachtige slimheid die haar door
het leven leidt.

De Franse politie laat ons gaan. Ik wil terug naar het hotel
en vind dat Ma een middagdutje moet doen, maar ze is
onvermurwbaar energiek. Ze wil onmiddellijk de boot
naar Dover nemen. Op het parkeerterrein van de haven
kijkt ze of er iemand is die we mee kunnen nemen. Dat
gaat me te ver. Ik ga geen mensen smokkelen. Gelukkig is
er niemand te zien en stopt daarmee de discussie. Op de
boot laat ik haar de plattegrond van Londen zien en we
halen herinneringen op. Ze is vroeger met mijn vader wel
eens in Engeland geweest. 'Weet je nog de Big Ben?' 'Ja
Mart wilde daar niet in. Hij hield er niet van om toerist te
spelen.' Dan wiegen de golven haar in slaap, terwijl ik de
koppen probeer te tellen.

Aan de bar staat een Ier. Hij heeft iets te vieren, zegt hij.
Of ik met hem wil toasten? Hij is beeldhouwer. Hij heeft
de vorige week een tentoonstelling ingericht met zijn
bronzen, die hij in een laadbak achter zijn auto geladen
had. Zondag was de opening en hij heeft een paar beelden
verkocht. 'Wat voor beelden maak je?' vraag ik hem. Hij
laat een catalogus zien waarin vreemde wezens staan
afgebeeld, enorm kleurrijk. 'Ik dacht dat je zei dat je in
brons werkt?' 'Klopt, brons kun je ook beschilderen.' Ik

zie eenhoorns, cowboys en pistolen, schildpadden met verleidelijke ogen, dikke vrouwen met rode zonnen op hun borsten en mansgrote zwart met geel en oranje schedels. 'Vrolijke beelden.' 'Een Ier heeft vrolijkheid nodig om zijn melancholische inborst te compenseren. En natuurlijk het Ierse weer,' lacht hij.

Ik vraag of hij de kunsthandel van Louis kent. 'Ja', zegt hij. 'Ik heb er zelfs geëxposeerd toen ik net van de academie kwam. Een typische man, hij is erg rijk geworden. Toentertijd had hij geen cent om zijn kont mee te krabben. We gingen samen naar een beurs in Londen. Hij huurde de stand met zijn laatste geld. We hadden twee soorten wijn,' lacht hij. 'De goede was voor klanten. Alleen iemand die iets kocht, kreeg een tweede glas bijgeschonken, zo krap zat hij.

'De voorlaatste avond was er nog maar één piepklein schilderijtje verkocht. "Als ik toch ten onder ga, ga ik in stijl," riep Louis. Hij zette de flessen met dure wijn die over waren in een kring en wij gingen in het midden zitten. Er kwam een mooie meid aan die vroeg wat we deden. Louis zei: "Als je iets uittrekt, krijg je ook een glas". Zij stapt uit haar jurk, kijkt uitdagend en kirt: 'Nu jullie, jullie ook.' Ik trek mijn speciaal voor de beurs geleende colbert uit. Louis zijn broek. Er kwamen steeds meer mensen om ons heen staan. De vrouw vouwt zich op, alsof ze geen ruggengraat heeft. Kin en borst op de grond, haar lange benen strekt ze langs de rug tot boven haar hoofd. Ze pakt haar tenen vast en rolt als een bal soepel tussen ons door. Een cameraploeg kreeg ons in de gaten en die avond waren we in nogal wat landen te zien op het journaal. De dag erna bleef de telefoon maar gaan en Louis verkocht uit.' De Ier lacht. 'Hij heeft toen zelf ook een beeld van me gekocht. Het werk heette "De Vreemdeling", een soort kopvoeter van een meter vijftig

hoog.' 'Dat ken ik,' zeg ik. 'Het staat nu bij ons in de tuin.'
Hij fluit tussen zijn tanden. 'Ik wist dat we iets gemeen
hadden. Ik zou dat beeld graag weer eens zien.' 'Kom
maar langs als je in Nederland bent.' We nemen afscheid
als oude vrienden terwijl de boot aanmeert. 'Wie is die
man?' vraagt Ma. 'Mijn nieuwe minnaar.' 'Goed zo meisje.'

## samya

Het is druk genoeg onder deze brug om het bijna warm te krijgen. De lichaamsgeur van mijn nieuwe vrienden die ongewassen tegen me aan kruipen, overheerst de uitlaatgassen. Een hand glijdt over mijn linkerbeen. Ik sla er hard op. Daklozen hebben hun eigen circuit, een mini samenleving naast de echte wereld, met eigen wetten en gedragscodes. Intuïtief voel ik aan wat te doen. Ik ken deze wereld al vanaf mijn geboorte. Papa was een arme man in een hut in donker Afrika. Reizigers stopten en sliepen bij ons in de hut, opeengestapeld, net als hier. Sommigen stalen soep voordat ze vertrokken. Anderen gaven wat van hun handelswaar als dank voor de overnachting. Ik leerde ze in te schatten en sloot weddenschappen met mezelf. Een soepsteler wachtte ik zelden vergeefs 's ochtends op bij het smeulende vuur. Sommigen gaven me een klap en spraken luid over mijn brutaliteit. Ik leerde de klappen te verdragen en terug te praten. Toen papa overleed en ik bij mijn moeder ging wonen, veranderde de wereld. Mijn moeder was redelijk bemiddeld. Ik verleerde het overleven. Op een moment als dit komt het terug, alsof het nooit weg is geweest. Ik weet wie de soepstelers zijn en van mijn soep zullen ze niet eten. Sirenes rijden af en aan over de brug, maar hier komen de agenten niet. De man naast me slaapt met een groot mes onder zijn tas die hij als hoofdkussen gebruikt. Hij is wel okay zolang hij niet drinkt. Dan wordt hij paranoia en slaat met zijn mes om zich heen tot hij iets raakt. Ik heb zijn fles bijgevuld met water om de alcohol te verdunnen. Nu slaapt hij als een lammetje en mompelt in zijn droom. De jongen die me aanraakte, staat vloekend op en gaat ergens anders liggen. Ik draai me om naar de messenslaper en voel zijn lichaamswarmte op mijn gezicht. Mijn rug wordt snel koud in het vrije spel van de

192

wind. Ik kruip wat dichter naar de stinkende zwerver en trek aan zijn deken. De grond is hard, zelfs voelbaar door de drie lagen karton die ik uitgestrekt heb als bed. Regen valt naast de brug. Dan slaat de vermoeienis toe. In mijn droom buikdansen rivieren door een laag land. Vissen springen uit golven op de aarde en trekken broekpakken aan. Lisette zweeft naar hen toe, gevolgd door een halfgrote zwarte hond met piekharen en glimmende witte tanden. Ze beweegt haar linkerhand als de dirigent van een groot orkest en alle vissen gaan achter elkaar staan op hun staartvinnen. Dan volgen ze haar terug naar de rivier die geel geworden is. Ik word wakker op doorweekt karton in de stank van pis. Boven me ritst de handtastelijke jongen van vannacht zijn gulp dicht. De messentrekker is verdwenen.

Het andere Londen wordt ook wakker. De stroom auto's achter het regengordijn zwelt aan. Mannen en vrouwen in pak besturen aan de verkeerde kant. Ik steek over en ga onder een overkapping zitten. Een passant gooit een euro voor mijn voeten. Nu ben ik officieel bedelaar. Ik sluit mijn ogen om mezelf niet te zien. Het regent munten. Na een uur heb ik genoeg geld voor een kop warme chocolade melk. Ik was me wat in de wc's en vermijd het om in de spiegel te kijken. De chocomel is veel te snel op. Ik ben wel wat warmer, maar hoor mijn maag knorren terwijl ik weer de straat op ga. Een landgenoot botst tegen me aan en ik laat me mee nemen naar zijn huis. Ik had beter moeten weten. Ik wist beter. Maar wat kan ik doen? Tegen het lot? Mijn lot. De deur van het kleine appartement gaat in het slot en ik mag niet weg. Er is een badkamer en een keuken met een beetje eten.

Een avond komt hij thuis met een vriend. Ze drinken bier

en ik moet betalen voor de logies. Met mijn lichaam. Een lichaam dat allang niet meer bij me hoort. De avond daarna heeft hij twee vrienden bij zich. Ze onderhandelen over mijn prijs. Ik lig lusteloos op de bank en doe of ik er niet bij hoor. Dat irriteert mijn gastheer die me beveelt eten te maken en drank te schenken. Londen en Den Haag zijn vanaf nu hetzelfde, alleen ik niet meer. Ik ben niet meer hetzelfde. Lisette zei tegen me dat ik me moest verzetten, 'altijd verzetten tegen wat je niet wilt, dan hoef je later niet te vergeten'. Dan glimlachte ze verontschuldigend en wendde haar ogen af. In de keuken ligt een scherp mes. Kan ik drie mannen aan? Stiekem gluur ik naar de woonkamer. Ik word alweer geroepen. 'Waar blijft die whisky?' Dronken mannen kan ik aan. Dus dronken zal ik ze voeren. Ik breng braaf de whisky, loop nog een keer voor extra ijsblokjes en knipoog naar het mes. Mijn bondgenoot. Ik wou dat ik wist hoe ik ermee kon gooien en raken, zoals mijn tentgenote in Calais.

De bel gaat. Vier grote mannen komen binnen, ze omringen een kleine Napoleon met een vuile mond. Zij komen niet voor mij. De kerels krijgen ruzie over geld. Mijn gastheer biedt mij aan ter compensatie voor zijn schuld. Napoleon schat me in. Zijn lijfwachten doen hetzelfde. Een moment van onoplettendheid. De gastheer trekt een mes en werpt het recht in het hart van Napoleon, trefzeker en met een flair waar mijn tentgenote jaloers op zou zijn. Zijn vrienden beginnen te slaan. De voordeur is niet op slot. Ik vlucht naar buiten, ren over de galerij van de flat, door het trappenhuis met de betonnen treden en graffiti op de muren. Maar ik ben blind. Ik zie de kreten niet, lees de woorden niet, alleen de kleuren trekken in razende vaart langs mijn ogen. Oftewel, ik ren zo hard ik kan, verzwik mijn enkel maar voel geen pijn, kan me geen pijn veroorloven, en bots tegen een Somalische vrouw op. Ze kijkt me verwijtend aan en begint te schelden. Dan ziet ze het grote mes in mijn handen en verstomt. Ik kijk ook naar het mes. Laat het kletterend vallen en ren door. Buiten stroomt bloed uit de hemel. Een man valt van het balkon. Overal waar ik kom, is geweld. Ik kan de vallende man net ontwijken. Zijn lichaam spat op de stoeptegels. Iemand heeft de politie gebeld, want van alle kanten klinken sirenes. Ze omsingelen de flat. Ik ren weg van de vermorzelde crimineel. De hoek om en vertraag dan, alsof ik een onschuldige wandeling in de frisse avondlucht maak. Agenten rennen langs me alsof ik onzichtbaar ben. Een oude man aan de overkant van de straat staat hoofdschuddend te kijken terwijl zijn hond met opgeheven poot een boom markeert. Mijn enkel is nu opgezwollen en steekt. Hinkend verlaat ik de scene die over een uur beschreven wordt door de media als weer een grote overwinning van de autoriteiten op terroristen. Ik zie de beelden door ramen van kroegen die grote tv schermen hebben hangen voor klanten die liever niet praten. Op een hoek zak ik in elkaar. Ik blijf liggen midden op de stoep. Het kan me niet meer schelen. Ze mogen me vastzetten, uitzetten, doen wat ze willen, ik verlaat mijn lichaam met het voornemen er nooit meer in terug te keren.

∽

**lisette**

Hoe zoek je een meisje in een wereldstad? Een illegaal meisje nog wel? Dat staat niet in de reisgids die we bij ons hebben. Pia spreekt een dakloze aan, die rondloopt met zo'n krantje. Hij schudt zijn hoofd meewarig. 'Als ik het al wist, zou ik het jullie niet vertellen,' denkt hij. 'Twee keurige blanke dames, wat moeten die met een zwarte meid? Restitutie vragen voor een kopje, gebroken terwijl ze schoonmaakte voor een rotcent?' Hij wil geld voor een overnachting. Pia geeft hem een paar losse pennies uit haar zak. Het is duidelijk niet genoeg. Brommend in zijn gelijk over de krenterigheid van blanke vrouwen, draait de zwerver met zijn krant van ons weg.

Mijn dochter heeft weer meer kleur op haar wangen. De boottocht, of de Ier?, heeft haar goed gedaan. We lopen naar de metro, daar is het warm en druk, een geschikte schuilplaats, denken we. 'Als ze zich verbergt, komt ze niet aan eten of onderdak.' 'Zou ze iemand kennen en daarom naar Londen gegaan zijn?' 'Als ze ergens binnen zit, vinden we haar nooit.' 'Wat zou jij doen in haar plaats?' 'Als ik niemand zou kennen, zou ik naar een buurt gaan met veel migranten.' 'Als ze iemand kent, is dat waarschijnlijk ook een migrant.'

De metro brengt ons naar een bepakte uithoek van Londen waar mensen niet efficiënt rechtdoor lopen, maar in boogjes naar elkaar toe bewegen. Plassen op de weg spiegelen regenboogkleuren opgeschrikt en uitgewaaierd door auto's met deuken die eveneens in bogen om elkaar heen dansen. Soms hoor je een klap, wat gescheld tussen twee bestuurders die elkaar na het luchten van hun harten een hand geven, ja zelfs omhelzen, en weer doorrijden.

Op de hoek is een bioscoop waar aan de letters te zien Arabische films draaien. Donkere mannen en prachtige vrouwen wachten voor de ingang tot de deur opengaat.

Een acteur wordt geïnterviewd. Hij staat voor de filmposter en stoot voor mij onverstaanbare keelklanken uit. Tijdens het gesprek zwaait hij naar voorbijgangers die hem allemaal lijken te kennen. Hij spreekt hen ook aan en zij glimlachen. Sommigen stoppen om hem een hand te geven of voor te stellen aan hun kleine dochter die huppelend opkijkt naar papa. De acteur legt zijn hand op de schouder van de kleuter en zegt iets aardigs, want ze schatert het uit.

Pia heeft er geen oog voor. 'Kom Ma, loop eens door.' Ze trekt me dwars door de groep wachtende mensen. Die wijken beleefd voor mijn blinde dochter en mij. Haar vinnige hakken, zigzag klikklakkend langs schoenzolen op de volle stoep, tikken een ritme dat zenuwslopend voor trommelvliezen van gevoelige oren zou kunnen zijn, worden overstemd door zangerige stemmen en gemopper van auto's. Ik kan me zo niet concentreren. Waarom laat ze mijn hand niet los? Ik besluit mijn arm te laten rekken, dunner en langer, tot het ledemaat op een zijden draad lijkt. De kleur ietwat onbestemd, zoals de huidskleur van oude mensen nu eenmaal is. Mijn langdradige lichaamsdeel raakt verknoopt met de sjaal van een vrouw en neemt deze mee op de vlucht. Ik kan mijn hand niet meer zien zover vooruit is Pia, die een stevige greep heeft. Een man grijpt naar zijn keel. De nog nauwelijks zichtbare snaar die niet veel meer is dan een lijn getekend met een goed geslepen potlood, wurgt hem. Ik dans snel een rondje waarmee ik hem verlos van het wurgdraad om zijn nek. Pia loopt nog altijd zigzaggend door. Het reddende rondedansje brengt me verder achterop. Haar grip verslapt ietwat en mijn hand schiet met ijzingwekkende vaart naar me terug, klapt tegen de wangen van de net niet gestikte man en voegt zich weer bij mij. Langzaam krijgt mijn arm weer de oorspronkelijke vorm, maar ik voel wel tintelingen. De man slaat terug, maar raakt een ander, die toevallig twee koppen groter is, in zijn maag. Sommigen vechten. Anderen vluchten. Twee meisjes dansen op vallende vluchtelingen. Ik struikel over een stoeptegel en val recht in de verschrikte boezem van een forse vrouw gehuld in groen zijde. Dan zie ik haar liggen, Samya, een hoek verder, links van ons in de zijstraat. Ik weet niet wat ik herken, misschien haar houding, misschien hoor ik een lichte kreun zoals toen ik haar achterna liep na de rechtszitting. Pia kijkt geërgerd als ik in plaats van haar te volgen, linksaf sla op weg naar een hoopje dat net zo goed een vuilniszak kan zijn. Er liggen wat muntstukken naast haar op de grond. Een voorbijganger tast in zijn borstzak met los geld om erbij te werpen. Het is een routine gebaar zonder aandacht. Hij vertraagt zijn pas niet. Samya ligt onbeweeglijk in foetus houding op de koude stoep. Haar voet in een onnatuurlijke buiging. Voorzichtig leg ik haar hoofd op mijn jas en probeer haar pols te voelen. De littekens van sigarettenpeuken schrijven braille voor mijn analfabete vingers. De groene zijden vrouw staat naast me te bellen. Een jongetje raapt de munten op. Hij wordt in zijn kraag gepakt door een strenge man en laat het geld tegelijk met de blakende tik op zijn wang, kletterend terugvallen op de tegels. Meer mensen groeperen zich om ons heen. Een auto met sirene stopt, mannen tillen Samya op de achterbank.

Een hand beroert mijn schouder van achter. 'Zo Oma, laat het vanaf hier maar aan ons over.' Witte tanden blinken in zijn koolzwarte gezicht, het leren jack ver genoeg open om een groot gouden kruis aan zijn nek te zien bungelen. En wat een nek! Een boomstam! Spieren vertakkend naar schouders, doorgroeiend in baldadige armen waarop ik in gedachten tatoeages zie van vrouwennamen en drakenkoppen, terwijl ik met verbijstering naar die tanden kijk. Met een beweging van zijn hand draait hij me om en ineens loop ik. Weg van Samya en Pia – Waar is Pia? – Een vrouw neemt me over van Mr WalkingTalking Graffiti en dwingt me door te lopen, terwijl ze me met haar ogen waarschuwt om geen kik te geven. Het is een zwijgzaam type met een klein snorretje en een zwarte mee-eter op haar neus. Ik heb zin om 'm uit te knijpen, mijn hand gaat al die richting op, dan beheers ik mezelf en zwaai onbeholpen in de lucht. Ze kijkt er niet van op. Wat een vaart zet ze. 'Hey, ik ben een old lady!' Maakt niets uit. Ze peest door, mij meesleurend in haar kielzog.

Ze brengt me naar een busje twee straten verderop waarin twee mannen druk zitten te bellen achter beeldschermen waarop de positie van diverse politiewagens zichtbaar is. Hijgend leun ik tegen de natgeregende buswand. De vrouw zegt iets tegen haar collega's, haar hoofd door de schuifdeur naar binnen stekend. Ik wandel weg en kijk zo onschuldig als ik me kan herinneren. Vergeefs, met een ruk trekt pukkelneus haar hoofd uit de bus, beweegt als een kip die ogen heeft aan weerszijden van de kop; links-rechts-links, zet een grote stap, zo groot dat het kruis van haar broek hoorbaar scheurt, en vat me bij de slip van mijn jas. Daarvoor heeft ze zich ongetwijfeld moeten bukken, maar dat heb ik niet gezien. Nu trekt ze handboeien en bindt me vast.

De mannen in de bus hebben niets in de gaten. Die praten en kijken naar de schermen. Ik word achter hen gezet en aan de bus vastgeklonken. De autootjes op de teevees rijden allemaal naar hetzelfde punt. Een van de mannen drukt op een knop en zoomt in. Ik ruk aan de boeien. De diknek die me in eerste instantie ontvoerde, steekt nu zijn hoofd naar binnen. Ik steek mijn tong naar hem uit. 'Laat

me los.' Weer blinken die tanden. Dan rent hij weg.
Overal klinken sirenes en de auto's op de schermen razen
voorbij ons. De camera zoomt weer uit en verlegt de
focus naar de race in onze straat.
Mensen duiken weg in portieken. Een auto wordt
klemgereden. Het regent plenswater, waardoor het beeld
wazig wordt. Een van de mannen in de bus schreeuwt nu
bevelen door zijn telefoon, of misschien is het iets anders,
in ieder geval lijkt het alsof er iemand luistert, want op het
scherm zie ik alle grote lichten van de auto's aan gaan en
deuren openklappen. Alle portieren tegelijk, lange benen
van danseressen strekken op de maat. Er valt iets uit de
omsingelde auto, in een regenplas. Het blijft liggen.
Iemand schiet. De man aan de telefoon schreeuwt nog
harder. Dan rent hij naar buiten, zonder zijn jas aan te
trekken. Ik sta gebukt met mijn hoofd tegen het lage
plafond van de bus, mijn handen aan de arrestantenpaal
gebonden, en voel de boeien in mijn polsen snijden. De
andere man verdwijnt ook. Hij trekt zijn jas wel aan. Ik
heb vrij zicht op de teevees. Het hoopje dat uit de
klemgereden auto viel, wordt op een brancard gelegd. De
lichten doven en ik zie  alleen nog een regengordijn
waarachter schimmen bewegen.

## pia

Net had ik haar hand nog vast. Achter me, voor de ingang
van de bioscoop, klapt en juicht het publiek van onder de
paraplus. Acteurs buigen. Een limousine met zwaailicht
stopt. Mensen worden gek, willen de vrouw die uitstapt
allemaal aanraken. Ik herken haar van de posters waarmee
de straat is volgehangen. De acteurs banen haar een pad,
ze worden gevolgd door muzikanten die droevige muziek
spelen in de regen. Ik duw mensen opzij om Ma te vinden.
Ze is nergens te bekennen. Het is kennelijk een belangrijke
première, meer auto's rijden aan, de muziek begint te
loeien. De actrice valt amechtig met haar zwarte jurk op
het drijfnatte rode tapijt. Hier is Ma niet meer.

Terwijl het theater achter me een dramatisch hoogtepunt
bereikt, sta ik verzopen verloren. Waar kan ze heen zijn?
Ik loop een straat in, draai om, andere straat, zie
nauwelijks iets in de donkere regen. Als ik niets meer voel
en niets meer zie en al die mensen door mijn oren naar
binnen komen maar ik geen bekende stem kan ontdekken,
loop ik een restaurant in en bestel koffie. 'Doe er maar een
cognac bij,' roep ik de vrouw na. Ik lust helemaal geen
cognac. Het bijt door je keel, kookt in je slokdarm en
vecht met je maagzuur. Precies zoals ik me voel dus,
behalve dat ik het opeens steenkoud heb. Ik vloek op Ma,
bestel een gerecht waarvan ik de naam niet uit kan
spreken, laat staan dat ik weet wat het is. Ik bestel het eten
alleen maar om mijn eigen stem te horen, zodat ik zeker
weet dat ik er nog ben, zichtbaar en hoorbaar. Iemand die
iedereen verliest, moet opletten zelf niet als rook te
verdwijnen. De serveerster ziet en hoort me. Ze brengt
een enorm bord met rijst en saus vermengd met kip om
naast het onaangeraakte glas cognac te zetten. Peinzend
staar ik naar het stilleven voor me. Er ontbreekt nog iets.

De koffiekop dissoneert.

Ik wenk de serveerster die precies aan de goede kant van mijn tafel komt staan, vooral met dat koffiekopje in haar hand. Laat haar even wachten en maak een mentale foto. Dan vraag ik om een groene salade voor de kleur en rode wijn. Dat laatste daar heb ik nu wel zin in. 'Breng maar twee glazen,' zeg ik haar. 'Twee rode wijn.' Met het ene glas in mijn hand herschik ik de tafel zo dat de compositie naar mijn zin is. Genietend van de overvloedige harmonie voor me, drink ik rustig. Stoel een beetje naar achter geschoven. Langzaam krijgen mijn gedachten vorm.

'Zin in gezelschap?' Zonder mijn antwoord af te wachten schuift de man aan tafel. Ik herken hem onmiddellijk als de Castor van Maarten. 'Ik ben Ma kwijt.' 'Daar lijkt het wel op, ja,' antwoordt hij droog. 'Bas, broer van,' stelt hij zich voor. Hij pikt wat van de salade, waardoor zwarte olijven uit het groen oppoppen. 'Ik dacht dat jullie je koest zouden houden. We hebben onderhand meer werk aan jullie twee dan aan die maffiose bende.' 'Weet jij waar Ma is?' 'Ze hebben haar meegenomen.' 'Wie?' Ik haal hoog uit van emotie. 'Veiligheidsagenten. Ze liep dwars door de festiviteiten van een filmpremière en sloeg mensen in hun gezicht. Toeschouwers raakten in paniek. Iemand riep iets over een terroristische aanslag. Zij was de terrorist. Ze zal inmiddels wel op een of ander politiebureau zitten. Jullie waren op het verkeerde moment op de verkeerde plaats. Het Arabisch filmfestival wordt geopend met een film die zowel bij Moslim- als Christenfundi's heftige reacties oproept. Londen staat stijf van de spanning.' 'Dus worden oude vrouwtjes opgepakt?' 'Veiligheid voor alles.' De ondertoon van spot in zijn stem ontgaat me. 'Mag ik?' Hij wijst naar het glas met rode wijn. 'Ga je gang.' Harmonie duurt nooit lang. Waarom er dan aan vasthouden? Als hij zin heeft in een wijntje, dan pakt hij het maar. 'Ook een hapje?' vraag ik onschuldig. Rechercheur Bas kijkt onderzoekend van de tafel naar mij en weer terug. We drinken zwijgend tot de glazen leeg zijn. Hij rekent af.

Alsof het de normaalste zaak van de wereld is, lopen we samen naar buiten. Bas houdt de deur voor me open. 'Al nieuws van onze Nigeriaanse vriendin?' 'Ja de krant staat er vol mee,' spot ik. Hij wil iets terugzeggen wat heel gevat klinkt, maar terwijl hij zijn hoofd naar me draait, ziet hij een man voor een kiosk een krant lezen en in onze richting, op pagina drie, staat een levensgrote foto van Samya. Haar ogen kijken ons verdrietig aan: 'Crime of Passion' schreeuwt de kop.

Pia en Bas stappen in de huurauto van Bas en rijden naar het dichtstbijzijnde politiebureau, waar hij zich identificeert als recherche en dus door gesloten deuren heen kan. Pia moet wachten. Hij vertrekt met een dikke grijns. Pia houdt niet van wachten. Ze zit op haar stoel te wippen, wat de afkeurende blik van de dame achter het loket oplevert die zich maar moeilijk kan concentreren met zo'n kikkerachtige vrouw voor haar neus. Ze doet een studie naast haar baan en zit te blokken voor het examen morgen. Als ze het niet haalt, moet ze haar baas het collegegeld terug betalen en ze heeft niet gespaard. Wie spaart er nu nog?

Bas blijft maar weg en Pia wordt langzamerhand moe van zichzelf. Ze valt in slaap, haar hoofd bungelt zachtjes van links naar rechts, wat de receptioniste nog meer afleidt. Ze begint onwillekeurig te gapen. Achter in haar open mond

wapperen grote amandelen zonder gêne op de
luchtstroom. Door die amandelen is ze zo vaak
verkouden, zegt haar man, die wakker ligt van het gesnurk
van zijn studerende en werkende echtgenote en zelf nu
ook zit te knikkebollen achter beeldschermen van de
bewakingsdienst van een of ander ministerie. Als Bas
eindelijk terugkomt, klinkt zusterlijk geronk eensgezind uit
de kelen van de twee vrouwen. De lokettiste is het eerst
wakker. Bang om betrapt te worden, slaapt zij minder diep
dan Pia. Ze glimlacht verontschuldigend naar Bas daarbij
knipperend met haar wimpers, een gewoonte die ze heeft
aangenomen toen het huwelijk wat al te saai werd en een
gehaktballetje tussen de biefstuk door een geheime wens
werd, die ze nooit zal vervullen omdat ze daar het lef niet
toe heeft. Ze zucht en diep zelfmedelijden welt in haar op.
Dan richt ze haar blik op het scherm voor haar,
schouderophalend over het lot dat haar zonder
ruggengraat geboren heeft doen worden. Bas heeft het
niet eens in de gaten. Hij wekt Pia terwijl hij handig met
een hand de toetsen van zijn mobieltje bespeelt om zijn
collega's in te seinen over het nieuws. 'Nieuws?' Pia
schrikt wakker. 'Over je moeder weten ze hier niets.
Samya schijnt betrokken te zijn bij een steekpartij in een
flat hier niet ver vandaan. Ze is gevlucht met het mes nog
in haar handen. Vier doden. In de flat zijn foto's van haar
gevonden. Iemand heeft die gelekt naar de krant. Waar ze
zelf is, is onduidelijk.' Zijn telefoon trilt. Bas leest het
bericht, zijn wenkbrauwen doen een dansje zonder
choreografie. 'Ik breng je naar je hotel.' 'O?' 'Een warme
douche en dan in bed. Lijkt me in jouw geval geen
overbodige luxe.' 'Ik kan toch niet slapen,' antwoordt Pia.
Ze pakt een deo uit haar handtas, trekt de hals van haar
shirt naar beneden en spuit de geur van jasmijn op haar
oksels. 'Zo. Ik ben er klaar voor.' De lokettiste volgt het

duo, sluiks toekijkend van onder haar pony die een tikje te lang en aanzienlijk te blond is. De jasmijnlucht kriebelt een glimlach op haar mond.

## lisette

'Kun je me nu eindelijk losmaken?' De vrouw is tegelijk met de twee mannen terug gekomen. Ze kijkt me aan alsof ze me vergeten was en het onbeleefd van me is om haar aan mijn aanwezigheid te herinneren. 'Kunt u zich legitimeren?' Ik wijs naar mijn handtas op de achterbank. 'Ik heb een paspoort, dus ik besta,' grap ik, maar mijn verregende gijzelnemers kunnen er niet om lachen. 'Wat deed u bij de bioscoop?' 'Ik zocht mijn dochter.' 'Waar is uw dochter?' Ik vervaardig me niet om antwoord te geven op die stomme vraag en kijk haar recht aan. 'Waarom begon u een vechtpartij?' vraagt een van de mannen. 'Ik? Ik deed niets. Mijn hand schoot terug en raakte per ongeluk die man, maar anders was hij gestikt.' 'U komt uit Nederland, wat doet u in Londen?' 'Bomaanslagen plegen natuurlijk,' antwoord ik chagrijnig. 'Wat moet je hier anders op mijn leeftijd?' De derde voegt zich bij het gesprek. 'Mevrouw, ik snap dat u zich onheus bejegend voelt' (wat een taal!) 'maar u moet begrijpen dat wij ons werk moeten doen.' (hij moet nogal veel, die jongen) 'Het zijn gevaarlijke tijden en de première van vanavond was een risico-evenement. Wij mogen geen enkele onregelmatigheid onopgemerkt laten, dit is landsbelang.' (waar heeft hij het in godsnaam over?) 'Luister mensen,' zeg ik terwijl ik weer ga staan, schouderbladen drukkend tegen het busdak, hoofd gedwongen in het verlengde meegebogen, ongemakkelijke houding. 'Ik ben geen gevaar voor jullie land of welk ander land ook. En ik ben ook niet van plan het te worden. Veel te vermoeiend. Jullie houden me al ik weet niet hoe lang vast in deze verrotte bus en ik ben het beu. Dus je maakt me los en schrijft je namen op een papiertje, dan hoor je wel van mijn advocaat.' Ik verbaas me over mezelf. Advocaat? Waarom ook niet. Het lukt niet helemaal in deze houding, maar ik probeer mijn gezicht te plooien in de uitdrukking van een vrouw met gezag. Het werkt op de man met de statige woorden. Maar ik kijk naar de vrouw, de hardste noot moet je het eerste kraken. Ze zucht alsof ik een drammerige peuter ben, mijn paspoort in haar hand. Tergend langzaam trekt ze pen en een blocnote uit haar binnenzak, mijn paspoort nog steeds vasthoudend, legt het schrijfgerei op het kleine tafeltje, paspoort ernaast, en tekent met schooljuffen handschrift haar naam en een nummer. Slaat een pagina om en noteert gegevens uit mijn identiteitsbewijs. Nog een zucht, klinkt als vermomde kreun, rinkelende sleutels die los geklikt worden van het uniform, ze kiest de kleinste en bevrijdt mijn polsen. 'Moeten we u ergens naartoe brengen?' vraagt haar collega. 'Nee dank je. Ik red me wel.' De vrouw is de enige van het stel die me gelooft.

De straat is zowat verlaten, maar in de bars en restaurants is het druk. Stoom tegen de ramen, enkele rokers in portieken voor de deur. Ik loop bij de bus weg alsof ik weet waar ik heen ga. Om de hoek laat ik de vaagheid toe die heel de avond al dreigend in een hoek van mijn hersenen ligt, klaar om het over te nemen. Ik mis mijn Niet Vergeten boek dat in de hotelkamer ligt. Maar al snel is mijn brein met me op de loop en ik vergeet ook het Niet Vergeten boek zelf. In mijn achterhoofd dooft het laatste restje zelfbewustzijn. Ik verzet me niet langer. Dementie neemt over, verjongt mijn gezicht, stuurt mijn gedachten. 'Wat is echt?' vraag ik niet meer. Ik zink weg in de vergetelheid, laat me meevoeren naar de dimensie waar alle lagen dooreen lopen. Het wezen in mijn hoofd dat de knopen doorhakt, staat niet langer onder mijn bevel. Het volgt de eigen wil en legt deze aan me op. Net als vroeger. Het is een verraderlijk veilig gevoel, zoals een verslaafde die terug valt in vernietigend drugsgebruik na een poosje clean te zijn geweest.

Een haastige man botst tegen me aan, of ik tegen hem.
Wat doet Mart hier? Ik heb zijn koffer gepakt voor Lagos,
toch? De zwarte koffer zat helemaal vol, met een grote
teddy beer en ik heb ook babykleertjes meegegeven. Hij
vroeg er nota bene om. Meisjeskleren. 'Ik heb een arme
vrouw ontmoet die net een baby heeft,' zei hij. Hij keek
me niet aan. Ik stelde geen vragen. Dat deed ik allang niet
meer. Maar het verbaasde me wel. Mart was niet bepaald
het liefdadige type. En kleren meenemen voor een baby
was wel het laatste wat ik van hem verwachtte. 'Ze zijn
echt heel arm,' zei hij nog toen hij al bij de voordeur
stond.

Ik volg mijn overspelige echtgenoot, ook al zitten de
kinderen alleen thuis. Het is tenslotte in hun belang dat ik
ons huwelijk red. Ik ondersteun mijn zwangere buik met
mijn hand en hijg. Hij loopt zo hard. Eerst tegen me
opbotsen en dan doen alsof hij me niet ziet en
wegvluchten. Wat een lafaard! Daar ben ik mee getrouwd,
daar laat ik me keer op keer door bezwangeren, zodat ik
aan huis gekluisterd blijf. Luier na luier wassen en wachten
tot hij terug komt.
Mijn vader had me gezegd met hem te trouwen. 'Het is
een jongen van goede komaf met ambitie. Op jouw
leeftijd moet je blij zijn dat iemand interesse toont. Als je
met hem trouwt, is je kostje gekocht. Anders word je de
risee van de buurt.' Ik vond Mart niet onaardig, maar
voelde geen vlinders. Ik begreep ook niet wat hij in mij
zag. Maar hij kwam aan de deur met bloemen en bonbons.
Hij komt nog steeds van iedere reis terug met bloemen en
bonbons, en iedere keer een cadeautje meer voor de
kinderen, omdat er iedere keer een kind bij is geboren.

Een groot gezin doet het goed bij de pastoor. Een kwezel die wrijvend in zijn zweethanden komt praten over huwelijkse plichten, nerveus sippend aan zijn cognac en met dikke enveloppe in zijn zak vertrekkend. Ai, was dat een wee? Ik heb wel eens gehoord van vrouwen die lopend bevallen. Au, weer zo'n steek. En Mart loopt maar door, rent zowat. 'Het is jouw kind!' roep ik hem na. Hij reageert niet. Puffend zoek ik steun bij een lantaarnpaal. Oh god, ik poep in mijn broek. Weeën hebben de onaantrekkelijke eigenschap om meteen maar alles uit je lijf te persen. Nu wachten op de baby. Maar de steken houden op en er komt geen kind. Vals alarm, en wel een poepbroek. Ik kijk om me heen. Niemand. Ik loop met mijn benen wijd naar een donker portiek. Zo snel ik kan, trek ik mijn onderbroek uit. Met een papieren zakdoek veeg ik mijn billen schoon. Waar kan ik het laten? De gleuf in de deur biedt uitkomst. Mart is uit zicht verdwenen.

Een auto draait de hoek om. 'Ma! Ik heb je eindeloos gezocht!' De vrouw knuffelt me alsof ik een puppy ben. 'Blijf van me af.' Ik voel me niet lekker, op het punt te bevallen op straat, zonder onderbroek aan en dat mens pakt mijn kin vast en trekt mijn gezicht omhoog, zodat ik haar recht in haar ogen moet kijken. 'Ma, ik ben het Pia.' 'Ik ken geen Pia.' 'Ma, je bent weer aan het vergeten. Stop daarmee. Kom terug. Weet je niet wie ik ben? Ik ben je dochter. Ik ben geboren op de eerste dag van het jaar waarop de zon scheen, zonder aankondiging. Je dacht dat je naar de wc moest en liet me bijna in de toiletpot vallen. Maaaaa!' Ik heb geen idee waar dat mens het over heeft. Naast haar staat een man die ik ook niet ken. 'Sorry,' zeg ik. 'Ik ken u niet en uw man ook niet. Ik heb een afspraak en ben al laat. Kunt u me alsjeblieft met rust laten?' De vrouw kijkt wanhopig naar de man. Die pakt mijn linkerarm en duwt er zonder omhaal een spuit in. Vertraagd hoor ik hem zeggen: 'Zie je nu wel. Deze missie heeft geen zin. Jullie gaan nu naar huis.'

## samya

Het duurt even voordat ik weer weet waar ik ben. Een droom die na ijlt op mijn netvlies verwart me: Lisette schudt een kussen onder mijn hoofd en dekt me toe. Ik kan haar handen nog bijna voelen. Haar munt-citroen adem ruiken. Maar het is niet zo. Ik word wakker in een bed van geld en water, terwijl onaangedane mensen langs lopen. Ik ben onzichtbaar. De enkel doet flink pijn. Op mijn knieën raap ik de munten die voorbijgangers naast me op de grond hebben geworpen. Het is genoeg voor een broodje en thee. Mooi. Zacht zing ik een opbeurend kinderliedje. Dat leerde mijn vader me. 'Je kunt beter lachen dan huilen,' zei hij. 'Wat je ook overkomt. Als je lacht, is alles minder erg.' Een vrouw neuriet mee en ik hink op de maat achter haar aan. Ze glimlacht en geeft me een pakje drinken uit haar tas.

Op de hoek is een fastfood met een kapot luifel dat vervaarlijk klappert, ik strompel zingend naar binnen. Het is er warm en de geur van eten maakt me al vrolijker. Niet voor lang, nog voor ik goed en wel aan het tafeltje zit van waar ik een keuze kan maken uit het menu dat in verlichte letters boven de afhaalbalie hangt, stuurt een van de medewerkers me weg. Ze houden hier niet van zwervers. Zwervers horen in metrostations tussen achteloos weggeworpen servetjes van broodjes warme kip of brie, haastig verorberd door reizigers met weinig tijd. Ze hebben gelijk. Ik schud mijn hersens. De metro is niet ver. Daar is het ook warm en ze verkopen er ook eten. Ik kan er bovendien nog een centje bij verdienen. 'Goed zo meisje, je leert het al'.

Het multivitamine drankje van de vrouw geeft me weer wat energie. Oude kranten houden de kou van de grond tegen. Ik maak het mezelf zo makkelijk mogelijk en eet heel langzaam mijn broodje. Vaak kauwen haalt het hongergevoel weg. Een stuk kaas valt tussen mijn benen op de krant, op mijn eigen mond in de krant, terwijl mijn echte eigen mond openvalt omdat ik niet geloof wat ik zie. Die foto lijkt op mij. Ik trek de krant van onder mijn billen en staar in mijn eigen ogen. Wat kijk ik triest! Een man met gitaar komt naast me zitten en vraagt of ik kan zingen. 'Samen delen,' zegt hij. Hij legt de gitaarkoffer open voor ons neer. 'Je moet wel lachen,' vindt de gitarist. 'Mensen geven meer als je lacht.' Ik doe wat hij vraagt, mijn stem galmt alsof ik hier voor mijn lol zit. Nu dwarrelt er zelfs af en toe een briefje langs onze hoofden. Eentje belandt tussen mijn benen op mijn hoofd in de krant waar ik weer gauw op ben gaan zitten. De gitarist heeft genoeg voor vandaag. 'Morgen weer, zelfde tijd en plaats?' vraagt hij en geeft me de helft van de opbrengst. Ik sta voorzichtig voor mijn enkel op, de krant snel verbergend. 'Je kunt daar beter even naar laten kijken.' Hij wijst me de weg naar een opvang. 'Zij kunnen je naar een dokter brengen.'

Er zit een vrouw achter een houten tafel met folders, verder is er niemand in het centrum. Ze kijkt op zodra ik de glazen deur open. Zonder mijn vraag af te wachten, zegt ze: 'We zijn gesloten. Je kunt terugkomen tijdens het spreekuur: iedere dinsdag tussen twee en drie uur. Dan doen we een intake en kijken we wat we voor je kunnen doen.' 'Dat duurt nog bijna een week.' 'Tja, ik kan het niet helpen. Wij zijn ook maar vrijwilligers, weet je. Ik kan je wel een bon geven voor soep in het daklozenrestaurant. Je kunt daar om zes uur terecht, tot zeven, dan sluit de keuken. Oh, en als je wilt mag je een paar sokken meenemen uit die mand daar. Ze zijn tweedehands, maar zonder gaten. Daar letten wij altijd heel goed op.' De vrijwilligster overhandigt me een papiertje met een stempel en kijkt toe hoe ik het langste en dikste paar sokken onderuit de mand haal. 'Tot volgende week dan,' roept ze me na. Ik knoop de sokken aan elkaar en gebruik ze als sjaal. Dan hinkel ik weg.

Vluchten wordt vanzelf een levensstijl. Samya vlucht inmiddels ook voor zichzelf. Zware herinneringen zoveel mogelijk verstoppend. Doen alsof het niet zo is, alsof verleden niet is, alsof vandaag een droom is waar je snel uit wakker wordt: het is niet zo. Alle afleiding is welkom. Vaak zijn dat triviale dingen; schone nagels en gestreken kleren, kunstig haar. Of zoals nu een paar sokken. Oppervlakkigheid is de redding. Want zodra je de diepte in duikt, verdrink je. Vluchtelingen gaan een gesprek uit de weg, eerst uit angst om herkend en dus uitgezet te worden. Later uit gewoonte. Mensen die moeten overleven, ontwikkelen een talent voor pootje baden zonder natte voeten te krijgen. Je kunt ook zeggen dat ze een gipsen masker hebben opgezet om niet herkend te worden. En dat gips is vastgeplakt geraakt. Een pleister die de haartjes en korst van de wond meetrekt bij verwijdering. Dan gaat de wond weer open. Dat doet pijn. En pijn willen we vermijden, desnoods vervangen door andere pijn. Daarom drukte Samya vroeger sigaretten uit op haar arm. Daarom, en om praktische redenen, richt ze zich nu volledig op het nu zonder na te denken, zonder voor of achteruit te gaan. Niet als een Boeddhist, maar als een fatalist. Er is geen toekomst. Ze bant het verleden. Denkt niet, dus hoeft ze, godzijdank, niet te bestaan en ze richt zich op kleine fysieke geneugten, zoals warmte en eten in haar buik,

omdat haar lichaam, ergens diep vanbinnen nog een
sprankje overlevingsdrang heeft. Samya berust en zit haar
tijd uit. Ze is een lege schelp, uitgelepeld, en wacht tot het
voorbij is. De vrouw van het opvangcentrum heeft dat niet in de
gaten. Ze begrijpt niet dat haar formele toon waarin tijden
en data haar giften kleuren, Samya herinneren aan haar
Niet-positie. De vrijwilligster is trots op haar goede werk.
Een trots die ten koste gaat van Samya's laatste restje
eigenwaarde. Die heeft ze nu ook opgegeven. Zo kan ze
zich ertoe zetten om te geloven dat ze er beter aan toe is
dan gisteren. Dat is een gave die alleen mensen zonder
land en zonder toekomst bezitten.

**samya**

Ik kom op een weg die is afgezet voor een optocht van kinderen met hun huisdieren. De kinderen hebben hun dieren mooi gemaakt. De beesten hebben kleren aan en van sommigen is de vacht beschilderd. Een oranje gespoten Boxer met blauwe poten trekt een klein meisje vooruit. Hij wil in de richting van een Jack Russell in tutu die de hele tijd naar zijn balletpakje hapt tot afschuw van de kleine eigenaresse. Zijn tiara schudde hij een paar meter geleden al af. De Boxer schijnt de Jack te willen helpen, want hij gromt en bijt in de roze stof alsof het een suikerspin is en rukt de tutu van het kleine macholijf. Jack weet nog niet of hij de actie kan waarderen, maar gromt vast vriendelijk zijn tanden bloot en hapt in de poten van de Boxer. Blauwe verf kleeft aan zijn lippen.

De hele stoet komt tot stilstand, ijverige vrouwen proberen de vechtende honden uit elkaar te trekken, kinderen gillen en een jongetje met rood haar staat met zijn konijn met strik om de oren gefascineerd toe te kijken, vlak bij mij. Het konijn, verstijfd in de afgesloten mand, hoopt dat ze niet gezien wordt door de kijvende honden. Politie te paard. Hoefslag op het asfalt. De manhaftige agent - vader van een kind dat achteraan in de stoet loopt met haar papegaai die steeds dezelfde regel van Shakespeare herhaalt ('The world is a stage / Life is a play / dress up..') blijft hangen als een gekraste dvd in een stoffige speler en opnieuw begint - springt op Zorro-wijze van zijn rijdier en schopt de honden met zijn metalen schoenneuzen uit elkaar. Een haak in het oor van ballerina Jack waar ongelooflijk veel bloed uitstroomt, maakt de scene kompleet. Het paard van de agent heeft er genoeg van en zet het op een lopen. Het galoppeert recht op de roodharige jongen met het bange konijn naast mij af. Wat

kon ik anders doen? Ik spring voor de jongen, mijn armen
en benen gespreid, de grote ruin trotserend alsof ik dapper
ben. In werkelijkheid dacht ik gewoon niet na. Misschien
besloot ik in een nanoseconde dat het leven van die
jongen meer waard was dan het mijne, meer toekomst
bood dan het mijne. Ik weet het niet. Maar ik sta daar als
een wrakende engel wakend voor het kind, groter te lijken
dan ik ben en de pijn in mijn enkel voel ik niet meer. De
ruin stopt. Hij staat ineens stil, centimeters van me
vandaan. Met trillende hoeven. Schuim op zijn bek.
Iedereen wordt stil, overweldigende stilte. Dan springt de
agent naar zijn rijdier en pakt het bij de teugel. De
toeschouwers vatten dat op als een teken en beginnen als
één man te juichen.

Een vrouw omhelst me in tranen. Haar haren rood. Zij is
de moeder. Ik ben een held. Iedereen wil met me praten,
me aanraken, me complimenteren. 'Hoe heet je?' 'Waar
woon je?' 'Hoe kan ik je ooit bedanken?'
De uitbundige aandacht maakt me schuw. Ik zoek naar
een plek om weg te duiken, maar de mensen hebben zich
om me heen verzameld en ik kan nergens heen. De
moeder van het jongetje heeft het in de gaten. 'Hush, hush
mensen, geef haar een beetje lucht.' Ze neemt me bij de
arm, haar zoon onder de oksel. Zo verlaten we de groep.
Eer ik het in de gaten heb, zit ik bij haar in de auto. Het
konijn beweegt al die tijd niet. Ik ook nauwelijks. Schuin
kijk ik naar de vrouw achter het stuur. Ik wou maar dat ze
stopte en me liet gaan. De jongen op de achterbank buigt
naar voren en tikt op mijn schouder. 'Jeremy, ik heet
Jeremy,' zegt hij. 'En dit is Chingachcook, Chinga voor
vrienden.' Hij wijst naar het konijn. 'Dank je wel voor
daarnet,' zegt hij nog en lacht verlegen. Hij gaat weer met
zijn rug tegen de leuning zitten. Dan bedenkt hij zich en

richt zich opnieuw tot mij. 'Chinga wil graag weten hoe je
heet. Ik ook wel.' Ik draai mijn hoofd om en kijk hem aan.
'Ik ben Samya.' Daarna zijn we stil tot we bij een huis
stoppen. 'Sorry dat ik je ontvoerd heb,' zegt de moeder van Jeremy.
'Ik dacht dat je je ongemakkelijk voelde tussen al die
mensen en ik wil je heel graag belonen voor wat je daarnet
deed.' 'Je hoeft me niet te belonen. Ik deed wat ik deed.
Dat is alles. Ik dacht er niet eens bij na.' 'Wil je even
binnenkomen?' Ze stelt zich voor als Cathy. Ik hinkel met
haar, Jeremy en het konijn, mee naar de voordeur. 'Je hebt
je bezeerd!' roept Cathy uit. Ik zal mijn enkel verstuikt
hebben, toen ik de weg op sprong, voor het paard. Dat
denkt ze. Cathy is een doener. Ze toont haar dankbaarheid
met acties. Het liefst doet ze een paar dingen tegelijkertijd.
Vooral als ze zich niet goed raad weet met de situatie. Of
moeilijker nog, een emotie. Nu belt ze haar huisarts terwijl
ze tegelijkertijd de code van het deurslot intikt. De huisarts
is kennelijk een goede bekende, want ze lacht kirrend
voordat ze een afspraak maakt. 'Kun je over een uurtje?'
vraagt ze mij. Zonder het antwoord af te wachten,
vervolgt ze het gesprek met de dokter. 'Hij komt hier naar
toe. Ondertussen zet ik een lekkere kop thee voor je. Ga
maar even zitten.' Cathy begint te moederen, brengt thee
en sandwiches en een bak met heet water en soda voor
mijn voet. Ik schrik als ik zie hoe vies die is. Cathy kijkt
ook. 'Wil je misschien even in bad?'

In de badkamer hangt een grote tv, zo'n waterbestendige
met een rubberen kast als een papegaaienkooi aan een
ketting. Het oranje rubber weerspiegelt vrolijk op de witte
muurtegels. Ze hoeft 'm niet aan te zetten voor mij. Dit
ziet er gezellig genoeg uit. Het bad staat midden in de
nogal grote ruimte, omringd door wasbakken met

roestvrijstalen kranen, een halfronde douchecabine en spiegels. Daglicht valt binnen door een glazen koepel in het plafond. Aan het voeteneinde de standaard in spreidstand langs de badwand met daar aan bungelend de televisie. Het oranje is het enige geluid in de witte ruimte met lichtblauwe verwarmde vloer. Ik nestel me behaaglijk, hals leunend op de zachte rand, het lavendelgeurige schuim in mijn neus kriebelend, terwijl ik naar boven kijk hoe vogels overvliegen door een blauwe lucht. Het is opgeklaard. Ik krijg ook schone kleren. 'Die pas ik toch niet meer,' liegt mijn gastvrouw verontschuldigend. Dan verken ik de talloze potjes crème, lipstick en tubes. 'Pak maar wat je nodig hebt,' had Cathy gezegd. Ik kijk in de spiegel terwijl het bad achter me leeg loopt. Er blijft rondom een streep achter van lavendel. De, eveneens lavendel, bodylotion trekt snel in mijn droge huid.

Voorzichtig strijkt de mascaraborstel over mijn wimpers, een oogpotlood zet mijn geëpileerde wenkbrauwen dun aan. Zo is het wel genoeg. Beneden zit de huisarts al met een glas in zijn hand geanimeerd in gesprek met Cathy, ondertussen Jeremy plagend.

'Kennen wij elkaar? Ik heb jou eerder gezien,' zegt hij als ik hem een hand geef. 'Nee, dat kan niet,' antwoord ik en zwijg. 'Dan lijk je misschien op iemand.' Hij trekt het gezicht van iemand die zijn geheugen doorzoekt naar iets wat vooraan ligt, maar het steeds net niet vindt. 'Ze was op het journaal.' Cathy draait zich naar mij. 'Je was op het nieuws daarnet. 'Ik ook,' roept Jeremy. 'Tot jij voor me sprong.' Hij grinnikt. 'Kom zitten en leg je been op mijn schoot. Dan kijk ik even naar je enkel,' zegt de arts. Hij duwt erop en dat doet pijn. Ik doe mijn best het niet te laten merken. 'Nou weet ik het. Volgens mij stond jij in de krant.' 'Ik? Dat kan niet,' lieg ik en voel dat ik het warm krijg. 'Ja toch. Waar ging het ook al weer over?' De hand

die zojuist mijn enkel pijnigde, gaat naar zijn kin. De man inspecteert – er is geen ander woord voor - hoofd wantrouwig schuin en vorsende blik - mijn gezicht. Hij pakt mijn been opnieuw stevig vast. 'Au.' 'Jij was betrokken bij een steekpartij.' Zijn stem ijskoud, zijn grip klemmend. 'Ik denk dat we de politie moeten bellen, Cathy. Je herbergt een moordenares.' Cathy kijkt verward van de man naar mij. Ze heeft Jeremy op haar schoot getrokken en knijpt hem net zo hard als de artsenhand zich in mijn enkel perst. 'Au Mam.' 'Sorry.' Ze laat haar zoon los. 'Is het waar?' vraagt ze aan me. 'Ja, nee, ja ik was er, maar ik heb niemand vermoord.' 'Wat deed je daar? Waarom ben je niet naar de politie gegaan?' Ik zwijg. Wat kan ik zeggen? Mevrouw de Britse, ik ben illegaal in uw land. Ik heb me mee laten nemen door een zogenaamde helper. Ik wist wat hij zou gaan doen. Ik wist dat hij me zou misbruiken, verkopen aan zijn vrienden. Dat doen ze allemaal. Toch ging ik mee. Want ik was wanhopig, koud en miserabel. En hij deed al dat. Hij maakte mij tot zijn slaaf en zijn flat tot mijn gevangenis. Mevrouw de Britse, in uw geordende wereld komt het niet voor, maar mijn wereld is chaos en geweld. Mijn zelfbenoemde eigenaar maakte ruzie en gooide een mes. Toen spatte overal bloed en ik ben weggerend.
Hoe kan ik dat ooit zeggen? Tegen deze keurige vrouw in haar nette luxe designhuis met kind en konijn, met oranje waterproof tv in de badkamer. Dus ik zwijg. De arts spreekt als eerste. 'Je hebt niemand vermoord, zeg je. Maar je bent ook niet naar de politie gegaan. De meeste mensen die getuige zijn van moord, doen dat wel. Dus ofwel, je liegt en je hebt wel degelijk om je heen gestoken, ofwel je hebt andere redenen om de politie te mijden.' Ik knik lichtjes. Jeremy kijkt naar me alsof ik een spannende film ben. Zijn ogen worden vierkant van concentratie.

'Waar kom je vandaan?' vraagt de arts. Ik twijfel. Maar er valt toch niets meer te redden. Direct bellen ze de politie en word ik ingerekend voor illegaal verblijf en misschien ook nog wel voor moord. 'Uit Nigeria,' zeg ik eerlijk. 'Heb je papieren?' 'Nee.' De gezichten worden zachter. 'Dus daarom ben je niet naar de politie gegaan?' Het is Cathy die dat zegt. De pijn in mijn enkel wordt minder. Hij heeft me losgelaten. 'Je kunt beter vertellen wat er gebeurd is,' zegt hij. 'Dan kunnen we je misschien helpen. Ik heb nogal wat patiënten zonder verblijfsvergunning. Daarom verdien ik zo weinig. (haha).' Ik negeer de foute grap en vertel mijn verhaal.

Zoals altijd wanneer ik mijn leven beschrijf, wordt mijn stem monotoon en zacht en mijn Nigeriaanse accent sterker. Af en toe onderbreken ze me omdat ze me niet kunnen verstaan. 'Ik ben geboren als een wonder, mijn huid zo roze dat mensen me wilden aanraken. In mijn dorp dachten mensen dat mijn huidskleur een voorbestemming inhield. Ze vonden me speciaal. Mijn moeder zei dat ik een peuter was met blauwe ogen, later zijn ze pas donker geworden. Sommigen fluisterden dat ik niet mijn vaders kind was, tot mijn moeder een tovenares liet komen. Zij bezwoer de mensen hun tongen te beheersen uit eerbied voor de voorvaderen die dit kind hadden uitverkoren. In Nigeria is veel bijgeloof. De stemmen stokten.

Kort na mijn geboorte gingen mijn ouders ver uit elkaar wonen. Ik groeide de eerste jaren op in het dorp van mijn vader. Pas nadat hij stierf, kwam ik bij mijn moeder. Zij woonde in een stenen huis en liet me naar school gaan.' 'Hoe ben je naar Europa gekomen?' 'De broer van mijn moeder is rijk. Hij wilde me helpen en heeft mijn reis geregeld.' Het prostitutie deel laat ik weg. 'Maar had je dan geen adres waar je heen kon?' 'De vrouw was niet goed voor me. Ik ben weggelopen.' 'Heb je contact met je moeder of haar broer?' 'Nee, ik denk dat ze zijn verhuisd,' lieg ik. Cathy en de arts wisselen veelbetekenende blikken. 'Het lijkt me dat je toch beter naar de politie kunt gaan. Je krijgt vast bescherming.' Paniek. Ze snappen het niet. Zij, met hun schone levens en hun paspoorten, zij kunnen naar de politie. De wet is er voor hen. Niet voor mij. Ik ontken heftig, tranen. Cathy komt naast me zitten en slaat haar arm om me heen. 'Rustig maar. Slaap er een nachtje over. Dan zien we morgen wel verder.' De arts is het er niet mee eens. Hij probeert dat niet te laten merken, maar zijn weerstand vult de kamer. Cathy heeft niets door. Ze geeft me een glas water, terwijl de man mijn voet in een bandage wikkelt. Dan brengt Cathy me naar een logeerkamer.

De kamer is bordeaux rood, behang, dik tapijt, beddengoed, met schilderijen in vergulde lijsten waardoor ze antiek lijken. Een kristallen kroonluchter verlicht ze zacht. Ik pas precies in de spiegel die aan de kastdeur vastzit. Het mahonie hout kleurt glanzend tegen de wand erachter. Er liggen pantoffels en een badjas klaar alsof ze me verwacht had. Het raam biedt uitzicht op een muur en omdat het donker is, kan ik niet zien of de zon overdag binnen kan. Cathy verontschuldigt zich dat de badkamer op de gang is, tweede deur rechts. Daarnaast slaapt zij zelf, zegt ze. Als ik vannacht wakker wordt en iets nodig heb, hoef ik maar op haar deur te kloppen.
Ik voel het zachte tapijt onder mijn blote voeten, probeer of de badjas past en blader wat in de tijdschriften over mode en interieurs die uitgestald op een tafeltje liggen. In mijn nieuwe badjas loop ik zachtjes de gang op, naar de

badkamer. Ik hoor ze beneden praten. Hun stemmen verheffen zich alsof ze ruzie hebben. 'Je weet niet wie ze is. Ze wordt gezocht voor moord en jij houdt haar in huis!' 'Ik voel wie ze is. Ze heeft niemand vermoord. Ze heeft het leven van Jeremy gered.'

Zullen ze de politie bellen? Ik wou dat die man weg ging. Dit huis is een fort, ik kan er niet uit zonder dat ze het merken. Ik heb de alarminstallatie wel gezien. Dan zegt Cathy wat ik, afluisterend van boven, denk: 'Luister Jim, ik heb een geweldig goed alarm. Niemand kent de code. Samya kan hier niet weg zonder ongelooflijk veel lawaai en drie politie wagens die onmiddellijk komen aanrijden. Dus als ze mij vermoordt, zit ze vast. Daarnaast is ze veel te bang om iets uit te halen en ten derde, dat vind ik het belangrijkste: Ik vertrouw haar!' Pfffff, ik zucht van opluchting. 'Jij hebt zo'n harde kop. Ik ken niemand met zo'n harde kop,' zegt Jim. Ik stel me voor hoe hij zijn handen machteloos in de lucht gooit en haar wanhopig aankijkt. 'Ga nou maar naar huis. Ik bel je morgen,' antwoordt Cathy. 'Als je dit overleeft, kost het je een etentje.' Cathy lacht. Ik ga stilletjes naar mijn kamer terwijl zij de man uit laat.

Even later wordt er op mijn deur geklopt. 'Ga jij ons vermoorden?' vraagt Jeremy met zijn knuffel bungelend aan zijn hand. 'Dat zegt Jim.' 'Nee, natuurlijk niet. Hoe kan ik je leven redden en je vermoorden op dezelfde dag? Ik vermoord niemand en dat zal ik nooit doen. Geloof je me?' 'Ja.' Het is even stil. 'Ken jij een verhaaltje? Ik kan niet slapen.' Als Cathy een half uur later polshoogte komt nemen, slaapt Jeremy in mijn bed. Ik zit op de rand en kijk naar de teddybeer in de armen van de jongen met de rode haren. 'Zo'n beer had ik vroeger ook,' zeg ik tegen zijn

moeder. 'Sorry voor daarnet,' zegt ze. 'Ik doe jullie niets,'
verklaar ik plechtig. 'Jullie zijn goed voor me. Ik heb nog
nooit iemand kwaad gedaan,' voeg ik eraan toe. Cathy
komt naast me zitten en legt haar hand op mijn knie. 'Dat
weet ik. Dat weet ik. Hoe is het met je voet? Heb je al
minder pijn?' 'Ik denk wel dat het verband goed is en ik
heb een paracetamol gepakt in de badkamer. Die werkt.'
'Fijn,' zegt ze. 'Zal ik hem maar in zijn eigen bed leggen?'
Ze wijst naar Jeremy en glimlacht. Als ze met het kind in
haar armen de gang op loopt, zegt ze nog welterusten.
Dan ben ik alleen met de beer in de grote luxe kamer. Ik
probeer mijn gedachten te stoppen en te genieten van het
comfort. Uiteindelijk lukt het om te slapen. Ik heb de
badjas nog aan, mijn hoofd rust op de beer, net als toen ik
klein was.

De volgende ochtend zijn Cathy en Jeremy al beneden als
ik de keuken binnenkom. Cathy heeft een kop koffie in
haar hand. De jongen moet zijn ontbijt eten. 'Ik breng
hem zo naar school. Daarna kom ik terug. Zullen we dan
even praten?' Ik knik. Het vooruitzicht om te praten is
niet bepaald aanlokkelijk. Ze zal wel weer proberen om
me naar de politie te laten gaan. Veel keuze heb ik niet. Ik
kan dit fort niet op eigen kracht uit. Zij heeft de sleutel.
'Koffie? Of liever thee?' Ik kies voor thee. Jeremy lacht
lief en schuift me stukjes omelet toe als zijn moeder niet
kijkt. 'Jeremy!' met haar rug naar ons toe heeft ze het in de
gaten. 'Samya kan haar eigen ei krijgen. Jij moet het jouwe
opeten. Anders word je nooit sterk!' 'Wil je? vraagt ze aan
mij met twee eieren in haar hand. 'Lekker,' zeg ik. Iedere
hap is er een, wie weet wanneer ik weer kan eten.
Ruim een uur later zitten Cathy en ik samen aan de
keukentafel. Ze schraapt haar keel voordat ze de stilte met
woorden breekt. 'Heb je nagedacht over ons gesprek

223

gisterenavond?' 'Ik ben geen moordenaar. Nog nooit heb ik iemand bezeert. Jij en Jeremy hoeven niet bang te zijn.' Ze legt haar hand op de mijne. 'Dat weet ik. Ik bedoel of je nagedacht hebt om naar de politie te gaan en een verklaring af te leggen over die nacht in die flat waar vier mannen gestorven zijn.' 'Dat kan ik niet.' Stuurs kijk ik voor me uit en trek mijn hand weg. 'Je snapt het niet,' zeg ik. 'Het is voor jou heel anders dan voor mij. Mij geloven ze op voorhand niet. En ik heb geen papieren. Ze zetten me op het eerste vliegtuig naar Nigeria.' 'Is dat zo erg? In Nigeria wonen je moeder en je oom. Daar hoor je thuis. Mis je hen niet?' 'Ik kan niet terug.' 'Als het om geld gaat, ik kan je wel helpen. We kunnen fondsen werven om je te laten studeren en je helpen in je onderhoud te voorzien. Ik heb vrienden genoeg die wat ponden kunnen missen en dat ook graag doen als ik het ze vraag.' Mijn hoofd bonst. Ze bedoelt het goed. Moet ik er nu weer over praten, nog een keer het verhaal vertellen? Het verhaal dat ik wil vergeten. Het blijft me achtervolgen. 'Ik heb hoofdpijn,' zeg ik. 'Ik kan beter gaan.' 'Waar wil je heen? Je hebt geen huis.' Ik haal mijn schouders op en ontwijk haar blik. 'Je moet iets doen, Samya. Zo gaat het niet langer.'

De bel gaat. Het is die arts. 'Ik kom naar mijn patiënt kijken,' zegt hij. Hij doelt op Cathy, komt kijken of ze nog leeft. 'Dus je bent er nog?' Nu kijkt hij me wel aan. 'Ik wou net gaan,' zeg ik. 'Laat me je voetje eens zien.' Hij haalt de bandage van mijn enkel en knijpt er in. 'Doet het pijn?' 'Wat is pijn?' 'Misschien moet je een foto laten maken.' 'Zal ik doen.' 'Daar heb je mij voor nodig, meisje. Jij kunt niet zomaar een ziekenhuis binnen lopen. Ik ben arts. Ik kan het voor je regelen. Dat heb ik zelfs al gedaan. Kom maar mee.' Cathy knikt bemoedigend. 'Ga maar met Jim,' zegt ze. 'Als jullie terugkomen, zorg ik voor lunch.'

'Ze heeft ook hoofdpijn,' wendt ze zich tot de arts. 'Kan me voorstellen,' reageert deze. 'Kom, pak je jas. Dan gaan we.'

Gedwee volg ik de man naar zijn auto. Hij zet muziek op, zodat we niet hoeven te praten en rijdt de straat uit. Vijf minuten later stoppen we, maar ik zie geen ziekenhuis. Wel een politiebureau. 'Kom, we zijn er.' 'Waar is het ziekenhuis?' Hij doet de deur aan mijn kant open. Een agent komt naast hem staan. 'Ik neem het hier wel over,' zegt hij tegen de arts. Tegenstribbelen helpt niet. De man slaat een boei om mijn pols en trekt me uit de auto. Dan draait hij mijn arm achter mijn rug, pakt de andere pols en klikt beide handen aan elkaar. Als een crimineel word ik afgevoerd. De arts stapt in zijn wagen en rijdt weg, zonder een woord.

Mijn vingerafdrukken worden genomen en in de computer gezet. 'Kijken of je ergens bekend bent.' Dan word ik naar een kale verhoorkamer gebracht. Liegen heeft totaal geen zin meer, besef ik, maar de waarheid zullen ze wel ongeloofwaardig vinden. Om pijnlijke vragen te voorkomen, begin ik uit mezelf te vertellen. Ik zeg mijn naam, dat ik naar Nederland gebracht ben door mijn oom. Ik vertel welk werk ik moest doen. Dat ik in Nederland in een speciale regeling voor slachtoffers van vrouwenhandel zat, totdat bleek dat de daders onvindbaar, veroordeeld of dood waren.

Ik praat over Lisette en Pia en over de sms-jes die ik kreeg. Dat ik zo bang werd, ook voor hun veiligheid, dat ik weggelopen ben. Ik vertel wat er gebeurde in Calais en hoe de vrachtwagenchauffeur me naar Engeland smokkelde. Over Zytka en haar bezitterige echtgenoot. Over de 'helper' die me gevangen zette en verklaar tot in detail wat er in de flat gebeurde met Napoleon die met een mesworp om het leven gebracht werd. Ik zeg hoe het rook onder de brug tussen de daklozen van Londen en hoe gemakkelijk je geld verdient met alleen maar op straat zitten. Dat de straatmuzikant me had gevraagd te zingen en me naar een opvanghuis stuurde, waarna ik Jeremy's leven redde door voor het paard te springen. Bijna zonder adem te halen praat ik aan een stuk door. Ik raak het glas water dat ze voor me neer hebben gezet, niet aan. Aan het einde van het relaas, haal ik diep adem, als een zucht. Op dat moment komt iemand binnen en zegt dat ik bekend ben in Nederland. De agenten smoezen met elkaar voor de deur van de verhoorkamer, buiten.

**pia**

Ma is van het padje sinds we terug zijn uit Londen. Ze vraagt steeds wanneer ik de babykamer op orde maak en heeft de naaimachine van zolder gehaald om babykleertjes te naaien. Bas heeft ons op een vliegtuig gezet, terwijl ze nog verdoofd was. Ze werd pas wakker hier, in haar eigen slaapkamer. Niets helpt. Het Niet Vergeten boek wilde ze verscheuren. Ik heb razendsnel sloten op alle deuren laten aanbrengen, zodat ze niet weg kan lopen.

Gisteren heb ik een gerontoloog gebeld, misschien weet zij een oplossing. 'Het lijkt erop dat ze een traumatische ervaring heeft. Weet u echt niet wat ze meegemaakt heeft in Londen? Weet u, mensen zoals uw moeder hebben rust en regelmaat nodig, geen spannende avonturen.' De 'weet-u's' klonken vermanend. Om mezelf te verexcuseren vertel ik dat ik met Ma naar een babywinkel ben gegaan. We hebben een wieg besteld en rompertjes gekocht. Ze stond erop dat ik ook een peperduur winterjasje met bontkraag afrekende en een grote knuffel kocht. 'Het is een meisje. Dat weet ik zeker,' zei ze. 'Ze zal zich veilig voelen met die beer in haar bedje.' De eigenaresse van de winkel keek ons bevreemd aan, maar zei niets.
'Uw streven om uw moeder thuis te houden, vind ik heel nobel,' zei de gerontoloog. 'Maar bedenk goed wat dat voor uzelf en uw dochter inhoudt. Het is niet eenvoudig om een vrouw in haar mentale toestand te verzorgen. Misschien moet u toch overwegen om haar te laten opnemen. Voor uw en haar bestwil.'
De woorden van de gerontoloog malen door mijn hoofd. 'Opnemen, opnemen, bestwil...'

Boven stommelt Ma in haar kamer. Wat als ze moet plassen? Zou ze de po vinden? Vermoeid sta ik op en loop naar boven. 'Ma, wat ben je aan het doen?' Geen antwoord. 'Ma?' Het is angstaanjagend stil. Ik moet weer naar beneden om een pasje te halen waarmee ik haar deur open kan doen. Dit is geen werk. Als ik de deur eindelijk open heb, ligt Ma op haar bed te huilen. Babykleertjes verscheurd in een hoek. Wat ben ik een trut. Ik zou toch voor haar zorgen? En dat kan ik niet eens. Voor ik het in de gaten heb, lig ik naast Ma hard mee te huilen. 'Ma, ik kan het niet. Ik weet niet hoe het moet.' 'Natuurlijk wel meisje. Alles komt goed. We adopteren gewoon een kindje.'

Als ze eindelijk slaapt, neem ik Champagne mee uit. De ezel is zo lang bij de boer geweest dat ze maar moeilijk kan wennen aan haar kleine hok in onze tuin. Zodra we buiten komen, begint ze te bokken. Dan neem ik een besluit. Ma naar een rusthuis, Champagne naar de boer en Amelie en ik gaan in het centrum van een kleine stad wonen waar niemand ons kent. Dit hele avontuur heeft niets dan ellende opgeleverd. Mijn broers hadden gelijk, demente bejaarden horen niet los rond te lopen. Ik ga het morgen meteen regelen. Streng trek ik Champagne terug aan haar teugel: 'Kappen nou!' en loop door naar een grasveldje tussen bomen.

◦◦◦

## lisette

Ik werd wakker van de dichtslaande voordeur. In de hoek van de kamer liggen lappen en breisels. Restanten van babykleren. Ik snuit mijn neus in zo'n doekje. Door het raam zie ik Pia en de ezel weglopen. De ezel gaat flink tekeer, ik kan haar getrappel zelfs horen. Ik herinner me hoe onhandelbaar ze was, toen ze voor het eerst kwam. Ze sleurde Amelie achter zich aan. Ik kon net op tijd de teugel pakken en trok het beest met haar kop negentig graden om. Toen moest ze wel stilstaan. Ik draai me om, rug naar het raam en kijk rond in de kamer. Ja, dit is mijn kamer. Ik mag wel eens opruimen. Ik pak de babykleertjes op om ze beneden in de vuilnisbak te gooien. Hé, de deur zit op slot! Wat is dat voor onzin? Terwijl ik de klink nog een keer probeer, flarden straten van een stad waar Mart was en ook Samya door mijn hoofd. Als ik mijn ogen dicht doe, verdwijnen ze even. Maar dan komen ze weer terug en moet ik mijn ogen openen voor een ander beeld. Mijn kamer is veranderd. Mijn Niet Vergeten boek ligt er niet, ook niet onder het bed. Ik tast verder onder het bed. Daar is wel iets. Een plastic kaartje. Er staat de naam op van een of ander beveiligingsbedrijf waar ik nooit eerder van hoorde. Het lijkt wel een soort pasje. De gleuf naast de deur die ook nieuw voor me is, lijkt ervoor op maat gemaakt. Ik duw het pasje er in. Niets. Dan zie ik de pijl. Ik stop het pasje andersom in de gleuf en met een zachte klik gaat de deur open. Zo, nu kan ik tenminste die troep weggooien. Met de stapel lappen in mijn arm daal ik de trap af, naar de keuken. Tjee wat klemt die deur! Hé, er zit een soortgelijke gleuf naast de klink. Het gele pasje werkt niet. Ik probeer linksom, rechtsom, ondersteboven. Wat is hier gebeurd? Wonen we in een kluis? Waarom heeft niemand mij iets verteld? Op de tafel in de woonkamer ligt mijn Niet Vergeten boek. Ik leg de lappen ernaast en blader het door. Er staan veel bladzijden in met dingen die ik me niet herinner. Over een reis naar Calais en dan met de boot naar Londen. De pijnlijke beelden van daarnet komen terug. Ik zie Mart weer voor me uit rennen, Samya ligt op de stoep. Ik voel koude billen waar de wind schaamteloos over waait. Ik pak de pen en begin te schrijven. Over gele pasjes en een man met een naald. Waar de laatste vandaan komt, geen idee.

Pia komt binnen als ik net een punt zet. 'Ma, wat doe jij hier? Hoe kom je beneden?' 'Waarom heb je me opgesloten?' Ze leest wat ik net geschreven heb. 'Ben je terug? Ben je er weer?' Ze negeert mijn vraag over het opsluiten. 'Hoe komt dat?' 'Wat?' 'Dat je opeens weer bij me bent. Ik wist helemaal niet wat er in Londen met je gebeurd is. Jij ook niet meer. En nu schrijf je het op.' 'Had je me daarom opgesloten?' 'Je wilde steeds weglopen want je was ervan overtuigd dat ik handelde in oude vrouwen. Je hebt me zelfs geslagen en meerdere keren geprobeerd om te ontsnappen. Hoe komt het dat je nu weer bij bent?' 'Ik weet het niet. Ik wist niet eens dat ik weg was.' Het is even stil. 'Als ik weg was, ben ik net terug gekomen, terwijl jij die bokkende ezel uitliet. Kun je de keukendeur voor me openmaken? Ik moet wat in de vuilnisbak gooien.' 'Geen baby meer? Niet zwanger?' 'Nee, het was een miskraam. Ik denk dat ik het hier maar bij houd, ik hoef niet nog meer kinderen.' 'Goed zo meisje.'

# 5 jaar later

Een blauwgrijze waas trekt over Samya's ogen. Een kort moment lijkt ze blind. Dat moment, wat 2 seconden, 2 minuten, jaren of eeuwen duurt, voelt ze de jaren door zich heen trekken. Vanaf de dag dat ze haar moeder vaarwel zei tot nu. Mannen zonder gezicht rollen met een zucht van haar donkere lichaam. Een briefje van twintig op het nachtkastje. Brandende sigaretten op haar huid. Het verloren kind. De koude nachten op straat. Het verraad van de oom. Het verraad van haar moeder. De dreigementen en de geur van angst. De verhoren door politie en IND. Het gelach van vrouwen in opvanghuizen. Lisette op Champagne. Daklozen in Londen, Cathy en de arts. Bekentenissen, beloftes, hoop. Helder en lucide beleeft ze alles tegelijkertijd, terwijl de wethouder haar hand schudt. Hij merkt het niet. Hij lacht naar de camera en denkt aan zijn jonge vrouw. Hij heeft geen oog voor de Nigeriaanse tussen de andere dertig nieuwe Nederlanders.

Het is nationale paspoortdag en dus feest. De verhalen zijn als overtollige bagage in rafelige plastic zakken achtergelaten in kleine kamers waarvoor te veel huur gevraagd wordt. Verhalen die stinken naar angst en verlies horen niet in dit antieke stadhuis aan de markt, waar de gloriedagen van de provinciestad nagalmen over de hoge stenen trappen, in de gobelins en tussen de uitlopers van kroonluchters. In deze zaal zijn enkel Nederlanders. Nieuwe Nederlanders en oude Nederlanders, geen migranten, geen vluchtelingen. Een uur lang verbroedering rondom een vlag die de verschillen bedekt in rood, wit en blauw. Schijnbare verbroedering, want buiten op straat blaast de koude wind de klanken van het volkslied als stof in de hoeken van portieken. Daar is zwart zwart, en wit blijft wit, wantrouwig zoekend naar verschil.

De ceremonie loopt ten einde. Tussen portretten van het koningshuis serveert een man drankjes. Een duo zingt omlijstende kerstliederen. Niemand luistert. Samya's ogen hebben weer hun diep donkere klank. De beelden zijn uit haar hoofd. Haar lichaam siddert na. Ze blijven niet lang. De anderen evenmin. De mensen in deze zaal willen niet aan hun verleden herinnerd worden. Ze lezen het in elkaars ogen. Ze ruiken de geur van vernedering en heimwee in de jassen die dichtopeengepakt in de garderobe hangen. De angst om teruggezonden te worden is nog knapperig als vers brood.

Niet nadenken over je afkomst, vergeten dat je naam in dit land asielzoeker is. Een asielzoeker is alleen dat, een in waarde gedaald mens op zoek. Een asielzoeker is nooit een dokter of een bakker. Een asielzoeker roept medelijden op of afkeer. Aan een asielzoeker vragen mensen niet: 'Hoe gaat het?' Nee, mensen vragen: 'Waar kom je vandaan?'

Niet nadenken over wat je verloren hebt, onderweg naar dit paspoort. Je niet afvragen of het 't waard was. Wat is een leven waard als de wortels geen aarde voelen?

www.ingramcontent.com/pod-product-compliance
Lightning Source LLC
Chambersburg PA
CBHW061521020726
47502CB00006B/2172